古典文獻研究輯刊

三　編

潘美月・杜潔祥　主編

第 5 冊

兩晉南北朝《爾雅》著述佚籍輯考（下）

王　書　輝　著

國家圖書館出版品預行編目資料

兩晉南北朝《爾雅》著述佚籍輯考（下）／王書輝著 — 初版
— 台北縣永和市：花木蘭文化出版社，2006〔民95〕

目 6+228 面；19×26 公分（古典文獻研究輯刊 三編；第 5 冊）
ISBN：978-986-7128-69-0（精裝）
ISBN：986-7128-69-9（精裝）
1. 爾雅－目錄
802.11021　　　　　　　　　　　　　　　　95015566

ISBN 986712869-9

9 789867 128690

古典文獻研究輯刊　　　　　ISBN：978-986-7128-69-0
三 編 第 五 冊　　　　　　ISBN：986-7128-69-9

兩晉南北朝《爾雅》著述佚籍輯考（下）

作　　者　王書輝
主　　編　潘美月　杜潔祥
企劃出版　北京大學文化資源研究中心
出　　版　花木蘭文化出版社
發 行 所　花木蘭文化出版社
發 行 人　高小娟
聯絡地址　台北縣永和市中正路五九五號七樓之三
　　　　　電話：02-2923-1455／傳真：02-2923-1452
電子信箱　sut81518@ms59.hinet.net
初　　版　2006 年 9 月
定　　價　三編 30 冊（精裝）新台幣 46,500 元

兩晉南北朝《爾雅》著述佚籍輯考（下）

王書輝　著

目 錄

上 冊
序 例
前 言⋯⋯⋯⋯⋯⋯⋯⋯⋯⋯⋯⋯⋯⋯⋯⋯⋯⋯ 1
　一、研究旨趣⋯⋯⋯⋯⋯⋯⋯⋯⋯⋯⋯⋯⋯⋯ 1
　二、前人的研究與本書的主要內容⋯⋯⋯⋯⋯⋯ 3
　　（一）前人對於兩漢魏晉南北朝《爾雅》類著述的輯
　　　　　佚⋯⋯⋯⋯⋯⋯⋯⋯⋯⋯⋯⋯⋯⋯⋯ 3
　　（二）本書的主要內容⋯⋯⋯⋯⋯⋯⋯⋯⋯⋯ 5
　三、未來的後續研究方向⋯⋯⋯⋯⋯⋯⋯⋯⋯⋯ 6
　　（一）漢魏時期的《爾雅》類著述輯校⋯⋯⋯⋯ 6
　　（二）郭璞《爾雅注》與其他古注的比較⋯⋯⋯ 6
　　（三）音切的檢討⋯⋯⋯⋯⋯⋯⋯⋯⋯⋯⋯⋯ 7
　四、佚文輯錄校勘體例⋯⋯⋯⋯⋯⋯⋯⋯⋯⋯⋯ 7
　　（一）佚文摘錄方法⋯⋯⋯⋯⋯⋯⋯⋯⋯⋯⋯ 7
　　（二）佚文校勘方法⋯⋯⋯⋯⋯⋯⋯⋯⋯⋯⋯ 9
　　（三）佚文的拼合⋯⋯⋯⋯⋯⋯⋯⋯⋯⋯⋯⋯ 10
　　（四）佚文次序的擬定⋯⋯⋯⋯⋯⋯⋯⋯⋯⋯ 11
上編　郭璞《爾雅》著述佚籍輯考⋯⋯⋯⋯⋯⋯⋯ 13
第一章　郭璞的生平及與《爾雅》有關之著述⋯⋯ 15
　第一節　郭璞的生平⋯⋯⋯⋯⋯⋯⋯⋯⋯⋯⋯⋯ 15
　第二節　郭璞所撰與《爾雅》有關之著述⋯⋯⋯ 16
第二章　郭璞《爾雅音義》、《爾雅注》佚文輯考 25
　第一節　輯　本⋯⋯⋯⋯⋯⋯⋯⋯⋯⋯⋯⋯⋯⋯ 25
　第二節　佚　文⋯⋯⋯⋯⋯⋯⋯⋯⋯⋯⋯⋯⋯⋯ 27
　　〈釋詁〉⋯⋯⋯⋯⋯⋯⋯⋯⋯⋯⋯⋯⋯⋯⋯⋯ 27
　　〈釋言〉⋯⋯⋯⋯⋯⋯⋯⋯⋯⋯⋯⋯⋯⋯⋯⋯ 65
　　〈釋訓〉⋯⋯⋯⋯⋯⋯⋯⋯⋯⋯⋯⋯⋯⋯⋯⋯ 93
　　〈釋親〉⋯⋯⋯⋯⋯⋯⋯⋯⋯⋯⋯⋯⋯⋯⋯⋯ 114
　　〈釋宮〉⋯⋯⋯⋯⋯⋯⋯⋯⋯⋯⋯⋯⋯⋯⋯⋯ 115
　　〈釋器〉⋯⋯⋯⋯⋯⋯⋯⋯⋯⋯⋯⋯⋯⋯⋯⋯ 124
　　〈釋樂〉⋯⋯⋯⋯⋯⋯⋯⋯⋯⋯⋯⋯⋯⋯⋯⋯ 144
　　〈釋天〉⋯⋯⋯⋯⋯⋯⋯⋯⋯⋯⋯⋯⋯⋯⋯⋯ 147
　　〈釋地〉⋯⋯⋯⋯⋯⋯⋯⋯⋯⋯⋯⋯⋯⋯⋯⋯ 160
　　〈釋丘〉⋯⋯⋯⋯⋯⋯⋯⋯⋯⋯⋯⋯⋯⋯⋯⋯ 166
　　〈釋山〉⋯⋯⋯⋯⋯⋯⋯⋯⋯⋯⋯⋯⋯⋯⋯⋯ 172
　　〈釋水〉⋯⋯⋯⋯⋯⋯⋯⋯⋯⋯⋯⋯⋯⋯⋯⋯ 182
　　〈釋草〉⋯⋯⋯⋯⋯⋯⋯⋯⋯⋯⋯⋯⋯⋯⋯⋯ 191

〈釋木〉 ·· 227

〈釋蟲〉 ·· 244

〈釋魚〉 ·· 256

〈釋鳥〉 ·· 273

〈釋獸〉 ·· 290

〈釋畜〉 ·· 303

中　冊

第三節　各家輯錄郭璞《爾雅音義》、《爾雅注》佚文
　　　　而本書刪除之佚文 ···················· 313

〈釋詁〉 ·· 313

〈釋言〉 ·· 314

〈釋訓〉 ·· 314

〈釋宮〉 ·· 315

〈釋器〉 ·· 317

〈釋樂〉 ·· 318

〈釋天〉 ·· 319

〈釋地〉 ·· 323

〈釋丘〉 ·· 325

〈釋山〉 ·· 326

〈釋水〉 ·· 326

〈釋草〉 ·· 327

〈釋木〉 ·· 339

〈釋蟲〉 ·· 345

〈釋魚〉 ·· 345

〈釋鳥〉 ·· 355

〈釋獸〉 ·· 362

〈釋畜〉 ·· 365

第四節　考　辨 ···································· 367

一、郭璞《爾雅音義》體例初探 ················ 367

二、郭璞《爾雅》異文分析 ···················· 373

三、郭璞《爾雅》音讀特色 ···················· 375

四、《經典釋文》引郭璞《爾雅》音讀體例分析 ··· 384

附表　各家輯錄郭璞《爾雅音義》、《爾雅注》佚文
　　　與本書新定佚文編次比較表 ············ 392

第三章　郭璞《爾雅圖》、《爾雅圖讚》輯考 ··· 415

第一節　輯　本 ···································· 415

第二節　《爾雅圖》佚文 ························· 421

〈釋水〉 ·· 421

第三節　《爾雅圖讚》佚文 …………………………… 422
〈釋器〉 ……………………………………………… 422
〈釋天〉 ……………………………………………… 423
〈釋地〉 ……………………………………………… 424
〈釋山〉 ……………………………………………… 426
〈釋水〉 ……………………………………………… 427
〈釋草〉 ……………………………………………… 428
〈釋木〉 ……………………………………………… 432
〈釋蟲〉 ……………………………………………… 434
〈釋魚〉 ……………………………………………… 437
〈釋鳥〉 ……………………………………………… 439
〈釋獸〉 ……………………………………………… 441
〈釋畜〉 ……………………………………………… 444
第四節　各家輯錄郭璞《爾雅圖讚》而本書刪除
　　　　之佚文 …………………………………… 445
附表　各家輯錄郭璞《爾雅圖讚》與本書新定佚
　　　　文編次比較表 …………………………… 445
下編　梁陳四家《爾雅》著述佚籍輯考 …………… 449
第四章　梁陳時期的《爾雅》學家及與《爾雅》
**　　　　有關之著述** ……………………………… 451
第一節　沈旋《集注爾雅》 ……………………… 453
第二節　施乾《爾雅音》 ………………………… 454
第三節　謝嶠《爾雅音》 ………………………… 455
第四節　顧野王《爾雅音》 ……………………… 455
第五節　梁陳時期與《爾雅》有關之著述述評 …… 456
第五章　沈旋《集注爾雅》輯考 ……………………… 461
第一節　輯　本 …………………………………… 461
第二節　佚　文 …………………………………… 462
〈釋詁〉 ……………………………………………… 462
〈釋言〉 ……………………………………………… 467
〈釋訓〉 ……………………………………………… 471
〈釋宮〉 ……………………………………………… 473
〈釋器〉 ……………………………………………… 474
〈釋樂〉 ……………………………………………… 477
〈釋山〉 ……………………………………………… 477
〈釋水〉 ……………………………………………… 478
〈釋草〉 ……………………………………………… 478
〈釋蟲〉 ……………………………………………… 485

〈釋魚〉 ·················· 486

〈釋鳥〉 ·················· 488

〈釋獸〉 ·················· 488

〈釋畜〉 ·················· 490

第三節　各家輯錄沈旋《集注爾雅》而本書刪除

之佚文 ·················· 490

〈釋詁〉 ·················· 490

〈釋魚〉 ·················· 491

〈釋鳥〉 ·················· 491

第四節　考　辨 ·················· 491

一、沈旋《集注爾雅》體例初探 ·········· 491

二、沈旋《集注爾雅》異文分析 ·········· 494

三、沈旋《集注爾雅》音讀特色 ·········· 496

四、《經典釋文》引沈旋《爾雅》音讀體例分析 ··· 498

附表　各家輯錄沈旋《集注爾雅》與本書新定佚文

編次比較表 ·················· 500

下　　冊

第六章　施乾《爾雅音》輯考 ·············· 503

第一節　輯　本 ·················· 503

第二節　佚　文 ·················· 504

〈釋詁〉 ·················· 504

〈釋言〉 ·················· 510

〈釋訓〉 ·················· 513

〈釋器〉 ·················· 515

〈釋天〉 ·················· 516

〈釋地〉 ·················· 516

〈釋丘〉 ·················· 517

〈釋水〉 ·················· 517

〈釋草〉 ·················· 518

〈釋木〉 ·················· 523

〈釋蟲〉 ·················· 525

〈釋魚〉 ·················· 528

〈釋鳥〉 ·················· 530

〈釋獸〉 ·················· 533

〈釋畜〉 ·················· 534

第三節　各家輯錄施乾《爾雅音》而本書刪除之佚文 535

〈釋丘〉 ·················· 535

第四節　考　辨 ·················· 535

　　　　一、施乾《爾雅音》體例初探 ……………………… 535
　　　　二、施乾《爾雅音》異文分析 ……………………… 537
　　　　三、施乾《爾雅音》音讀特色 ……………………… 538
　　　　四、《經典釋文》引施乾《爾雅》音讀體例分析 … 541
　　　附表　各家輯錄施乾《爾雅音》與本書新定佚文編次
　　　　　　比較表 ……………………………………………… 544
　第七章　謝嶠《爾雅音》輯考 …………………………… 549
　　第一節　輯　本 …………………………………………… 549
　　第二節　佚　文 …………………………………………… 550
　　　　〈釋詁〉 …………………………………………… 550
　　　　〈釋言〉 …………………………………………… 554
　　　　〈釋訓〉 …………………………………………… 557
　　　　〈釋器〉 …………………………………………… 561
　　　　〈釋樂〉 …………………………………………… 563
　　　　〈釋天〉 …………………………………………… 563
　　　　〈釋地〉 …………………………………………… 563
　　　　〈釋丘〉 …………………………………………… 563
　　　　〈釋水〉 …………………………………………… 564
　　　　〈釋草〉 …………………………………………… 566
　　　　〈釋木〉 …………………………………………… 578
　　　　〈釋蟲〉 …………………………………………… 579
　　　　〈釋魚〉 …………………………………………… 581
　　　　〈釋鳥〉 …………………………………………… 584
　　　　〈釋獸〉 …………………………………………… 586
　　　　〈釋畜〉 …………………………………………… 587
　　第三節　各家輯錄謝嶠《爾雅音》而本書刪除之佚文 589
　　　　〈釋詁〉 …………………………………………… 589
　　　　〈釋草〉 …………………………………………… 589
　　　　〈釋木〉 …………………………………………… 390
　　　　〈釋畜〉 …………………………………………… 390
　　第四節　考　辨 …………………………………………… 390
　　　　一、謝嶠《爾雅音》體例初探 …………………… 390
　　　　二、謝嶠《爾雅音》異文分析 …………………… 593
　　　　三、謝嶠《爾雅音》音讀特色 …………………… 594
　　　　四、《經典釋文》引謝嶠《爾雅》音讀體例分析 … 597
　　　附表　各家輯錄謝嶠《爾雅音》與本書新定佚文編次
　　　　　　比較表 …………………………………………… 601
　第八章　顧野王《爾雅音》輯考 ………………………… 607
　　第一節　輯　本 …………………………………………… 607

第二節　佚　文……………………………………… 608
　〈釋詁〉 …………………………………………… 608
　〈釋言〉 …………………………………………… 614
　〈釋訓〉 …………………………………………… 618
　〈釋宮〉 …………………………………………… 622
　〈釋器〉 …………………………………………… 622
　〈釋樂〉 …………………………………………… 624
　〈釋天〉 …………………………………………… 624
　〈釋地〉 …………………………………………… 624
　〈釋丘〉 …………………………………………… 626
　〈釋山〉 …………………………………………… 627
　〈釋水〉 …………………………………………… 629
　〈釋草〉 …………………………………………… 631
　〈釋木〉 …………………………………………… 635
　〈釋魚〉 …………………………………………… 635
　〈釋鳥〉 …………………………………………… 638
　〈釋獸〉 …………………………………………… 639
　〈釋畜〉 …………………………………………… 639
第三節　各家輯錄顧野王《爾雅音》而本書刪除之佚
　　　　文…………………………………………… 641
　〈釋詁〉 …………………………………………… 641
第四節　考　辨……………………………………… 642
　一、顧野王《爾雅音》體例初探………………… 642
　二、顧野王《爾雅音》異文分析………………… 644
　三、顧野王《爾雅音》音讀特色………………… 647
　四、《經典釋文》引顧野王《爾雅》音讀體例分析 650
　附表　各家輯錄顧野王《爾雅音》與本書新定佚文編
　　　　次比較表…………………………………… 652
參考文獻目錄………………………………………… 657
附錄一　本書所輯各家音切與《經典釋文》、《廣韻》
　　　　音切對照表………………………………… 671
附錄二　本書所輯群書輯本序跋匯編……………… 721
　一、郭璞《爾雅音義》、《爾雅注》佚文………… 721
　二、郭璞《爾雅圖讚》…………………………… 723
　三、沈旋《集注爾雅》…………………………… 726
　四、施乾《爾雅音》……………………………… 727
　五、謝嶠《爾雅音》……………………………… 728
　六、顧野王《爾雅音》…………………………… 729

第六章　施乾《爾雅音》輯考

第一節　輯　本

歷來輯有施乾《爾雅音》之輯本，計有專輯二種、合輯三種：

一、專　輯

（一）馬國翰《玉函山房輯佚書・爾雅施氏音》

馬國翰《玉函山房輯佚書》（本章以下簡稱「馬本」）據陸德明《經典釋文》、邢昺《爾雅疏》、丁度《集韻》、司馬光《類篇》等書，輯錄施乾《爾雅音》佚文計共77條，其中誤輯1條（詳見本章第三節）。扣除誤輯者並經重新排比後，馬氏所輯折合本書所輯79條，其中衍增佚文者9條。對勘本書所輯97條（含佚文及施本《爾雅》異文，下同），馬本所輯約佔81.44%。

（二）黃奭《黃氏逸書考・爾雅施乾音》

黃奭《黃氏逸書考》（本章以下簡稱「黃本」）據陸德明《經典釋文》、邢昺《爾雅疏》、丁度《集韻》、司馬光《類篇》等書，輯錄施乾《爾雅音》佚文計共77條。經重新排比後，黃氏所輯折合本書所輯80條，其中脫漏佚文者1條，衍增佚文者3條。對勘本書所輯97條，黃本所輯約佔82.47%。

二、合　輯

（一）余蕭客《古經解鉤沉・爾雅》

余蕭客《古經解鉤沉》（本章以下簡稱「余本」）據陸德明《經典釋文》輯錄施乾音1條，據丁度《集韻》輯錄施乾音3條，據司馬光《類篇》輯錄施乾音1條，

計共 5 條，其中脫漏佚文者 1 條。對勘本書所輯 97 條，余本所輯約佔 5.15%。

（二）嚴可均《爾雅一切註音》

嚴可均《爾雅一切註音》（本章以下簡稱「嚴本」）據陸德明《經典釋文》輯錄施乾音 1 條，據丁度《集韻》輯錄施乾音 3 條，據司馬光《類篇》輯錄施乾音 1 條，計共 5 條，其中脫漏佚文者 1 條。對勘本書所輯 97 條，嚴本所輯約佔 5.15%。

（三）葉蕙心《爾雅古注斠》

葉蕙心《爾雅古注斠》（本章以下簡稱「葉本」）據陸德明《經典釋文》輯錄施乾音 1 條、《爾雅》異文 1 條，據丁度《集韻》輯錄施乾音 1 條，計共 3 條。對勘本書所輯 97 條，葉本所輯約佔 3.09%。

第二節　佚　文

〈釋詁〉

1. 1-3　昄，大也。

　　昄，蒲滿反。

　　案：本條佚文輯自陸德明《經典釋文・爾雅音義》。

　　馬、黃本引並同。余本「反」作「翻」。嚴、葉本並未輯錄。

　　施音「蒲滿反」，是讀「昄」為「伴」。《說文》人部：「伴，大兒。」段玉裁云：

　　　　〈大雅〉：「伴奐爾游矣」，《傳》曰：「伴奐，廣大有文章也。」《箋》云：

　　　　「伴奐，自縱弛之意。」按𠬞部「奐」下一曰「大也」，故「伴」、「奐」

　　　　皆有大義。〔註1〕

《廣韻》緩韻「昄」音「博管切」（幫紐緩韻），「伴」音「蒲旱切」（並紐緩韻），二音聲紐相近而韻同。施乾此音與「蒲旱」同。

2. 1-46　蒐，聚也。

　　蒐，所救切。

　　案：本條佚文輯自《集韻》宥韻「蒐」字注引施乾讀。

　　余、嚴、馬、黃本引均同。葉本未輯錄。

　　《廣韻》「蒐」音「所鳩切」（疏紐尤韻），與《釋文》陸德明音「所求反」同。施乾音「所救切」（疏紐宥韻），與「所鳩」聲調略異（尤宥二韻平去相承）。

〔註1〕段玉裁《說文解字注》，第 8 篇上，頁 10 下。

3. 1-49 觀，多也。

　　觀，古喚反。

　　案：本條佚文輯自陸德明《經典釋文・爾雅音義》。

　　黃本引同。馬本「喚」作「渙」，「反」下有「注同」二字。余、嚴、葉本均未輯錄。

　　《釋文》出「觀」，注云：「顧、謝音官，施古喚反，注同。」郝懿行云：

　　　　古喚反者讀如觀兵之觀，觀訓示也，示於人必多於人也，故訓多矣。〔註2〕

按〈釋言〉：「觀，指，示也」，《釋文》「觀」下云：「施音館，謝音官，注同。」是「觀兵」之「觀」，施讀去聲，謝讀平聲。《左氏・昭公五年傳》：「楚子遂觀兵於坻箕之山」，杜預注云：「觀，示也。」陸德明《春秋左氏音義》「觀兵」注云：「舊音官，注云『示也』。讀《爾雅》者皆官奐反，注同。」〔註3〕「官奐」與「古喚」音同。

　　《廣韻》「觀」字凡二見：一音「古丸切」（見紐桓韻），一音「古玩切」（見紐換韻，桓換二韻平去相承）。施乾音「古喚反」，與「古玩」音同；謝嶠、顧野王音「官」，與「占丸」音同。

4. 1-61 譎，危也。

　　譎，音述。

　　案：本條佚文輯自陸德明《經典釋文・爾雅音義》。

　　馬、黃本引並同。余、嚴、葉本均未輯錄。

　　《廣韻》術韻「譎」、「述」二字同音「食聿切」（神紐術韻）。又參見第二章第二節郭璞《爾雅音義》、《爾雅注》佚文「譎，危也」條案語。

5. 1-61 幾，汽也。

　　汽，音既。

　　案：本條佚文輯自陸德明《經典釋文・爾雅音義》。

　　黃本引同。馬本「汽」作「汔」。余、嚴、葉本均未輯錄。

　　施音「既」，是讀「汽」為「幾」。《毛詩・大雅・民勞》：「汔可小康」，《傳》云：「汔，危也。」鄭《箋》云：「汔，幾也。」郝懿行云：

　　　　《爾雅》下文云「幾，近也」，此云「幾，汽也」，知汽即近矣。毛訓汽為

〔註2〕郝懿行《爾雅義疏》，《爾雅廣雅方言釋名清疏四種合刊》，頁38上。
〔註3〕宋本、《通志堂經解》本《釋文》均作「官奐反」，阮刻本《春秋左傳注疏》引《釋文》作「官喚反」。

－505－

危，義猶未顯，故鄭申之訓汽爲幾，然後知汽幾即幾汽，又知《爾雅》之
幾，蓋幾之叚借也。〔註4〕

《廣韻》未見「汽」字。《集韻》代韻「汽」音「居代切」（見紐代韻），與「幾」音
同，釋云：「切近也。」又未韻「汽」音「居氣切」（見紐未韻），釋云：「相摩近也。」
施乾音「既」，與「居氣」音同。又《廣韻》未韻「幾」音「其既切」（群紐未韻），
與施乾音僅聲紐清濁之別。

6. 1-62 治，故也。

治，直吏反。

案：本條佚文輯自陸德明《經典釋文・爾雅音義》。宋本《釋文》「直」誤作「宜」，
「直」、「治」二字並屬澄紐，「宜」屬疑紐，聲類不合。

馬、黃本引並同。余、嚴、葉本均未輯錄。

鄭樵《爾雅注》云：「治，疑爲始。」邵晉涵云：

> 治當爲始。〈益稷〉云「在治忽」，《史記》作「來始滑」，《漢書・律歷志》
> 引作「七始詠」，是治、始二字相涵也。《墨子・經篇》云：「始，當時也」，
> 是始即故也。〔註5〕

郝懿行云：

> 治者……通作始。《孟子》云：「始條理也」，孫奭《音義》云：「本亦作治
> 條理也」，是治、始通。始訓古也、先也，先、古義俱爲故也。〔註6〕

王引之云：

> 治讀爲始，始古爲久故之故。〔註7〕

諸說均同。按《廣韻》志韻「治」音「直吏切」（澄紐志韻），與施乾音切語全同。

7. 1-67 相，視也。

相，息亮反，又息良反。

案：本條佚文輯自陸德明《經典釋文・爾雅音義》。

黃本引同。余、嚴、馬、葉本均未輯錄。

《廣韻》「相」字凡二見：一音「息良切」（心紐陽韻），一音「息亮切」（心紐
漾韻，陽漾二韻平去相承），均與施乾音切語全同。

〔註4〕郝懿行《爾雅義疏》，《爾雅廣雅方言釋名清疏四種合刊》，頁49上。
〔註5〕邵晉涵《爾雅正義》，《皇清經解》，卷505，頁10上。
〔註6〕郝懿行《爾雅義疏》，《爾雅廣雅方言釋名清疏四種合刊》，頁49。
〔註7〕王引之《經義述聞》，《皇清經解》，卷1205，頁23下。

8. 1-71 尼，止也。

　　尼，女乙反。

　　案：本條佚文輯自陸德明《經典釋文・爾雅音義》。

　　馬、黃本引並同。余、嚴、葉本均未輯錄。

　　《廣韻》「尼」音「女夷切」（娘紐脂韻），與施乾音「女乙反」（娘紐質韻）聲同而韻異（陰入對轉）。施音「女乙反」，是讀「尼」爲「昵」。〈釋詁〉：「即，尼也；尼，定也」，郭璞注云：「尼者止也，止亦定。」《釋文》出「尼」，注云：「本亦作昵。」是「尼」與「昵」通。《廣韻》「昵」音「尼質切」（娘紐質韻），與施乾此音正同。《集韻》質韻「尼」音「尼質切」，當即本施乾之音。

9. 1-79 弛，易也。

　　弛，尸紙反。易，音亦。

　　案：陸德明《經典釋文・爾雅音義》出「弛易」，注云：「施、李音尸紙反，下音亦。顧、謝本弛作施，并易皆以豉反，注同。」今據陸氏所引輯爲本條。

　　葉本輯錄本條，云：

　　　弛、施古字通。陸氏《釋文》於弛音上加一「弛」字，可知李本「弛」字作「施」。〔註8〕

按葉氏云「弛、施古字通」，確不可易（參見第七章第二節謝嶠《爾雅音》｜弛，易也」條案語）；云「李本弛字作施」，則非。《釋文》既云「顧、謝本弛作施」，則李本《爾雅》必不作「施」。「李音」上之「施」字，當係指施乾無疑。余、嚴、馬、黃本均未輯錄。

　　《廣韻》「弛」音「施是切」（審紐紙韻），與施乾音同。「易」凡二見：一音「以豉切」（喻紐寘韻），一音「羊益切」（喻紐昔韻）。施乾音「亦」，與「羊益」音同；謝嶠、顧野王音「以豉反」，與寘韻切語全同。

10. 1-97 間，代也。

　　閒，胡瞎反。

　　案：本條佚文輯自陸德明《經典釋文・爾雅音義》；《集韻》鎋韻、《類篇》門部「閒」字注引施乾讀並作「下瞎切」。「胡瞎」與「下瞎」音同。

　　馬、黃本「閒」皆作「間」，並同時輯錄《釋文》與《類篇》所引郭音。余、嚴本「閒」亦作「間」，僅據《類篇》輯錄「下瞎切」。按《釋文》出「閒」，唐石經亦作「閒」，今從之。葉本未輯錄。

〔註 8〕葉蕙心《爾雅古注斠》，卷上，頁 15 上。

盧文弨云：

案「閒」有鐥音。《說文》：「鬝，鬢禿也，從髟閒聲。」《玉篇》音苦閑、口瞎二切，《廣韻》恪八切，則知施音自有所本。〔註9〕

又參見第二章第二節郭璞《爾雅音義》、《爾雅注》佚文「閒，代也」條案語。

11. 1-104 鯦，息也。

鯦，海拜反。

案：本條佚文輯自陸德明《經典釋文‧爾雅音義》引郭、施、謝。

馬、黃本引並同。余、嚴、葉本均未輯錄。

參見第二章第二節郭璞《爾雅音義》、《爾雅注》佚文「鯦，息也」條案語。

12. 1-104 呬，息也。

呬，火季反。

案：本條佚文輯自陸德明《經典釋文‧爾雅音義》；《集韻》至韻「呬」字注引施乾讀作「火季切」。

黃本引同。馬本「反」作「切」。余、嚴、葉本均未輯錄。

施乾音「火季反」，與郭璞音「許四反」、《廣韻》音「虛器切」同，參見第二章第二節郭璞《爾雅音義》、《爾雅注》佚文「呬，息也」條案語。

13. 1-120 沬，墜也。

沬，胡犬反。

案：本條佚文輯自陸德明《經典釋文‧爾雅音義》。

馬本引同。黃本「犬」誤作「大」。余、嚴、葉本均未輯錄。

《釋文》出「沬」，注云：「姑犬反，施胡犬反，顧徒蓋反，字宜作汱。」是施、陸所見《爾雅》字作「沬」，顧本作「汱」。段玉裁、邵晉涵、郝懿行、嚴元照等均據《說文》而以「汱」字為正，「沬」字為誤；〔註10〕王念孫、阮元等則以為字應

〔註9〕盧文弨《經典釋文攷證‧爾雅音義上攷證》，頁3上。

〔註10〕段玉裁云：「〈釋詁〉曰：『汱，墜也』，汱之則沙礫去矣，故曰墜也。」（《說文解字注》，第11篇上二，頁31下，水部「汱」字注。）邵晉涵云：「沬當作汱。」（《爾雅正義》，《皇清經解》，卷505，頁25下。）郝懿行云：「沬當為汱字之譌。汱者，淅米之墜也，故《說文》云『汱，淅瀾也』、『淅，汱米也』。《廣韵》云：『汱，濤汱』，然則濤之汱之沙礫處下，故《爾雅》以為墜落之義。《釋文》既作顧音汱徒蓋反，則其字宜作汱，而又為誤本之沬字作音，非矣。今據《說文》及顧本訂正之。」（《爾雅義疏》，《爾雅廣雅方言釋名清疏四種合刊》，頁79下。）嚴元照云：「案《說文》有汱無沬，顧音是也。」（《爾雅匡名》，卷1，《皇清經解續編》，卷496，頁44下。）

作「汏」。〔註11〕細審諸說，應以前說爲是。《說文》水部：「汏，淅㶚也。」段玉裁
云：

> 〈九章〉：「齊吳榜以擊汏」，吳，大也；榜，楫也。言齊同用大楫擊水而
> 行，如汏洒於水中也。凡舟子之用櫓振力擊之，乃徐挖之如汏然。今蘇州
> 人謂搖曳洒之曰汏，音如俗語之大。〔註12〕

「洒」亦有「墜」義，章炳麟云：

> 江南運河而東，至於浙西多謂洒爲汏，本徒蓋切，音如「大」。今徒卦切。
>
> 今人言「大」，亦多作此音。〔註13〕

當即古語之遺緒。疑《爾雅》古本字本作「汏」。唐石經、宋本《爾雅》均譌作「汏」。
黃侃云：

> 從施音，則〔汏〕與渾皆爲混之叚借，此同文並見也。或汏即渾之別字，
> 如犬夷作混夷、昆夷是。〔註14〕

按《廣韻》「渾」、「混」並音「胡本切」（匣紐混韻），與施音「胡犬反」（匣紐銑韻）
韻母不同，黃說恐非。疑施乾係讀「汏」爲「泫」，《說文》水部：「泫，潾流也。」
段玉裁云：

> 潾當作潛，字之誤也。〈檀弓〉曰：「孔子泫然流涕。」〈曾語〉：「無泫涕」，
> 韋曰：「無聲涕出爲泫涕。」按泫者，泫之假借字也。〔註15〕

是「泫」有墜義之證；《廣韻》銑韻「泫」音「胡畎切」，與「胡犬反」音正同。

14. 1-129 儴，因也。

儴，息羊反。

案：本條佚文輯自陸德明《經典釋文・爾雅音義》。

馬、黃本引並同，馬本又據邢昺《爾雅疏》引「讀曰襄，《周書・君奭》云『襄
我二人』」十二字，黃本亦據邢《疏》引「施博士讀曰襄」六字。按馬、黃二氏據邢
《疏》所引者，均非施《音》原文。余、嚴、葉本均未輯錄。

〔註11〕王念孫云：「此〔案：指郝氏《義疏》。〕以汏爲汏之譌，蓋爲邵說所惑，《校勘記》辨
　　　之詳矣，當從之。」（《爾雅郝注刊誤》，頁 6 下。）阮元云：「陸德明、施乾皆作汏，音
　　　犬；惟據顧音謂字宜作汏，猶未改爲汏也。《廣韻》二十七銑：『汏，《爾雅》云「墜也」，
　　　姑泫切』，即此字；十四泰：『汏，濤汏，《說文》云「淅㶚也」，徒蓋切』，非此義。邵
　　　晉涵《正義》謂汏當作汏，失之。」（《爾雅挍勘記》，《皇清經解》，卷 1031，頁 31 上。）
〔註12〕段玉裁《說文解字注》，第 11 篇上二，頁 31 下。
〔註13〕章炳麟《新方言》，卷 2，〈釋言〉，頁 67 上。
〔註14〕黃侃《爾雅音訓》，頁 54。
〔註15〕段玉裁《說文解字注》，第 11 篇上二，頁 3 下。

施音「息羊反」，是讀「儴」爲「襄」。邢昺《疏》云：「施博士讀曰襄」，又引《周書・君奭》云：「襄我二人」爲證。〔註16〕郝懿行云：

> 《爾雅釋文》：「儴，施息羊反」，然則儴有襄音，故邢《疏》云：「儴，施博士讀曰襄。」按謚法云：「因事有功曰襄」，是襄訓因之證。〔註17〕

黃侃云：

> 儴因之訓由襄助來，正當作相。〔註18〕

說均可從。《廣韻》「襄」音「息良切」（心紐陽韻），與施乾音「息羊反」同。

15. 1-145 貉，縮，綸也。

貉，胡各反。

案：本條佚文輯自陸德明《經典釋文・爾雅音義》。

馬、黃本引並同。余、嚴、葉本均未輯錄。

《釋文》出「貉」，注云：「亡白反，下同。施胡各反。」阮元云：

> 按施胡各反，則字作「貉」；陸亡白反，字當作「貊」。《詩・皇矣》「貊其德音」，《正義》引此文作「貊」是也。邢《疏》云：「貉、貊音義同。」
> 〔註19〕

按「貉」字兼有「亡白」、「胡各」二音，陸音「亡白反」則與「貊」通，郝懿行云：

> 貉讀爲「貊其德音」之貊。〔註20〕

江藩云：

> 貉，通作貊。《大雅・皇矣》「貊其德音」，貊，貉之俗體。〔註21〕

說皆其義。

《廣韻》「貉」字凡二見：一音「下各切」（匣紐鐸韻），一音「莫白切」（明紐陌韻）。「下各」與施乾音同；「莫白」與《釋文》陸德明音同。又《廣韻》「貊」亦音「莫白切」。

〈釋言〉

16. 2-5 宣，徇，徧也。

〔註16〕周春云：「施息羊翻，案儴即〈皋陶謨〉及〈君奭〉篇『襄我二人』之『襄』，當從陳施博士乾讀。」（《十三經音略》，卷9，〈爾雅上〉，頁14下。）
〔註17〕郝懿行《爾雅義疏》，《爾雅廣雅方言釋名清疏四種合刊》，頁82下。
〔註18〕黃侃《爾雅音訓》，頁57。
〔註19〕阮元《爾雅釋文校勘記》，《皇清經解》，卷1037，頁3下。
〔註20〕郝懿行《爾雅義疏》，《爾雅廣雅方言釋名清疏四種合刊》，頁87上。
〔註21〕江藩《爾雅小箋》，卷上，《續修四庫全書》，冊188，頁28下。

徇，音詢、進。

案：本條佚文輯自陸德明《經典釋文・爾雅音義》。

黃本無「進」字。余、嚴、馬、葉本均未輯錄。黃侃云：

> 施音詢、進，乃兩音。〔註22〕

其說可從，「進」字當輯錄。

《廣韻》、《集韻》均無「徇」與「詢」、「進」音同之證。施乾音「詢」（心紐諄韻，《廣韻》音「相倫切」），與郭璞音「巡」（邪紐諄韻）僅聲紐略異，疑施乾亦與郭璞同讀「徇」為「巡」。《集韻》稕韻「徇」音「須閏切」（心紐稕韻），與施乾此音平去相承。施乾又音「進」（精紐震韻，《廣韻》音「即刃切」），與「須閏」聲紐略異。〔註23〕又參見第二章第二節郭璞《爾雅音義》、《爾雅注》佚文「宣，徇，徧也」條案語。

17. 2-17 觀，指，示也。

觀，音館。

案：本條佚文輯自陸德明《經典釋文・爾雅音義》。

馬、黃本引並同。余、嚴、葉本均未輯錄。

《廣韻》「觀」字凡二見：一音「古丸切」（見紐桓韻），一音「古玩切」（見紐換韻）。施乾音「館」與「古玩」同；謝嶠音「官」與「古丸」同。郝懿行云：

> 《釋文》：「觀，施音館、謝音官」，二音俱通矣。〔註24〕

又參見1-49「觀，多也」條案語。

18. 2-49 啜，茹也。

啜，丑衛、尺銳二反。

案：本條佚文輯自陸德明《經典釋文・爾雅音義》；《集韻》祭韻「啜」音「丑芮切」，釋云：「《爾雅》『茹也』施乾說。」「丑芮」與「丑衛」音同。

馬、黃本同時輯錄《釋文》、《集韻》所引施音。余、嚴本僅據《集韻》輯錄「丑芮切」。葉本未輯錄。

《廣韻》「啜」字凡五見：一音「嘗芮切」（禪紐祭韻），一音「陟衛切」（知紐祭韻），一音「姝雪切」（禪紐薛韻），一音「昌悅切」（穿紐薛韻），一音「陟劣切」

〔註22〕黃焯《經典釋文彙校》，頁252。

〔註23〕周祖謨認為劉宋時期「真部包括真諄臻」三韻，至齊梁以下，「大體同劉宋時期相同。」（《魏晉南北朝韻部之演變》，頁712。）是震韻（真韻去聲）與稕韻（諄韻去聲）在施乾之時當係同部。

〔註24〕郝懿行《爾雅義疏》，《爾雅廣雅方言釋名清疏四種合刊》，頁94上。

（知紐薛韻）。施乾音「丑衛反」（徹紐祭韻），與「陟衛」聲紐略異；又音「尺銳反」（穿紐祭韻），當係「昌悅」一音之轉。〔註25〕

19. 2-111 舫，泭也。

舫，甫訪反。

案：本條佚文輯自陸德明《經典釋文・爾雅音義》。

黃本引同。馬本「訪」作「汸」。余、嚴、葉本均未輯錄。

《廣韻》「舫」字凡二見：一音「甫妄切」（非紐漾韻），一音「補曠切」（幫紐宕韻）。施乾音與「甫妄」同。馬本作「甫汸反」，則與謝嶠音「方」同，當入陽韻，陽漾二韻平去相承。

20. 2-119 傂，聲也。

傂，私秩反。

案：本條佚文輯自陸德明《經典釋文・爾雅音義》。

黃本引同。馬本「反」下有「字又作俀」四字。余、嚴、葉本均未輯錄。按「字又作俀」四字應為陸德明校語，非施乾《音》佚文。

《廣韻》「傂」字凡二見：一音「息七切」（心紐質韻），一音「先結切」（心紐屑韻）。施乾音「私秩反」，與「息七」音同。

21. 2-150 粲，餐也。

餐，七丹反。

案：本條佚文輯自陸德明《經典釋文・爾雅音義》。《釋文》出「飧」，注云：「謝素昆反。《說文》云『餔也』，《字林》云『水澆飯也』。本又作餐，施七丹反。《字林》作飧，云『吞食』。」是施本《爾雅》字作「餐」，謝本作「飧」。阮元以為「飧」為正字，〔註26〕段玉裁、郝懿行以為「餐」為正字。〔註27〕郝懿行云：

〔註25〕周祖謨云：「前一個時期〔案：指劉宋時期。〕內屑薛兩韻〔案：周氏統稱屑部。〕往往與去聲祭霽兩韻〔案：周氏統稱祭部。〕通押，在齊梁時期還很普遍，可是陳隋時期就很少見了。」又云：「屑為入聲，尾音是-t，祭韻為陰聲，為去聲字。祭屑有很多相押的例子。如……這些人都是江淮一帶的人。但是在江南有些作家祭屑就不相押。……但最值得注意的是北方人。如……等祭屑都分用不混。由此可知，祭為去聲，屑為入聲是穩定的。南方或以祭與屑相押，主要是因為韻母部分的元音相同或相近，而屑韻有韻尾，祭韻無韻尾，但聲調或較低，故隨文取與屑韻相押，並非祭與屑為一部。」（《魏晉南北朝韻部之演變》，頁 725，739～740。）施乾里籍已不可考，根據本條佚文，可推測其或為江淮一帶人士。

〔註26〕阮元云：「《爾雅》作『飧』為正字，《毛詩傳》作『餐』為假借字，此當從陸本。」（《爾雅挍勘記》，卷 1032，頁 16 下。）

《說文》云：「餐，吞也」、「飧，餔也」，是二字義別。郭本作「餐」，《釋文》作「飧」，故云：「飧，本又作餐，《字林》作飧，云『吞食』。」然吞是餐之訓，而以詁飧則非。〔註28〕

按《釋文》兩出《字林》，云「水澆飯」者是「飧」字之義，云「吞食」者是「餐」字之義，而陸氏所見《字林》「餐」誤作「飧」，與「水澆飯」之「飧」形混，遂啓後人疑竇。《爾雅》此訓當以「餐」字爲正。

馬、黃本引並同。余、嚴、葉本均未輯錄。

《廣韻》「餐」音「七安切」（清紐寒韻），與施乾此音同。

〈釋訓〉

22. **3-20 委委，佗佗，美也。**

案：陸德明《經典釋文·爾雅音義》出「委委」，注云：「於危反。《詩》云『委委佗佗，如山如河』是也。諸儒本並作禕，於宜反。」音「於宜反」則字當作「禕」，依陸氏之意，是諸本《爾雅》「委委」皆作「禕禕」。參見第二章第二節郭璞《爾雅音義》、《爾雅注》佚文「委委，佗佗，美也」條案語。

23. **3-27 存存，萌萌，在也。**

萌，亡朋反。

案：本條佚文輯自陸德明《經典釋文·爾雅音義》。《通志堂經解》本《釋文》「亡」譌作「云」。〔註29〕

馬本引同。黃本「亡」譌作「云」。余、嚴、葉本均未輯錄。

施音「亡朋反」，是讀「萌」爲「蕄」。參見第二章第二節郭璞《爾雅音義》、《爾雅注》佚文「存存，萌萌，在也」條案語。

24. **3-35 夢夢，訰訰，亂也。**

夢，亡增反。

〔註27〕段玉裁云：「〈鄭風〉『還予授子之粲兮』，〈釋言〉、毛《傳》皆曰『粲、餐也』，謂粲爲餐之假借字也。餐訓吞，引伸之爲人食之，又引伸之爲人所食，故曰授餐。飧與餐，其義異，其音異，其形則飧或作飱，餐或作湌。〈鄭風〉、〈釋言〉《音義》誤認餐爲飧字耳，而《集韵》、《類篇》竟謂飧、餐一字。」（《說文解字注》，第5篇下，頁11上，食部「餐」字注。）郝懿行云：「《爾雅》以粲爲餐，明其叚借，蓋據《詩》言『授子之粲』，即謂與之以食。知者，《詩》言『素餐』，猶素食耳。」（《爾雅義疏》，《爾雅廣雅方言釋名清疏四種合刊》，頁118下。）

〔註28〕郝懿行《爾雅義疏》，《爾雅廣雅方言釋名清疏四種合刊》，頁118下。

〔註29〕盧文弨云：「亡舊作云，今依宋本正。」（《經典釋文攷證·爾雅音義上攷證》，頁5上。）

案：本條佚文輯自陸德明《經典釋文・爾雅音義》引沈、施。

馬、黃本引並同。余、嚴、葉本均未輯錄。

參見第五章第二節沈旋《集注爾雅》「夢夢，訰訰，亂也」條案語。

25. 3-45 愽愽，憂也。

愽，逋莫反。

案：本條佚文輯自陸德明《經典釋文・爾雅音義》。《釋文》出「愽愽」，依音則施本《爾雅》字當作「博」。盧文弨云：

案施音與「愽」甚遠，豈本或有作「博」者與？〔註30〕

阮元云：

按施音則字當作「博」，非也。〔註31〕

說均可從。《正字通》心部：「愽，俗博字。」《廣韻》無「愽」字，「博」音「補各切」（幫紐鐸韻），與施乾此音正同。又黃侃云：

愽，《釋文》施逋莫反，是其字作博，从尃與怖同音，亦通，正當作怛，

懤也。〔註32〕

按「博」無憂義，黃說似無確證。「愽」當係「博」形近之譌。

馬、黃本「愽」仍作「愽」。余、嚴、葉本均未輯錄。

26. 3-72 譃譃，譪譪，崇讒慝也。

匿，女陟反。

案：陸德明《經典釋文・爾雅音義》出「慝」，注云：「謝切得反，諸儒並女陟反，言隱匿其情以飾非。」是除謝嶠本《爾雅》字作「慝」外，其餘各本均作「匿」，音「女陟反」。參見第二章第二節郭璞《爾雅音義》、《爾雅注》佚文「譃譃，譪譪，崇讒慝也」條案語。

27. 3-80 薆薆，忘也。

薆，音袁。

案：本條佚文輯自陸德明《經典釋文・爾雅音義》。《集韻》元韻「薆」、「袁」同音「于元切」，「薆」下釋云：「《爾雅》『薆，忘也』施乾說。」

馬、黃本引並同《釋文》。余、嚴、葉本均未輯錄。

施乾音「袁」，未詳所據。《釋文》云：「施音袁，謝許袁反，……《詩》云『焉

〔註30〕盧文弨《經典釋文攷證・爾雅音義上攷證》，頁5上。

〔註31〕阮元《爾雅釋文校勘記》，《皇清經解》，卷1037，頁5下。

〔註32〕黃侃《爾雅音訓》，頁108。

得菱草』，毛《傳》云『菱草令人善忘』，則謝讀爲是。」又參見第七章第二節謝嶠《爾雅音》「菱薆，忘也」條案語。

〈釋器〉

28. 6-6 絇謂之救。

絇，苦侯反。

案：本條佚文輯自陸德明《經典釋文・爾雅音義》。

馬、黃本引並同。余、嚴、葉本均未輯錄。

《廣韻》「絇」字凡二見：一音「其俱切」（群紐虞韻），一音「九遇切」（見紐遇韻）。施乾音「苦侯反」（溪紐侯韻），疑是「救」音之轉。《廣韻》「救」音「居祐切」（見紐宥韻），與「苦侯」聲紐同屬舌根塞音，韻母同屬侯部。〔註33〕邵晉涵云：

> 《釋文》引施音苦侯反，故謂之救；《釋文》又引謝音其俱反，故鄭註作
> 謂之拘。皆以聲爲義，聲又轉相通也。〔註34〕

29. 6-11 載轡謂之轙。

轙，音蟻。

案：本條佚文輯自陸德明《經典釋文・爾雅音義》。

馬、黃本引並同。余、嚴、葉本均未輯錄。

《廣韻》「轙」字凡二見：一音「魚羈切」（疑紐支韻），一音「魚倚切」（疑紐紙韻，支紙二韻平上相承）。施乾音「蟻」，與「魚倚」音同。

30. 6-12 米者謂之糪。

糪，孚八反。

案：本條佚文輯自陸德明《經典釋文・爾雅音義》。《集韻》黠韻「糪」音「普八切」，釋云：「餅半孰也，《爾雅》『米者謂之糪』施乾讀。」「普八」與「孚八」音同。〔註35〕《類篇》米部「糪」字注引施乾讀誤作「普入切」。

馬、黃本同時據《釋文》及《集韻》輯錄，馬本「普八切」下有「餅半熟也」

〔註33〕周祖謨云：「這一部〔侯部〕包括侯尤幽三韻字。侯韻在兩漢時期大多數作家都跟魚部字在一起押韻，尤幽兩韻則屬於幽部。到了三國時期幽部的豪肴宵蕭四類字歸入宵部，尤幽兩類與少數的侯韻字就與從魚部分化出來的侯類歸併成一部了。……這一部直到齊梁以後仍舊沒有甚麼變動。」（《魏晉南北朝韻部之演變》，頁19。）可知在施乾之時，《廣韻》侯韻字與宥韻（尤韻去聲）字僅是聲調不同。

〔註34〕邵晉涵《爾雅正義》，《皇清經解》，卷510，頁6下。

〔註35〕「普八」與「孚八」二音僅聲紐重唇輕唇之別。《釋文》「孚八反」應是唇音分化前較早的音切。

四字；黃本「普八切」譌作「普入切」，下亦有「餅半孰也」四字。余、嚴、葉本均未輯錄。「餅半孰也」四字是《集韻》釋「檗」之語，非施《音》佚文，馬、黃二氏均誤輯。

《廣韻》「檗」字凡二見：一音「博厄切」（幫紐麥韻），一音「普麥切」（滂紐麥韻）。施乾音「孚八切」（敷紐黠韻），不詳所據。

31. 6-16 **圜弇上謂之鼒。**

鼒，音災。

案：本條佚文輯自陸德明《經典釋文．爾雅音義》。

馬、黃本引並同。余、嚴、葉本均未輯錄。

《廣韻》「鼒」字凡二見：一音「子之切」（精紐之韻），一音「昨哉切」（從紐咍韻）。施乾音「災」（精紐咍韻，《廣韻》音「祖才切」），與「昨哉」聲紐略異。

〈釋天〉

32. 8-3 **夏為長嬴。**

長，直良反。

案：本條佚文輯自陸德明《經典釋文．爾雅音義》。

馬、黃本引並同。余、嚴、葉本均未輯錄。

《釋文》「長」下注云：「謝丁兩反。李云：『萬物各發生長也。』施直良反。」依李巡之意，則「長嬴」之「長」當如謝氏讀。《廣韻》「長」字凡三見：一音「直良切」（澄紐陽韻），一音「知丈切」（知紐養韻），一音「直亮切」（澄紐漾韻）；又陽韻「長」下有又音「丁丈切」（端紐養韻）。施乾音「直良反」，與陽韻切語全同；謝嶠音「丁兩反」，與「丁丈」音同。

33. 8-6 **大歲在戊曰著雍。**

著，直魚反。

案：本條佚文輯自陸德明《經典釋文．爾雅音義》。

各輯本均未輯錄。

《廣韻》魚韻「著」音「直魚切」（澄紐魚韻），與施乾此音切語全同，釋云：「《爾雅》云：『太歲在戊曰著雍。』」

〈釋地〉

34. 9-37 **中有枳首蛇焉。**

枳，音指。

案：本條佚文輯自陸德明《經典釋文‧爾雅音義》。

黃本「枳」作「軹」。余、嚴、馬、葉本均未輯錄。

《廣韻》「枳」字凡二見：一音「諸氏切」（照紐紙韻），一音「居帋切」（見紐紙韻）。施乾音「指」（照紐旨韻，《廣韻》音「職雉切」），與《廣韻》「枳」字之音均不合，不詳所據。又參見第二章第二節郭璞《爾雅音義》、《爾雅注》佚文「中有枳首蛇焉」條案語。

〈釋丘〉

35. 10-6 水潦所還，埒丘。

還，音旋。

案：本條佚文輯自陸德明《經典釋文‧爾雅音義》。

馬本引同。余、嚴、黃、葉本均未輯錄。

《廣韻》「還」字凡二見：一音「戶關切」（匣紐刪韻），一與「旋」同音「似宣切」（邪紐仙韻）。

36. 10-11 水出其後，沮丘。

沮，子余反。

案：本條佚文輯自陸德明《經典釋文‧爾雅音義》。

馬、黃本引並同。余、嚴、葉本均未輯錄。

《廣韻》魚韻「沮」音「子魚切」（精紐魚韻），與施乾此音同。

37. 10-15 宛中，宛丘。

宛，於阮反。

案：本條佚文輯自陸德明《經典釋文‧爾雅音義》。

黃本引同。馬本「阮」作「苑」。余、嚴、葉本均未輯錄。

《廣韻》「宛」字凡二見：一音「於袁切」（影紐元韻），一音「於阮切」（影紐阮韻，元阮二韻平上相承）。施乾音「於阮反」，與《廣韻》「宛」字二音皆同（《廣韻》「阮」有「愚袁」（元韻）、「虞遠」（阮韻）二切）。馬本作「於苑反」，亦與「於阮」音同。

〈釋水〉

38. 12-11 汝為濆。

案：陸德明《經典釋文・爾雅音義》出「瀆」，注云：「符云反，下同。《字林》作涓，工玄反。眾《爾雅》本亦作涓。」是施乾本《爾雅》字作「涓」。參見第二章第二節郭璞《爾雅音義》、《爾雅注》佚文「汝爲瀆」條案語。

葉本照引《釋文》「瀆，眾《爾雅》亦作涓」句；其餘各本均未提及。

39. 12-27 鬲津。　郭注：**水多阨狹，可隔以為津而橫渡。**

鬲，力的反。

案：本條佚文輯自陸德明《經典釋文・爾雅音義》。

馬本引同。其餘各本均未輯錄。

《廣韻》「鬲」字凡二見：一音「古核切」（見紐麥韻），一音「郎擊切」（來紐錫韻）。施乾音「力的反」，與「郎擊」音同。按《爾雅》此訓應讀「古核切」，《釋文》出「鬲」，注云：「音革，施力的反，與今注不同。」又出「津」，注引「李云：『河水狹小，可隔以爲津，故曰鬲津。』孫、郭同云：『水多阨狹，可隔以爲津而橫渡。』」是「鬲」應讀爲「隔」，施乾此音不確。

〈釋草〉

40. 13-10 蘆，鼠莞。

莞，音丸。

案：本條佚文輯自陸德明《經典釋文・爾雅音義》。宋本《釋文》「丸」誤作「九」。

嚴、馬、黃本引均同。余、葉本並未輯錄。

《廣韻》「莞」字凡三見：一音「胡官切」（匣紐桓韻），一音「古丸切」（見紐桓韻），一音「戶板切」（匣紐潸韻）。施乾音「丸」，與「胡官」音同；謝嶠音「官」，與「古丸」音同。

41. 13-32 葵，蘆萉。

葵，徒忽反。

案：本條佚文輯自陸德明《經典釋文・爾雅音義》。

黃本引同。其餘各本均未輯錄。

《廣韻》「葵」音「陀骨切」（定紐沒韻），與施乾此音同。

42. 13-51 藾，蕭薹。

薹，音童。

案：本條佚文輯自陸德明《經典釋文・爾雅音義》。

馬、黃本引並同。余、嚴、葉本均未輯錄。

《廣韻》「董」字凡二見：一與「童」同音「徒紅切」（定紐東韻），一音「多動切」（端紐董韻，東董二韻平上相承）。《釋文》陸德明音「丁動反」，與「多動」音同。

43. 13-69 **蔜，蔜蘾。**

蔜，所留反。

案：本條佚文輯自陸德明《經典釋文・爾雅音義》引沈、施。

馬、黃本引並同。余、嚴、葉本均未輯錄。

《廣韻》「蔜」字凡二見：一音「所鳩切」（疏紐尤韻），一音「蘇老切」（心紐晧韻）。沈旋、施乾音「所留反」，與「所鳩」音同。

44. 13-71 **蘢，天蘥。**

蘢，音龍。

案：本條佚文輯自陸德明《經典釋文・爾雅音義》。

馬、黃本引並同。余、嚴、葉本均未輯錄。

《廣韻》「蘢」字凡二見：一音「盧紅切」（來紐東韻），一音「力鍾切」（來紐鍾韻）。施乾音「龍」，與「力鍾」音同。又參見第二章第二節郭璞《爾雅音義》、《爾雅注》佚文「蘢，天蘥」條案語。

45. 13-74 **藺，蔖。**

蔖，才古反。

案：本條佚文輯自陸德明《經典釋文・爾雅音義》引施、謝。

馬、黃本引並同。余、嚴、葉本均未輯錄。

《廣韻》「蔖」字凡二見：一音「昨何切」（從紐歌韻），一音「采古切」（清紐姥韻）。施乾、謝嶠同音「才古反」（從紐姥韻），與「采古」聲紐略異。

46. 13-81 **雚芄，蘭。**

雚，音丸。

案：本條佚文輯自陸德明《經典釋文・爾雅音義》引沈、施。

馬、黃本引並同。余、嚴、葉本均未輯錄。

施音「丸」，是讀「雚」爲「莞」。參見第五章第二節沈旋《集注爾雅》「雚芄，蘭」條案語。

47. 13-84 **薗，鹿藿。**

薗，其免反。

案：本條佚文輯自陸德明《經典釋文・爾雅音義》。

馬、黃本引並同。余、嚴、葉本均未輯錄。

《廣韻》「藺」字凡二見：一音「渠殞切」（群紐軫韻），一音「渠篆切」（群紐獮韻）。施乾音「其免反」（群紐獮韻），與「渠篆」僅開合之異。

48. 13-87 荷，芙渠。其莖茄，其葉蕸，其本蔤，其華菡萏，其實蓮，其根藕，其中的，的中薏。

案：陸德明《經典釋文‧爾雅音義》出「其葉蕸」，注云：「眾家並無此句，唯郭有。」是除郭本以外，各本均無「其葉蕸」句。參見第五章第二節沈旋《集注爾雅》「荷，芙渠……」條案語。

49. 13-94 薔蘼，虋冬。

案：陸德明《經典釋文‧爾雅音義》出「虋」，注云：「音門，本皆作門，郭云門俗字。亦作薹字。」是各本《爾雅》字均作「門」，惟郭本作「虋」。參見第二章第二節郭璞《爾雅音義》、《爾雅注》佚文「薔蘼，虋冬」條案語。

50. 13-123 覆，盜庚。

覆，孚服反。

案：本條佚文輯自陸德明《經典釋文‧爾雅音義》。

馬、黃本引並同。余、嚴、葉本均未輯錄。

《廣韻》「覆」字凡二見：一音「房六切」（奉紐屋韻），一音「芳福切」（敷紐屋韻）。施乾音「孚服反」，與「芳福」音同。

51. 13-129 藒車，芞輿。

案：陸德明《經典釋文‧爾雅音義》出「輿」，注云：「字或作薁，音餘。唯郭、謝及舍人本同，眾家並作蒢。」是施乾本《爾雅》字作「蒢」。參見第二章第二節郭璞《爾雅音義》、《爾雅注》佚文「藒車，芞輿」條案語。

52. 13-137 望，桼車。

桼，音繩。

案：本條佚文輯自陸德明《經典釋文‧爾雅音義》。

黃本引同。馬本「桼」譌作「桼」。余、嚴、葉本均未輯錄。

《釋文》出「桼」，注云：「本又作乘。施音繩，謝市證反。」按《廣韻》「乘」字凡二見：一音「食陵切」（神紐蒸韻），一音「實證切」（神紐證韻，蒸證二韻平去相承）。施乾音「繩」，與「食陵」音同；謝嶠音「市證反」（禪紐證韻），與「實證」聲紐略異。周春云：

施音繩，謝市證翻，此字有平去兩音也。〔註36〕

53. 13-138 困，祓裒。

裒，音絳。

案：陸德明《經典釋文‧爾雅音義》出「裒」，注云：「施音絳，孫蒲空反。」《通志堂經解》本「絳」作「絳」。按《爾雅》此訓疑應作「裒」，唐石經、宋本《爾雅》皆作「裒」，施乾本《爾雅》如是，遂以「絳」音釋之。孫炎音「蒲空反」，則字作「裒」。〔註37〕錢大昕云：

> 草木蟲魚之名多雙聲：……祓裒，……草之雙聲也。〔註38〕

嚴元照云：

> 案裒、裒、絳三字不見於《說文》，又不見於《玉篇》。就此三字中，裒為近之，祓裒為雙聲字。〈吳都賦〉注云：「絳，絳草也。」疑此文亦本作絳。始則譌糸為衣，繼則譌夅為夅耳。〔註39〕

黃焯云：

> 案作「裒」是也。《爾雅》此文自來有作裒作裒二本，如《廣韻》東裒薄紅切，引《爾雅》，又云「亦作裒，又音降」。《集韻》東裒蒲蒙切，又絳裒古巷切，並引《爾雅》。《類篇》裒補蒙切，又裒古卷切，亦並引《爾雅》。他如石經作裒，邢蜀吳瞿雪鄭諸本或作裒，或作裒，陸氏《新義》且有作裒作裒二本。惟裒裒二字皆為《說文》《玉篇》所無，嚴氏元照謂裒為近之，祓裒為雙聲字。〔註40〕

諸說皆可參。今施音仍從宋本《釋文》作「絳」，《爾雅》此訓則依音作「裒」。

馬、黃本引並同。余、嚴、葉本均未輯錄。

《廣韻》無「裒」字。《集韻》「裒」、「絳」二字同音「古巷切」（見紐絳韻）。

54. 13-144 菟奚，顆涷。

涷，都弄反。

案：本條佚文輯自陸德明《經典釋文‧爾雅音義》。

〔註36〕周春《十三經音略》，卷11，頁11上。

〔註37〕郝懿行云：「裒，施音絳則旁从夅；孫蒲空反則旁从夅夅之夅。《廣韻》一東蓬紐下引《爾雅》正作裒，與孫本同。」（《爾雅義疏》，《爾雅廣雅方言釋名清疏四種合刊》，頁 257 下。）

〔註38〕錢大昕《十駕齋養新錄》，卷5，〈雙聲疊韻〉，頁121。

〔註39〕嚴元照《爾雅匡名》，卷13，《皇清經解續編》，卷508，頁20下～21上。

〔註40〕黃焯《經典釋文彙校》，頁277。

黃本引同。馬本「反」下有「讀者以爲多」五字。余、嚴、葉本均未輯錄。按《釋文》出「涷」，注云：「謝音東，施都弄反，讀者亦音多。」「讀者」云云應係陸德明語，非施乾佚文，馬氏誤輯。

《廣韻》「涷」字凡二見：一音「德紅切」（端紐東韻），一音「多貢切」（端紐送韻，東送二韻平去相承）。施乾音「都弄反」，與「多貢」音同；謝嶠音「東」，與「德紅」音同。

55. 13-151 簹，箁中。

箁，音儲。

案：本條佚文輯自陸德明《經典釋文・爾雅音義》。

馬、黃本引並同。余、嚴、葉本均未輯錄。

《廣韻》「箁」字凡二見：一音「丑居切」（徹紐魚韻），一音「同都切」（定紐模韻）。施乾音「儲」（澄紐魚韻，《廣韻》音「直魚切」），與「丑居」聲紐略異。

56. 13-154 蘬，月爾。

蘬，音其。

案：本條佚文輯自陸德明《經典釋文・爾雅音義》引施、謝。《通志堂經解》本《釋文》「萁」作「其」。

馬本輯作「蘬音其」。黃本「萁」亦作「其」。余、嚴、葉本均未輯錄。

《釋文》出「蘬」，注云：「郭音其，字亦作蘬，紫蘬荼也。《說文》云：『蘬，土夫也。』或作其，非也。案《說文》云：『萁，豆莖。』施、謝並音其。」尋陸氏文意，可知陸氏所見郭璞本《爾雅》字作「蘬」（參見第二章第二節郭璞《爾雅音義》、《爾雅注》佚文「蘬，月爾」條案語）；施、謝本仍應作「蘬」。釋音之字則當作「萁」，《釋文》前已引「郭音其」，若再引「施謝並音其」則嫌重複。惟《廣韻》「萁」、「其」音同，與「蘬」同音「渠之切」（群紐之韻）。

57. 13-156 姚莖涂薺。

莖，於耕反。

案：本條佚文輯自陸德明《經典釋文・爾雅音義》引施、郭。

馬、黃本引並同。余、嚴、葉本均未輯錄。

《廣韻》「莖」字凡二見：一音「戶耕切」（匣紐耕韻），一音「烏莖切」（影紐耕韻）。郭璞、施乾音「於耕反」，與「烏莖」音同。

58. 13-170 苮，勃苮。

二茢皆音列。

案：本條佚文輯自陸德明《經典釋文·爾雅音義》引施、謝。

馬本引同。黃本無「二皆」二字。余、嚴、葉本均未輯錄。

《廣韻》「茢」、「列」二字同音「良薛切」（來紐薛韻）。又參見第五章第二節沈旋《集注爾雅》「茢，勃茢」條案語。

59. 13-182 搴，柜朐。

搴，居展反。

案：本條佚文輯自陸德明《經典釋文·爾雅音義》。

馬、黃本引並同。余、嚴、葉本均未輯錄。

《廣韻》「搴」音「九輦切」（見紐獮韻），與施乾此音同。嚴元照云：

　　《說文》手部無「搴」字，……据「居展」之音，施本殆作「寋」也。
　　〔註41〕

按嚴說無據，惟《廣韻》「寋」亦音「九輦切」。

60. 13-194 不榮而實者謂之秀。

案：陸德明《經典釋文·爾雅音義》出「不榮而實者謂之秀」，注云：「眾家並無『不』字，郭雖不注，而《音義》引不榮之物證之，則郭本有『不』字。」是陸氏所見各木《爾雅》均無「不」字。參見第二章第二節郭璞《爾雅音義》、《爾雅注》佚文「不榮而實者謂之秀，榮而不實者謂之英」條案語。

〈釋木〉

61. 14-17 栩，杼。

杼，音佇，或音序。

案：本條佚文輯自陸德明《經典釋文·爾雅音義》。《釋文》云：「謝嘗汝反，施音佇，孫昌汝反，施或音序。」是施乾「杼」有「佇」、「序」二音。

馬、黃本引並同。余、嚴、葉本均未輯錄。

《廣韻》「杼」字凡二見：一音「直呂切」（澄紐語韻），一音「神與切」（神紐語韻）。施乾音「佇」，與「直呂」音同；或音「序」（邪紐語韻，《廣韻》音「徐呂切」），與《廣韻》音不合。按从予聲之字如「序」、「抒」、「㠱」等，《廣韻》均音「徐呂切」，是施乾「杼」或音「序」，亦非無據。

〔註41〕嚴元照《爾雅匡名》，卷13，《皇清經解續編》，卷508，頁26上。

62. 14-31 諸慮，山櫐。

慮，力據反。

案：陸德明《經典釋文・爾雅音義》出「諸慮」，注云：「如字，施力積反。」（宋本《釋文》「積」譌作「積」。）盧文弨改作「力據反」，云：

> 舊譌力積，今改正。〔註42〕

按「力據」與《廣韻》「慮」音「良倨切」（來紐御韻）同，盧氏改字之說應可從。「力積反」（來紐昔韻）與「慮」音不合，亦無理可說。今從盧氏輯作「力據反」。

馬本輯作「力據反」。黃本作「力積反」。余、嚴、葉本均未輯錄。

63. 14-41 楔，荊桃。

楔，音結。

案：本條佚文輯自陸德明《經典釋文・爾雅音義》。《集韻》屑韻「楔」音「吉屑切」，釋云：「木名，《爾雅》『楔，荊桃』施乾讀。」「吉屑」與「結」音同。

黃本引同。馬本據《釋文》輯錄，又據《集韻》輯錄「吉屑切，木名」五字。余、嚴、葉本均未輯錄。按「木名」二字係《集韻》語，馬氏誤輯。

《廣韻》「楔」字凡二見：一音「古黠切」（見紐黠韻），一音「先結切」（心紐屑韻）。施乾音「結」（見紐屑韻，《廣韻》音「古屑切」），與《廣韻》音均不合。周祖謨云：

> 屑部在劉宋時期包括屑薛黠三韻，到齊梁以後黠韻字獨立，就很少有跟屑薛押韻的了。〔註43〕

然則施乾此音，可能表示其屑、黠二部尚未分立，也可能是施乾使用了較早的音切。

64. 14-43 痤，椄慮李。

慮，音驢。

案：本條佚文輯自陸德明《經典釋文・爾雅音義》。《通志堂經解》本《釋文》「驢」作「驪」，黃焯云：

> 案作「驢」是也。《集韻》魚慮驢同淩如切，與「驪」韻異。〔註44〕

《廣韻》「驪」一音「呂支切」（來紐支韻），一音「郎奚切」（來紐齊韻），均與「慮」音「良倨切」（來紐御韻）不合，黃說可從。

〔註42〕盧文弨《經典釋文攷證・爾雅音義下攷證》，頁4下。
〔註43〕周祖謨《魏晉南北朝韻部之演變》，頁725。
〔註44〕黃焯《經典釋文彙校》，頁281。

馬、黃本「櫨」並作「驢」。余、嚴、葉本均未輯錄。

施音「櫨」，是讀「慮」爲「櫨」。周春云：

「慮」亦作「櫨」。〔註45〕

按《玉篇》木部：「椏，櫨李，亦作椏。」字即作「櫨」。《廣韻》魚韻「櫨」、「驢」二字同音「力居切」（來紐魚韻）。

65. 14-56 瘣木，苻婁。

婁，力俱反。

案：本條佚文輯自陸德明《經典釋文·爾雅音義》。

馬、黃本引並同。余、嚴、葉本均未輯錄。

《廣韻》「婁」字凡二見：一音「力朱切」（來紐虞韻），一音「落侯切」（來紐侯韻）。施乾音「力俱反」，與「力朱」音同；謝嶠音「力侯反」，與「落侯」音同。二音上古音同屬侯部。

66. 14-58 枹遒木，魁瘣。

魁，苦回反。

案：本條佚文輯自陸德明《經典釋文·爾雅音義》。

馬、黃本引並同。余、嚴、葉本均未輯錄。

《廣韻》「魁」音「苦回切」（溪紐灰韻），與施乾此音切語全同。

67. 14-58 枹遒木，魁瘣。

瘣，胡罪反。

案：本條佚文輯自陸德明《經典釋文·爾雅音義》。

馬、黃本引並同。余、嚴、葉本均未輯錄。

《廣韻》「瘣」音「胡罪切」（匣紐賄韻），與施乾此音切語全同。

〈釋蟲〉

68. 15-4 蜓蚞，螇螰。

蜓，音亭。

案：本條佚文輯自陸德明《經典釋文·爾雅音義》。

馬、黃本引並同。余、嚴、葉本均未輯錄。

參見第五章第二節沈旋《集注爾雅》「蜓蚞，螇螰」條案語。

〔註45〕周春《爾雅補注》，卷3，頁24上。

69. 15-8 諸慮，奚相。

慮，音驢。

案：本條佚文輯自陸德明《經典釋文・爾雅音義》。

馬本「驢」下有「一音力據反」五字。黃本「慮」誤作「盧」。余、嚴、葉本均未輯錄。「力據」一音當係陸德明所注，非施乾之音，馬氏誤輯。

施音「驢」，則讀如〈釋木〉14-31「諸慮，山櫐」之「慮」。陸德明《爾雅音義・釋木》出「諸慮」，注云：「字又作櫚，力余反。」按《廣韻》「櫚」音「力居切」（來紐魚韻），與施乾此音正同。翟灝云：

　　諸慮與山櫐同名，蓋蟲之宛蔓似櫐者也。〔註46〕

黃侃亦云：

　　諸慮與木之諸慮山櫐同名。〔註47〕

惟施乾〈釋木〉之「諸慮」音「力據反」（來紐御韻，見前），此音「驢」，二音聲調不同（魚御二韻平去相承）。

《廣韻》「慮」音「良倨切」，與「力據」音同。

70. 15-8 諸慮，奚相。

相，音葙。

案：本條佚文輯自陸德明《經典釋文・爾雅音義》。

馬、黃本引並同。余、嚴、葉本均未輯錄。

《釋文》出「奚相」，注云：「施音葙，謝息亮反。舍人本作桑。」按《廣韻》「相」字凡二見：一音「息良切」（心紐陽韻），一音「息亮切」（心紐漾韻，陽漾二韻平去相承）。施乾音「葙」，與「息良」音同；謝嶠音「息亮反」，與漾韻切語全同。舍人本作「桑」，《廣韻》「桑」音「息郎切」（心紐唐韻），然則據舍人本則當以施乾音為正。

71. 15-16 蒺藜，蝍蛆。

蝍，音即。

案：本條佚文輯自陸德明《經典釋文・爾雅音義》。

馬本引同。余、嚴、黃、葉本均未輯錄。

《廣韻》「蝍」字凡三見：一音「資悉切」（精紐質韻），一音「子結切」（精紐屑韻），一音「子力切」（精紐職韻）。施乾音「即」，與「子力」音同。江藩云：

〔註46〕翟灝《爾雅補郭》，卷下，頁 13 下。
〔註47〕黃侃《爾雅音訓》，頁 255。

「蜘」，通作「即」。〔註48〕

72. 15-20 螾，馬蠸。

蠸，仕娩反。

案：本條佚文輯自陸德明《經典釋文・爾雅音義》。宋本《釋文》反切下字漫患不識。

馬、黃本引並同。余、嚴、葉本均未輯錄。

《釋文》出「蠸」，注云：「郭仕板反，《字林》仕免反，或仕簡反，施仕娩反。」「仕免」與「仕娩」音同。（《廣韻》獮韻「免」、「娩」二字同音「亡辨切」。）施音「仕娩反」，疑是讀「蠸」為「棧」。江藩云：

　　「蠸」古本作「棧」，或作「淺」，後人改从虫。……郭音仕板反，《字林》

　　仕免反，皆聲之轉也。〔註49〕

按《廣韻》「棧」音「士免切」（牀紐獮韻），與施乾此音正同。

73. 15-34 蜾，蛹。

蜾，音愧。

案：本條佚文輯自陸德明《經典釋文・爾雅音義》。《通志堂經解》本《釋文》「愧」作「隗」。按《廣韻》「隗」音「五罪切」（疑紐賄韻），與「蜾」音「胡對切」（匣紐隊韻，賄隊二韻上去相承）稍異。

黃本引同。余、嚴、馬、葉本均未輯錄。

《廣韻》「蜾」字凡二見：一音「居追切」（見紐脂韻），一音「胡對切」（匣紐隊韻）。施乾音「愧」（見紐至韻，《廣韻》音「俱位切」），與「居追」僅聲調不同（脂至二韻平去相承）。

74. 15-42 蛭蟣，至掌。

蛭，徒結反。

案：本條佚文輯自陸德明《經典釋文・爾雅音義》。

馬、黃本引並同。余、嚴、葉本均未輯錄。

《廣韻》「蛭」字凡三見：一音「之日切」（照紐質韻），一音「丁悉切」（端紐質韻），一音「丁結切」（端紐屑韻）。施乾音「徒結反」（定紐屑韻），與「丁結」聲紐略異。

〔註48〕江藩《爾雅小箋》，卷下之上，《續修四庫全書》，冊188，頁52上。
〔註49〕江藩《爾雅小箋》，卷下之上，《續修四庫全書》，冊188，頁53上。

75. 15-53 **蠭醜螸**。

螽，音終。

案：本條佚文輯自陸德明《經典釋文・爾雅音義》。《釋文》出「蠭醜螸」，注云：「李、孫、郭並闕讀，而謝孚逢反。施作『螽』，音終。案上有『螽醜奮』，依謝爲得。」是施乾本《爾雅》字作「螽」，與唐石經、宋本《爾雅》作「蠭」者不同。段注本《說文》虫部：「螸，螽醜螸。」與施本合。段玉裁云：

> 「螽」，俗本作「蠭」，今依宋本、李燾本、《集韵》正。〈釋蟲〉曰：「蠭醜螸」，《音義》曰「蠭」施乾作「螽」，施所據與許合。〔註 50〕

郝懿行則以「螽」爲譌字，云：

> 徐鍇本「蠭」作「螽」，蓋「蠭」古文作「蠭」，與「螽」形近，故譌耳。〔註 51〕

今按此應係師說不同，似不必偏執是非。嚴元照云：

> 《爾雅釋文》謂施乾作「螽」，施必有所受之，又與《說文》合。《說文》偁《爾雅》多與今本異，未必「蠭」是而「螽」非也。〔註 52〕

其說可從。

馬、黃本引並同。余、嚴、葉本均未輯錄。

《廣韻》「螽」、「終」二字同音「職戎切」（照紐東韻）。

〈釋魚〉

76. 16-19 **鱊鮬，鱖鯞**。

鮬，蒲悲反。

案：本條佚文輯自陸德明《經典釋文・爾雅音義》。《集韻》脂韻、《類篇》魚部「鮬」並音「貧悲切」，釋云：「魚名，《爾雅》『鱊鮬，鱖鮬』施乾讀。」「貧悲」與「蒲悲」音同。

余、嚴、葉本均僅據《集韻》輯音。馬、黃本兼據《釋文》與《集韻》輯錄。

《廣韻》「鮬」字凡二見：一音「苦胡切」（溪紐模韻），一音「薄故切」（並紐暮韻，模暮二韻平去相承）。施乾音「蒲悲反」（並紐脂韻），與《廣韻》「鮬」音韻類不合。按施乾此音亦非無據，吳承仕云：

> 鮬從夸聲，郭音「步」，《字林》「丘于反」，韻部比近。施乾「蒲悲反」者，

〔註 50〕段玉裁《說文解字注》，第 13 篇上，頁 53。
〔註 51〕郝懿行《爾雅義疏》，《爾雅廣雅方言釋名清疏四種合刊》，頁 293 下。
〔註 52〕嚴元照《爾雅匡名》，卷 15，《皇清經解續編》，卷 510，頁 11 上。

蓋魚部字多轉入支，如獥貁字音于彼反，莘轉作菔，亦音于彼反也。施反「蒲悲」，則彼時支、脂聲近之謡。〔註53〕

又參見第二章第二節郭璞《爾雅音義》、《爾雅注》佚文「鱫鮂，鱥鰖」條案語。

77. 16-27 科斗，活東。

　　活，音括。

　　案：本條佚文輯自陸德明《經典釋文・爾雅音義》引謝、施。

　　馬、黃本引並同。余、嚴、葉本均未輯錄。

　　《廣韻》「活」字凡二見：一音「古活切」（見紐末韻），一音「戶括切」（匣紐末韻）。施乾、謝嶠同音「括」，與「古活」音同。

78. 16-31 蛂，蟥。

　　蟥，蒲鯁反。

　　案：本條佚文輯自陸德明《經典釋文・爾雅音義》。《釋文》出「蟥」，注云：「謝步佳反，郭毗支反，《字林》作䗍，沈父幸反，施蒲鯁反。」又舊校云：「本今作蟥。」是謝、郭、沈、施本《爾雅》字皆作「蟥」。《說文》作「蟥」，唐石經、宋本《爾雅》同。《玉篇》䖵部：「蟥，或作䗍。」

　　馬本引同。黃本「蟥」作「䗍」。余、嚴、葉本均未輯錄。

　　參見第二章第二節郭璞《爾雅音義》、《爾雅注》佚文「蛂，蟥」條案語。

79. 16-36 蠶，小者蚖。

　　案：陸德明《經典釋文・爾雅音義》出「蚖」，注云：「眾家本皆作濯。」是陸氏所見施乾本《爾雅》字作「濯」。參見第二章第二節郭璞《爾雅音義》、《爾雅注》佚文「蠶，小者蚖」條案語。

80. 16-37 龜，俯者靈，仰者謝。前弇諸果，後弇諸獵。

　　案：陸德明《經典釋文・爾雅音義》出「謝」，注云：「如字，眾家本作射。」又出「果」，注云：「眾家作裏，唯郭作此字。」是陸氏所見施乾本《爾雅》作「仰者射」、「前弇諸裏」。參見第二章第二節郭璞《爾雅音義》、《爾雅注》佚文「龜，俯者靈，仰者謝。前弇諸果，後弇諸獵」條案語。

81. 16-38 蠈，小而橢。

　　蠈，音蹟。

　　案：本條佚文輯自陸德明《經典釋文・爾雅音義》。

〔註53〕吳承仕《經籍舊音辨證》，頁177。

黃本引同。馬本「蟙」作「鰿」。馬、黃本並將本條佚文輯爲「小者鰿」條佚文，說不可從。按《釋文》次序應輯入本條。又《釋文》出「蟙」，注云：「施音賾。……本或作鰿。」可知施本《爾雅》字作「蟙」，馬本非。余、嚴、葉本均未輯錄。

施乾音「賾」，是讀「蟙」爲「鰿」。郝懿行云：

「蟙」即「鰿」也。〔註54〕

《廣韻》「賾」、「鰿」二字同音「士革切」（牀紐麥韻）。又《廣韻》「蟙」字凡二見：一音「側革切」（莊紐麥韻），一音「資昔切」（精紐昔韻）。「士革」與「側革」聲紐略異。

82. 16-43 三曰攝龜。　郭注：小龜也，腹甲曲折，解能自張閉，好食蛇，江東呼爲陵龜。

攝，之協反。

案：本條佚文輯自陸德明《經典釋文・爾雅音義》。

黃本引同。馬本「協」作「恊」。余、嚴、葉本均未輯錄。

施音「之協反」，謝嶠音「之涉反」，皆是讀「攝」爲「摺」。郝懿行云：

攝猶摺也，亦猶折也，言能自曲折，解張閉如摺疊也。〔註55〕

按《廣韻》「摺」音「之涉切」（照紐葉韻），與謝嶠音切語全同；施乾音「之協反」（照紐怗韻），與「之涉」音當近同。〔註56〕又《廣韻》「攝」字凡二見：一音「書涉切」（審紐葉韻），一音「奴協切」（泥紐怗韻）。「之涉」與「書涉」聲紐略異。

〈釋鳥〉

83. 17-4 鶛鳩，鶌鶛。

鶛，音及。

案：本條佚文輯自陸德明《經典釋文・爾雅音義》。宋本《釋文》「及」字闕文。

黃本引同。馬本「及」下有「下同」二字。余、嚴、葉本均未輯錄。

參見第二章第二節郭璞《爾雅音義》、《爾雅注》佚文「鶛鳩，鶌鶛」條案語。

84. 17-10 鷜，鸚鵝。

鷜，力侯反。

案：本條佚文輯自陸德明《經典釋文・爾雅音義》引謝、施。

〔註54〕郝懿行《爾雅義疏》，《爾雅廣雅方言釋名清疏四種合刊》，頁 302 上。

〔註55〕郝懿行《爾雅義疏》，《爾雅廣雅方言釋名清疏四種合刊》，頁 303 下～304 上。

〔註56〕周祖謨云：「在魏晉宋時期……葉怗洽狎業乏爲一部。……稱爲葉部。」（《魏晉南北朝韻部之演變》，頁 32。）

馬、黃本引並同。余、嚴、葉本均未輯錄。

《廣韻》「鶳」字凡二見：一音「力朱切」（來紐虞韻），一音「落侯切」（來紐侯韻）。施乾、謝嶠同音「力侯反」，與「落侯」音同。

85. 17-40 鶹鷅，戴鵀。

鵀，汝沁反。

案：本條佚文輯自陸德明《經典釋文・爾雅音義》。《通志堂經解》本《釋文》「汝」譌作「沒」。〔註57〕

馬、黃本「汝」並譌作「沒」。余、嚴、葉本均未輯錄。

《廣韻》「鵀」字凡三見：一音「如林切」（日紐侵韻），一音「女心切」（娘紐侵韻），一音「汝鴆切」（日紐沁韻，侵沁二韻平去相承）。施乾音「汝沁反」，與「汝鴆」音同。

86. 17-43 鵽，鳩。其雄鶛，牝庳。

庳，音婢。

案：本條佚文輯自陸德明《經典釋文・爾雅音義》。

馬本引同。黃本「庳」譌作「痺」。〔註58〕余、嚴、葉本均未輯錄。

《廣韻》「庳」、「婢」二字同音「便俾切」（並紐紙韻）。

87. 17-62 鷹，鶆鳩。　郭注：鶆當為鷞字之誤耳。《左傳》作「鷞鳩」是也。

案：陸德明《經典釋文・爾雅音義》出「來鳩」，注云：「來字或作鶆，郭讀作爽，所丈反。眾家並依字。」是陸氏所見施乾本《爾雅》字作「來」。

88. 17-63 鶼鶼，比翼。

案：陸德明《經典釋文・爾雅音義》出「鶼鶼」，注云：「眾家作兼兼。」是陸氏所見施乾本《爾雅》字作「兼兼」。參見第二章第二節郭璞《爾雅音義》、《爾雅注》佚文「鶼鶼，比翼」條案語。

89. 17-64 鶬黃，楚雀。

〔註57〕吳承仕云：「『沒』爲『汝』之形譌，《類篇》、《集韻》有『如鴆』一切，是其證。」（《經籍舊音辨證》，頁178。）

〔註58〕《釋文》出「庳」，唐石經、宋本《爾雅》字亦作「庳」。阮刻本《爾雅》譌作「痺」，阮元云：「注疏本同，誤也。《釋文》、唐石經、單疏本、雪牕本皆作『庳』，當據以訂正。」（《爾雅校勘記》，《皇清經解》，卷1036，頁17下。）其說可從。段玉裁云：「《左傳》曰：『宮室卑庳』，引伸之凡卑皆曰庳。」（《說文解字注》，第9篇下，頁16下～17上，广部「庳」字注。）王念孫云：「若『庳』字即取卑小之意。」（《爾雅郝注刊誤》，頁31下。）然則《爾雅》此訓，當以「庳」字爲正。

鷺，音黎。

案：本條佚文輯自陸德明《經典釋文·爾雅音義》。

馬、黃本引並同。余、嚴、葉本均未輯錄。

施乾音「黎」（來紐齊韻，《廣韻》音「郎奚切」），即是讀「鷺」爲「黎」。郝懿行云：

> 「鷺」與「黎」同，《晉書·郭璞傳》客傲云：「欣黎黃之音者，不疊螳蛄
> 之吟。」〔註 59〕

又《廣韻》「鷺」音「呂支切」（來紐支韻），與「黎」音韻母不同。在齊梁陳隋時期，「黎」屬齊部，「離」（鷺）屬支部，二部間有通轉之例。〔註 60〕

90. 17-67 鸕，諸雉。

鸕，力魚反。

案：本條佚文輯自陸德明《經典釋文·爾雅音義》。

馬、黃本引並同。余、嚴、葉本均未輯錄。

《廣韻》「鸕」音「落胡切」（來紐模韻）。施乾音「力魚反」（來紐魚韻），二音韻部不合。周祖謨云：

> 東漢音的魚部包括魚模虞侯四韻字，到魏晉宋時期，……魚部僅僅包括魚
> 模虞三韻。

又云：

> 在魏晉宋一個時期內的作家一般都是魚虞模三韻通用的，到齊梁以後，魚
> 韻即獨成一部，而模虞兩韻爲一部，這與劉宋以前大不一樣。〔註 61〕

然則施乾此音，可能表示其模、魚二部尚未分立，也可能是施乾使用了較早的音切。

91. 17-69 秩秩，海雉。　　郭注：如雉而黑，在海中山上。

秩，音逸。

案：本條佚文輯自陸德明《經典釋文·爾雅音義》。《集韻》質韻、《類篇》禾部「秩」並音「弋質切」，釋云：「鳥名，《爾雅》：『秩秩，海雉』，如雉而黑，在海中山上，施乾讀。」「弋質」與「逸」音同。

馬本據《釋文》輯錄，又據《集韻》輯音及「鳥名，如雉而黑，在海中山上」

〔註 59〕郝懿行《爾雅義疏》，《爾雅廣雅方言釋名清疏四種合刊》，頁 315 下。

〔註 60〕韻字表參見周祖謨《魏晉南北朝韻部之演變》，頁 1031，1053；合韻譜參見同書，頁 1039，1072。《釋文》出「鷺」，注云：「《詩傳》作離，阮、謝同，力知反。」是「鷺」與「離」通，參見第七章第二節謝嶠《爾雅音》「鷺黃，楚雀」條案語。

〔註 61〕周祖謨《魏晉南北朝韻部之演變》，頁 18，720。

十一字。黃本據《釋文》輯錄，又據《類篇》輯音及「鳥名」二字。余、嚴、葉本均未輯錄。按「鳥名」二字係《集韻》、《類篇》釋語，「如雉而黑，在海中山上」二句係郭璞注語，均非施乾佚文，馬、黃二氏並誤輯。

施音「逸」，是讀「秩」為「泆」。〈釋鳥〉17-56「寇雉，泆泆」，《釋文》陸德明「泆」亦音「逸」。郝懿行云：

> 按音逸則與上「寇雉，泆泆」同名，非同物也。〔註62〕

尹桐陽則以為海雉「即上所云寇雉，今南海有一種石雞，潮至即鳴，其即此之秩秩與。」〔註63〕按〈釋鳥〉17-46「鶛鳩，寇雉」，郭璞注云：「鶛大如鴿，似雌雉，鼠腳，無後指，岐尾，為鳥憨急群飛，出北方沙漠地。」與本條注文不合，是郭璞以寇雉、海雉為同名異物，郝說可從。《廣韻》質韻「泆」、「逸」二字同音「夷質切」（喻紐質韻），「秩」音「直一切」（澄紐質韻）。

〈釋獸〉

92. 18-3 其跡解。

解，佳買反。

案：本條佚文輯自陸德明《經典釋文·爾雅音義》。

馬、黃本引並同。余、嚴、葉本均未輯錄。

《廣韻》蟹韻「解」音「佳買切」（見紐蟹韻），與施乾此音切語全同。

93. 18-6 幺，幼。

幺，於遙反。

案：本條佚文輯自陸德明《經典釋文·爾雅音義》。

馬本引同。余、嚴、黃、葉本均未輯錄。

《廣韻》「幺」音「於堯切」（影紐蕭韻）。施乾音「於遙反」（影紐宵韻），與「於堯」音當近同。在齊梁陳隋時期，《廣韻》蕭、宵二韻同屬宵部。〔註64〕《釋文》陸德明音「烏堯反」，與「於堯」音同。

94. 18-7 虎竊毛謂之虦貓。

虦，士嬾反。

〔註62〕郝懿行《爾雅義疏》，《爾雅廣雅方言釋名清疏四種合刊》，頁316下。
〔註63〕尹桐陽《爾雅義證》，卷3，頁73上。
〔註64〕周祖謨云：「《廣韻》豪肴宵蕭四韻，在魏晉宋一個時期內大多數的作家都是通用不分的，但到齊梁陳隋時期，豪韻為一部，肴韻為一部，宵蕭兩韻為一部，共分三部。」（《魏晉南北朝韻部之演變》，頁721。）

案：本條佚文輯自陸德明《經典釋文・爾雅音義》。

黃本引同。馬本「虦」誤从鳥旁。余、嚴、葉本均未輯錄。

《廣韻》「虦」字凡四見：一音「士山切」（牀紐山韻），一音「昨閑切」（從紐山韻），一音「士限切」（牀紐產韻），一音「士諫切」（牀紐諫韻）。施乾音「士嬾反」（牀紐旱韻），疑係「士限」一音之轉。參見第五章第二節沈旋《集注爾雅》「虎竊毛謂之虦貓」條案語。

95. 18-12 熊虎醜，其子狗。

狗，火候反。

案：本條佚文輯自陸德明《經典釋文・爾雅音義》引沈、施。

馬、黃本引並同。余、嚴、葉本均未輯錄。

《廣韻》「狗」音「古厚切」（見紐厚韻）。施乾音「火候反」（曉紐候韻），與「古厚」聲紐相通，聲調不同（厚候二韻上去相承）。

96. 18-13 貍子貄。

貄，餘棄反。

案：本條佚文輯自陸德明《經典釋文・爾雅音義》。《釋文》出「貄」，注云：「以世反，施餘棄反。眾家作肆，又作隸。沈音四。舍人本作貄。」（宋本《釋文》「隸」譌作「肆」。）是陸氏所見除舍人本《爾雅》字作「貄」外，其餘各本或作「肆」，或作「隸」。施本不能遽定，今仍暫從《釋文》作「貄」。又按《爾雅》此訓，其正字當作「㣇」，參見第二章第二節郭璞《爾雅音義》、《爾雅注》佚文「貍子貄」條案語。

馬、黃本引並同。余、嚴、葉本均未輯錄。

施乾音「餘棄反」，即是讀「貄」為「㣇」。《廣韻》至韻「㣇」音「羊至切」（喻紐至韻），與施乾此音正同。

〈釋畜〉

97. 19-10 回毛在膺，宜乘。

椉，市升反。

案：本條佚文輯自陸德明《經典釋文・爾雅音義》。《釋文》出「宜椉」，注云：「字又作乘。施市升反，謝市證反。」是施、謝本《爾雅》字作「椉」。唐石經、宋本《爾雅》均作「乘」。《玉篇》木部：「椉，……乘，今文。」

馬本引同。黃本「椉」作「乘」。余、嚴、葉本均未輯錄。

《廣韻》「乘」字凡二見：一音「食陵切」（神紐蒸韻），一音「實證切」（神紐證韻，蒸證二韻平去相承）。施乾音「市升反」（禪紐蒸韻），與「食陵」聲紐稍異；謝嶠音「市證反」（禪紐證韻），則與「實證」聲紐稍異。

第三節　各家輯錄施乾《爾雅音》而本書刪除之佚文

〈釋丘〉

1. 10-10 途出其右而還之，畫丘。

畫，胡卦反。

案：馬國翰據陸德明《經典釋文・爾雅音義》輯錄本條。《釋文》出「畫」，注云：「郭音獲，謝胡卦反。」是本條佚文應屬謝嶠《音》，馬氏誤輯。

第四節　考　辨

一、施乾《爾雅音》體例初探

本章第二節所輯佚文，雖不能復原施乾《爾雅音》之原貌，但亦足以一窺其要。今據所輯佚文歸納此書體例如下：

（一）注《爾雅》文字之音

在本章第二節所輯佚文中，當以單純注出《爾雅》文字音讀者為最多，計有 69 例。這類音釋絕大多數與《廣韻》音系相合，即僅注出被音字之音讀，相當於漢儒訓經「讀如」「讀若」之例。今僅從《爾雅》各篇各舉一例以見其梗概：

（1）〈釋詁〉1-46「蒐，聚也」，施乾「蒐」音「所救切」，與《廣韻》「蒐」音「所鳩切」聲調略異。（〈釋詁〉計 10 例。）

（2）〈釋言〉2-17「觀，指，示也」，施乾「觀」音「館」，與《廣韻》「觀」音「古玩切」同。（〈釋言〉計 5 例。）

（3）〈釋訓〉3-72「諼諼，謔謔，崇讒慝也」，施乾「慝」作「匿」，音「女陟反」，與《廣韻》「匿」音「女力切」同。（〈釋訓〉計 3 例。）

（4）〈釋器〉6-11「載轡謂之轙」，施乾「轙」音「蟻」，與《廣韻》「轙」音「魚倚切」同。（〈釋器〉計 3 例。）

（5）〈釋天〉8-3「夏為長嬴」，施乾「長」音「直良反」，與《廣韻》「長」音「直良切」同。（〈釋天〉計 2 例。）

（6）〈釋地〉9-37「中有枳首蛇焉」，施乾「枳」音「指」，與《廣韻》「枳」字之音不合，不詳所據。（〈釋地〉僅此 1 例。）

（7）〈釋丘〉10-6「水潦所還，埒丘」，施乾「還」音「旋」，與《廣韻》「還」音「似宣切」同。（〈釋丘〉計 3 例。）

（8）〈釋水〉12-27「鬲津」，施乾「鬲」音「力的反」，與《廣韻》「鬲」音「郎擊切」同。（〈釋水〉僅此 1 例。）

（9）〈釋草〉13-10「蘿，鼠莞」，施乾「莞」音「丸」，與《廣韻》「莞」音「胡官切」同。（〈釋草〉計 16 例。）

（10）〈釋木〉14-17「栩，杼」，施乾「杼」音「佇」，與《廣韻》「杼」音「直呂切」同。（〈釋木〉計 6 例。）

（11）〈釋蟲〉15-4「蜓蚞，蜓蠣」，施乾「蜓」音「亭」，與《廣韻》「蜓」音「特丁切」同。（〈釋蟲〉計 6 例。）

（12）〈釋魚〉16-27「科斗，活東」，施乾「活」音「括」，與《廣韻》「活」音「古活切」同。（〈釋魚〉計 3 例。）

（13）〈釋鳥〉17-10「鵱，鸓鵝」，施乾「鸓」音「力侯反」，與《廣韻》「鸓」音「落侯切」同。（〈釋鳥〉計 5 例。）

（14）〈釋獸〉18-3「其跡解」，施乾「解」音「佳買反」，與《廣韻》「解」音「佳買切」同。（〈釋獸〉計 4 例。）

（15）〈釋畜〉19-10「回毛在膺，宜乘」，施乾「乘」作「椉」，音「市升反」，與《廣韻》「乘」音「食陵切」聲紐稍異。（〈釋畜〉僅此 1 例。）

（二）以音讀訓釋被音字

施乾《爾雅音》不僅單純注出《爾雅》文字音讀，也常以音讀訓釋被音字。這類音釋是藉由音切闡釋或改訂被音字的意義，其音讀往往與《廣韻》所見被音字之音讀不合，相當於漢儒訓經「讀為」「當為」之例。在本章第二節所輯佚文中，計有 18 例：

（1）〈釋詁〉1-3「昄，大也」，施乾「昄」音「蒲滿反」，是讀「昄」為「伴」。

（2）〈釋詁〉1-61「䜈，汔也」，施乾「汔」音「既」，是讀「汔」為「幾」。

（3）〈釋詁〉1-71「尼，止也」，施乾「尼」音「女乙反」，是讀「尼」為「昵」。

（4）〈釋詁〉1-120「沈，墜也」，施乾「沈」音「胡犬反」，疑是讀「沈」為「泫」。

（5）〈釋詁〉1-129「儴，因也」，施乾「儴」音「息羊反」，是讀「儴」為「襄」。

（6）〈釋言〉2-5「宣，徇，徧也」，施乾「徇」音「詢」，疑是讀「徇」為「巡」。

（7）〈釋訓〉3-27「存存，萌萌，在也」，施乾「萌」音「亡朋反」，是讀「萌」為「薨」。

（8）〈釋訓〉3-35「夢夢，詑詑，亂也」，施乾「夢」音「亡增反」，是讀「夢」為「薨」、「懜」。

（9）〈釋器〉6-6「絇謂之救」，施乾「絇」音「苦侯反」，疑是讀「絇」為「救」。

（10）〈釋草〉13-81「蘳芄，蘭」，施乾「蘳」音「丸」，是讀「蘳」為「莞」。

（11）〈釋木〉14-43「痤，椄慮李」，施乾「慮」音「驢」，是讀「慮」為「櫨」。

（12）〈釋蟲〉15-8「諸慮，奚相」，施乾「慮」音「驢」，是讀「慮」為「諸慮，山櫐」之「慮」。

（13）〈釋蟲〉15-20「蜋，馬䗃」，施乾「䗃」音「仕娩反」，疑是讀「䗃」為「棧」。

（14）〈釋魚〉16-38「蟦，小而橢」，施乾「蟦」音「蹟」，是讀「蟦」為「鰿」。

（15）〈釋魚〉16-43「三曰攝龜」，施乾「攝」音「之協反」，是讀「攝」為「摺」。

（16）〈釋鳥〉17-64「鵹黃，楚雀」，施乾「鵹」音「黎」，即是讀「鵹」為「黎」。

（17）〈釋鳥〉17-69「秩秩，海雉」，施乾「秩」音「逸」，是讀「秩」為「泆」。

（18）〈釋獸〉18 13「貄子豿」，施乾「豿」音「餘棄反」，是讀「豿」為「帚」。

綜合而言，施乾《爾雅音》是一部訓釋《爾雅》文字音讀的注本，其音釋不涉及郭璞注。施乾也不就《爾雅》各條義訓提出解釋，其釋義往往僅以音讀方式呈現，這也可以說明何以在唐人類書、經疏、音義諸書中，未見有引述施乾義的緣故。

二、施乾《爾雅音》異文分析

從本章第二節所輯佚文中，可以發現施乾《爾雅音》文字與今通行本《爾雅》略有不同。今依其性質分類討論：

（一）異體字

施本文字與今本互為異體者，計 2 例：

（1）〈釋魚〉16-31「蛵，廲」，施本「廲」作「𪚩」。《說文》作「廲」，《玉篇》蔆部：「𪚩，或作廲。」

（2）〈釋畜〉19-10「回毛在膺，宜乘」，施本「乘」作「桼」。《玉篇》木部：「桼，……乘，今文。」

（二）分別字

今本文字為施本之分別字，計 3 例：

（1）〈釋訓〉3-72「謔謔，謞謞，崇讒慝也」，施本「慝」作「匿」。「匿」之本

義爲逃亡，引申而有藏匿、邪惡等義，是「慝」爲「匿」之分別字。

（2）〈釋鳥〉17-62「鷹，鶆鳩」，施本「鶆」作「來」。《說文》無「鶆」字，「鶆」從鳥旁應係後人據義所加。

（3）〈釋鳥〉17-63「鶼鶼，比翼」，施本「鶼鶼」作「兼兼」。《說文》無「鶼」字。《釋文》引李巡注云：「鳥有一目一翅，相得乃飛，故曰兼兼也。」是「鶼」從鳥旁應係後人據義所加。

（三）通假

施本文字與今本互爲通假者，計 5 例：

（1）〈釋訓〉3-20「委委，佗佗，美也」，施本「委委」作「禕禕」。

（2）〈釋草〉13-94「藘藦，蘷冬」，施本「蘷」作「門」。

（3）〈釋草〉13-129「藒車，芅輿」，施本「輿」作「蒢」。

（4）〈釋魚〉16-36「蜃，小者珧」，施本「珧」作「濯」。

（5）〈釋魚〉16-37「龜，俯者靈，仰者謝。前弇諸果，後弇諸獵」，施本「謝」作「射」，「果」作「裹」。

（四）異文

施本文字與今本互爲異文者，計 2 例：

（1）〈釋水〉12-11「汝爲漬」，施本「漬」作「涓」。

（2）〈釋蟲〉15-53「蠪醜螱」，施本「蠪」作「螽」。

（五）異句

施本文字與今本文句有異者，計 2 例：

（1）〈釋草〉13-87「荷，芙渠。其莖茄，其葉蕸，其本蔤，其華菡萏，其實蓮，其根藕，其中的，的中薏」，施本無「其葉蕸」句。《爾雅》本應無此句，當係後人添入。

（2）〈釋草〉13-194「不榮而實者謂之秀」，施本無「不」字。

（六）譌字

施本文字係譌字者，僅見 1 例：

（1）〈釋訓〉3-45「懪懪，憂也」，施本「懪」作「博」。「博」無憂義，當係「懪」字形近之譌。

三、施乾《爾雅音》音讀特色

在本章第二節所輯施乾《爾雅音》各條佚文中，凡有音切者，均已在其案語中

詳述其音讀與《廣韻》之比較。以下就諸音與《廣韻》不合者進行歸納分析：〔註65〕

（一）聲類

1. 牙音互通，計 2 例：

(1)〈釋器〉6-6 絢，苦侯反（溪紐侯韻），疑是「救」音之轉；《廣韻》「救」音「居祐切」（見紐宥韻，侯宥二韻在施乾之時同屬侯部）。

(2)〈釋獸〉18-12 狗，火候反（曉紐候韻）；《廣韻》「狗」音「古厚切」（見紐厚韻，厚候二韻上去相承）。曉見二紐上古音相通。

2. 舌音互通，計 4 例：

A. 舌頭音

(1)〈釋蟲〉15-42 蛭，徒結反（定紐屑韻）；《廣韻》「蛭」音「丁結切」（端紐屑韻）。

B. 舌上音

(2)〈釋言〉2-49 啜，丑衛反（徹紐祭韻）；《廣韻》「啜」音「陟衛切」（知紐祭韻）。

(3)〈釋草〉13-151 築，音儲（澄紐魚韻）；《廣韻》「築」音「丑居切」（徹紐魚韻）。按施乾音讀，舌頭音與舌上音無互切之例。

C. 舌面音

(4)〈釋畜〉19-10 桑，巾升反（禪紐蒸韻）；《廣韻》「乘」音「食陵切」（神紐蒸韻）。

3. 齒音互通，計 3 例（齒頭音）：

(1)〈釋言〉2-5 徇，音進（精紐震韻）；《廣韻》無「徇」、「進」音同之證，《集韻》「徇」音「須閏切」（心紐稕韻，震稕二韻在施乾之時同屬真部）。

(2)〈釋器〉6-16 韲，音災（精紐咍韻）；《廣韻》「韲」音「昨哉切」（從紐咍韻）。

(3)〈釋草〉13-74 薼，才古反（從紐姥韻）；《廣韻》「薼」音「采古切」（清紐姥韻）。

〔註65〕蔣希文撰《徐邈音切研究》時，曾就「特殊音切」問題進行綜合討論。蔣氏云：「所謂『特殊音切』是指與常例不合的音切，其內容概括起來大致有以下三點：一、依師儒故訓或依據別本、古本，以反切改訂經籍中的被音字。這種情況相當于漢儒注經，所謂某字『當為』或『讀為』另一字。二、根據經籍的今、古文傳本的不同，以反切改訂被音字。……三、以反切對被音字的意義加以闡釋。」（《徐邈音切研究》，頁 218。）對於施乾音中所見這類「特殊音切」，均已在各條案語中進行說明，此處不再贅述。又施氏音讀之韻類偶有不屬前述「特殊音切」，又與《廣韻》略異者，由於這類例子均可從周祖謨《魏晉南北朝韻部之演變》所擬構的魏晉六朝音系獲得解釋，此處亦不列舉。

（二）聲調

1. 以平音去，計1例：

（1）〈釋器〉6-6 絇，苦侯反（溪紐侯韻），疑是「救」音之轉；《廣韻》「救」音「居祐切」（見紐宥韻），侯宥二韻在施乾之時同屬侯部，惟聲調不同。

2. 以去音平，計2例：

（1）〈釋詁〉1-46 蒐，所救切（疏紐宥韻）；《廣韻》「蒐」音「所鳩切」（疏紐尤韻），尤宥二韻平去相承。

（2）〈釋蟲〉15-34 蚚，音愧（見紐至韻）；《廣韻》「蚚」音「居追切」（見紐脂韻），脂至二韻平去相承。

3. 以去音上，計1例：

（1）〈釋獸〉18-12 狗，火候反（曉紐候韻）；《廣韻》「狗」音「古厚切」（見紐厚韻），厚候二韻上去相承。

4. 以入音平，計1例：

（1）〈釋詁〉1-97 閒，胡瞎反（匣紐鎋韻）；《廣韻》「閒」又音「閑」（匣紐山韻），山鎋二韻平入相承。

（三）施乾音反映某地方音或較早音讀

　　施乾在訓讀《爾雅》字音時，可能保存了一些方音或時代較早的音讀。除以下所舉3例外，前述聲類、聲調之略異者，可能也有屬於此類者。

（1）〈釋木〉14-41 楔，音結（見紐屑韻）；《廣韻》「楔」音「古黠切」（見紐黠韻）。施乾此音，可能表示其屑、黠二部尚未分立，也可能是施乾使用了較早的音切。

（2）〈釋鳥〉17-67 鸕，力魚反（來紐魚韻）；《廣韻》「鸕」音「落胡切」（來紐模韻）。施乾此音，可能表示其模、魚二部尚未分立，也可能是施乾使用了較早的音切。

（3）〈釋獸〉18-7 虦，才班反（從紐刪韻）；《廣韻》「虦」音「昨閑切」（從紐山韻）。施乾音疑係「昨閑」一音之轉。「虦」字沈旋、施乾、謝嶠三家音讀，在梁陳時期雖已分化為不同韻部，但若追溯至三國時期則均同屬寒部，兩漢時期同屬元部。然則三家音讀可能係記錄某地方音，也可能是採用了較早的音切。

（四）施乾的特有讀音

今所見施乾《爾雅音》音讀，有雖與《廣韻》不合，但仍有理可說者，計有 2 例。這類音讀，可視爲施乾所特有的讀音。

(1)〈釋木〉14-17 杼，音序（邪紐語韻）；《廣韻》「杼」有「直呂」（澄紐語韻）、「神與」（神紐語韻）二切。施音與《廣韻》音聲類不合，但从予聲之字《廣韻》有音「徐呂切」（邪紐語韻）者，是施乾「杼」音「序」亦非無據。

(2)〈釋魚〉16-19 鮍，蒲悲反（並紐脂韻）；《廣韻》「鮍」音「薄故切」（並紐暮韻），與施音韻類不合，惟亦有理可說，參見本章第二節「鱮鮍，鰶歸」條案語引吳承仕語。

（五）不詳所據

今所見施乾《爾雅音》音讀，有與《廣韻》不合，且無理可說者，計有 3 例。這類音讀，可能是切語有譌字，也可能是施乾所特有的讀音。

(1)〈釋訓〉3-80 蕿，音袁（爲紐元韻）；《廣韻》未見「蕿」字。《說文》艸部：「薏，令人忘憂之艸也。从艸、憲聲。《詩》曰：『安得薏艸。』……萱，或从宣。」又陸德明《釋文》云：「《詩》云『焉得蕿草』，毛《傳》云『蕿草令人善忘』。」是許所見《詩》作「薏」，陸所見《詩》作「蕿」。《廣韻》作「萱」，音「況袁切」（曉紐元韻），與施音聲紐不合。

(2)〈釋器〉6-12 檗，孚八反（敷紐黠韻）；《廣韻》「檗」有「博厄」（幫紐麥韻）、「普麥」（滂紐麥韻）二切。施音與《廣韻》音韻類不合。

(3)〈釋地〉9-37 枳，音指，照紐旨韻；《廣韻》「枳」有「諸氏」（照紐紙韻）、「居帋」（見紐紙韻）二切。施音與《廣韻》「枳」字之音均不合。

四、《經典釋文》引施乾《爾雅》音讀體例分析

陸德明《經典釋文》引施乾音凡 87 例，其體例大抵可歸納如下：

（一）直音例

《釋文》引施乾音，以直音方式標示音讀者，計有 32 例，佔《釋文》引施音總數之 36.78%。若再詳細分析，又可分爲以下四種類型：

1. 以同聲符之字注音，計 10 例：

轙，音蟻。（6-11）　　　裶，音絳。（13-138）　　　廬，音蘆。（14-43）

廬，音蘆。（15-8）　　　䰰，音愧。（15-34）　　　螽，音終。（15-53）

活，音括。（16-27）　　蠐，音蹟。（16-38）　　庳，音婢。（17-43）

鶟，音黎。（17-64）

2. 以所得音之聲符注音，計 5 例：

董，音童。（13-51）　　龓，音龍。（13-71）　　綦，音其。（13-154）

苅，音列。（13-170）　　蝍，音即。（15-16）

3. 以衍生孳乳之聲子注聲母之音，計 1 例：

相，音葙。（15-8）

4. 以不同聲符之同音字注音，計 16 例：

矞，音述。（1-61）　　汽，音既。（1-61）　　易，音亦。（1-79）

觀，音館。（2-17）　　葽，音袁。（3-80）　　焱，音災。（6-16）

枳，音指。（9-37）　　還，音旋。（10-6）　　莞，音丸。（13-10）

藿，音丸。（13-81）　　桑，音繩。（13-137）　　筡，音儲。（13-151）

楔，音結。（14-41）　　蜓，音亭。（15-4）　　鴗，音及。（17-4）

秩，音逸。（17-69）

（二）切音例

　　《釋文》引施乾音，以切音方式標示音讀者，計有 51 例，佔《釋文》引施音總數之 58.62%。今依序條列如下：

昄，蒲滿反。（1-3）　　觀，古喚反。（1-49）　　治，直吏反。（1-62）

尼，女乙反。（1-71）　　弛，尸紙反。（1-79）　　閒，胡瞎反。（1-97）

鯀，海拜反。（1-104）　　呬，火季反。（1-104）　　汱，胡犬反。（1-120）

儴，息羊反。（1-129）　　貉，胡各反。（1-145）　　舫，甫訪反。（2-111）

悉，私秩反。（2-119）　　餐，七丹反。（2-150）　　萌，亡朋反。（3-27）

夢，亡增反。（3-35）　　博，逋莫反。（3-45）　　匿，女陟反。（3-72）

絢，苦侯反。（6-6）　　欻，孚八反。（6-12）　　長，直良反。（8-3）

著，直魚反。（8-6）　　沮，子余反。（10-11）　　宛，於阮反。（10-15）

鬲，力的反。（12-27）　　葵，徒忽反。（13-32）　　薐，所留反。（13-69）

蘆，才古反。（13-74）　　薗，其免反。（13-84）　　覆，孚服反。（13-123）

涷，都弄反。（13-144）　　莖，於耕反。（13-156）　　搴，居展反。（13-182）

慮，力據反。（14-31）　　　嶁，力俱反。（14-56）　　　魁，苦回反。（14-58）

瘣，胡罪反。（14-58）　　　殘，仕娩反。（15-20）　　　蛭，徒結反。（15-42）

鮍，蒲悲反。（16-19）　　　鱸，蒲鯁反。（16-31）　　　攝，之協反。（16-43）

鸚，力侯反。（17-10）　　　鵀，汝沁反。（17-40）　　　鸕，力魚反。（17-67）

解，佳買反。（18-3）　　　　幺，於遙反。（18-6）　　　豺，士嬾反。（18-7）

狗，火候反。（18-12）　　　貄，餘棄反。（18-13）　　　桑，市升反。（19-10）

（三）又音例

　　一字有數音並存者，則出又音之例。《釋文》引施乾音，其有又音者計 3 例，佔《釋文》引施音總數之 3.45%。若再詳細分析，又可分為以下二種類型：

1. 諸音皆為直音，計 1 例：

徇，音詢、進。（2-5）

2. 諸音皆為反切，計 2 例：

相，息亮反，又息良反。（1-67）　　　　　啜，丑衛、尺銳二反。（2-49）

（四）或音例

　　一字有數音並存，亦有出或音之例者。《釋文》引施乾音，其有或音者計 1 例，佔《釋文》引施音總數之 1.15%。

杼，音佇，或音序。（14-17）

附表　各家輯錄施乾《爾雅音》與本書新定佚文編次比較表

　　本表詳列清儒輯本與本書所輯佚文編次之比較。專輯一書之輯本，其佚文均依原輯次序編上連續序號；如有本書輯爲數條，舊輯本合爲一條者，則按舊輯本之次序，在序號後加-1、-2 表示。合輯群書之輯本，因無法爲各條佚文編號，表中僅以「ˇ」號表示。舊輯本所輯佚文有增衍者，加注「＋」號；有缺脫者，加注「－」號。但其差異僅只一二字，未能成句者，一般不予注記。

　　各家所輯，偶有失檢，亦難免誤輯。專輯本誤輯而爲本書刪去的佚文，在本表「刪除」欄中詳列佚文序號；合輯本誤輯者不注記。

本文編次	余蕭客	嚴可均	馬國翰	黃奭	葉蕙心	其他
1.	ˇ		1	1		
2.	ˇ	ˇ	2	2		
3.			3＋	3		
4.			4	4		
5.			5	5		
6.			6	6		
7.				7		
8.			7	8		
9.					ˇ	
10.	ˇ	ˇ	8	9		
11.			9-1	10-1		
12.			9-2	10-2		
13.			10	11		
14.			11＋	12＋		
15.			12	13		
16.				14－		
17.			13	15		
18.	ˇ－	ˇ－	14	16		
19.			15	17		

本文編次	余蕭客	嚴可均	馬國翰	黃奭	葉蕙心	其他
20.			16＋	18		
21.			17	19		
22.						
23.			18	20		
24.			19	21		
25.			20	22		
26.						
27.			21	23		
28.			22	24		
29.			23	25		
30.			24＋	26＋		
31.			25	27		
32.			26	28		
33.						
34.				29		
35.			27			
36.			29	30		
37.			30	31		
38.					v	
39.			31			
40.		v	32	32		
41.				33		
42.			33	34		
43.			34	35		
44.			35	36		
45.			36	37		
46.			37	38		
47.			38	39		
48.						
49.						
50.			39	40		

本文編次	余蕭客	嚴可均	馬國翰	黃奭	葉蕙心	其他
51.						
52.			40	41		
53.			41	42		
54.			42＋	43		
55.			43	44		
56.			44	45		
57.			45	46		
58.			46	47		
59.			47	48		
60.						
61.			48	49		
62.			49	50		
63.			50＋	51		
64.			51	52		
65.			52	53		
66.			53-1	54-1		
67.			53-2	54-2		
68.			54	55		
69.			55-1＋	56-1		
70.			55-2	56-2		
71.			56			
72.			57	57		
73.				58		
74.			58	59		
75.			59	60		
76.	∨	∨	60	61	∨	
77.			61	62		
78.			62	63		
79.						
80.						
81.			63	64		

本文編次	余蕭客	嚴可均	馬國翰	黃奭	葉蕙心	其他
82.			64	65		
83.			65＋	66		
84.			66	67		
85.			67	68		
86.			68	69		
87.						
88.						
89.			69	70		
90.			70	71		
91.			71＋	72＋		
92.			72	73		
93.			73			
94.			74	74		
95.			75	75		
96.			76	76		
97.			77	77		
刪除			28			

第七章　謝嶠《爾雅音》輯考

第一節　輯　本

歷來輯有謝嶠《爾雅音》之輯本，計有專輯二種、合輯三種：

一、專　輯

（一）馬國翰《玉函山房輯佚書・爾雅謝氏音》

馬國翰《玉函山房輯佚書》（本章以下簡稱「馬本」）據陸德明《經典釋文》、孔穎達《禮記正義》、《太平御覽》、邢昺《爾雅疏》、丁度《集韻》、司馬光《類篇》等書，輯錄謝嶠《爾雅音》佚文計共 108 條，其中誤輯 3 條（詳見本章第三節），另有 1 條輯入施乾《爾雅音》，1 條輯入顧野王《爾雅音》。扣除誤輯者並經重新排比後，馬氏所輯折合本書所輯 116 條，其中衍增佚文者 9 條。對勘本書所輯 131 條（含佚文及謝本《爾雅》異文，下同），馬本所輯約佔 88.55%。

（二）黃奭《黃氏逸書考・爾雅謝嶠音》

黃奭《黃氏逸書考》（本章以下簡稱「黃本」）據今本郭璞《爾雅注》、陸德明《經典釋文》、孔穎達《毛詩正義》、《太平御覽》、邢昺《爾雅疏》、丁度《集韻》、司馬光《類篇》等書，輯錄謝嶠《爾雅音》佚文計共 110 條，其中誤輯 1 條（詳見本章第三節）。扣除誤輯者並經重新排比後，黃氏所輯折合本書所輯 118 條，其中脫漏佚文者 3 條，衍增佚文者 4 條。對勘本書所輯 131 條，黃本所輯約佔 90.08%。

二、合　輯

（一）余蕭客《古經解鉤沉・爾雅》

余蕭客《古經解鉤沉》（本章以下簡稱「余本」）據今本郭璞《爾雅注》、《太平御覽》、丁度《集韻》、司馬光《類篇》等書輯錄謝嶠《爾雅音》佚文計共 5 條。對勘本書所輯 131 條，余本所輯約佔 3.82%。

（二）嚴可均《爾雅一切註音》

嚴可均《爾雅一切註音》（本章以下簡稱「嚴本」）據今本郭璞《爾雅注》、陸德明《經典釋文》、孔穎達《毛詩正義》、《太平御覽》、邢昺《爾雅疏》、丁度《集韻》、司馬光《類篇》等書輯錄謝嶠《爾雅音》佚文計共 8 條。對勘本書所輯 131 條，嚴本所輯約佔 6.11%。

（三）葉蕙心《爾雅古注斠》

葉蕙心《爾雅古注斠》（本章以下簡稱「葉本」）據陸德明《經典釋文》輯錄謝嶠《爾雅》異文 1 條，據今本郭璞《爾雅注》、《太平御覽》各輯錄謝嶠注 1 條，計共 3 條。對勘本書所輯 131 條，葉本所輯約佔 2.29%。

第二節　佚　文

〈釋詁〉

1. 1-49 觀，多也。

　　觀，音官。

　　案：本條佚文輯自陸德明《經典釋文·爾雅音義》引顧、謝。

　　馬、黃本引並同。余、嚴、葉本均未輯錄。

　　《廣韻》「觀」字凡二見：一音「古丸切」（見紐桓韻），一音「古玩切」（見紐換韻，桓換二韻平去相承）。謝嶠音「官」，與「古丸」音同。又參見第六章第二節施乾《爾雅音》「觀，多也」條案語。

2. 1-71 尼，止也。

　　尼，羊而反。

　　案：本條佚文輯自陸德明《經典釋文·爾雅音義》。

　　馬、黃本引並同。余、嚴、葉本均未輯錄。

　　謝音「羊而反」，疑是讀「尼」為「层」。《集韻》脂韻：「夷，延知切，《說文》『平也，東方之人也』，或作层、尼。古書作夲。」《廣韻》「夷」、「层」並音「以脂切」（喻紐脂韻），與謝音「羊而反」（喻紐之韻）聲同而韻略異。吳承仕云：

《說文》：「尼，從後近之。從尸，匕聲。」「仁，親也。從人二。古文或作忎。」《孝經》「仲尼居」《釋文》：「女持反。又音夷，字作屔，古夷字也。」據此，則尼、仁、屔、夷四字，其聲則眞、脂對轉，其義則並訓爲親近，蓋皆一文所孳乳也。施乾讀如字。而謝嶠所見本疑並作「屔」，與夷同音，合音「羊脂反」。其作「羊而反」者，當時脂、之已不能明辨，作音諸家每多錯互耳。〔註1〕

3. 1-79 弛，易也。　郭注：相延易。
　　施、易，皆以豉反。

　　案：陸德明《經典釋文·爾雅音義》出「弛易」，注云：「顧、謝本弛作施，并易皆以豉反，注同。」是謝、顧本《爾雅》字並作「施」。今據陸氏所引輯爲本條。

　　馬本「反」下有「注同」二字。黃本僅輯「易以豉反」四字。余、嚴、葉本均未輯錄。按「注同」二字應爲陸德明語。

　　「弛」、「施」二字古多通用。臧琳云：

　　　　《爾雅》、《禮記》作「弛」者，皆「施」之通借，當從《毛詩傳》作「施」，
　　　　故鄭注《禮記》云：「弛，施也」，此非訓弛爲施，言弛爲施之假借也。

又云：

　　　　〈釋詁〉「弛易」之「弛」亦「施」之假借，據《毛詩傳》《箋》及《禮記
　　　　注》知顧、謝是也。〔註2〕

郝懿行依用臧氏之說，復云：

　　　　弛者，施之叚音也。矢者，上文云「陳也」，此云「弛也」。弛訓弓解，與
　　　　陳義遠。《說文》云：「設，施陳也。」設與陳義近，知弛當爲施也。《詩》：
　　　　「矢其文德」，《傳》：「矢，施也」，以此可證。《釋文》：「矢施，如字，《爾
　　　　雅》作弛，式氏反。」《正義》云：「矢，施也，謂施陳文德。」據此則知
　　　　《爾雅》之弛，亦當讀如施，斯音義兩得矣。……經典弛、施二字多通用，
　　　　《詩·卷阿》、〈雲漢〉、〈泮水〉《釋文》並云：「施，本又作弛。」《周禮·
　　　　小宰》、〈禮記·曲禮〉、《左氏·襄十八年傳》《釋文》並云：「弛，本又作
　　　　施。」○弛亦施之叚音也，《釋文》「顧、謝本弛作施」是也。《詩》：「施
　　　　于孫子」，《箋》：「施，猶易也、延也。」此郭注所本。又〈孔子閒居〉：「施

〔註1〕吳承仕《經籍舊音辨證》，頁165。黃侃則舉《廣韻》之、止、志韻中如「鎮」、「沵」、「斬」
　　　等字爲例，云：「脂、之亦非絕不相通。」（〈經籍舊音辨證箋識〉，《經籍舊音辨證》，頁
　　　278～279。）
〔註2〕臧琳《經義雜記·施弛古通》，《皇清經解》，卷197，頁1～2。

于孫子」，注：「施，易也。」《論語》：「君子不施其親」，孔注亦云：「施，易也。」《荀子·儒效》篇云：「若夫充虛之相施易也」，《史記·萬石張叔傳》云：「劍人之所施易」，俱與此合，是知《爾雅》之「弛易」即「施易」矣。然不獨弛爲施之叚借，易亦移之叚借也。古讀施如易，亦讀如移。《詩》：「我心易也」，《韓詩》作「我心施也」，是施讀如易之證也。……唯臧氏琳《經義雜記》七說施、弛古通，深合雅訓，今所依用。〔註3〕

諸說均考據精詳，確然可信。

《廣韻》「施」字凡二見：一音「式支切」（審紐支韻），一音「施智切」（審紐寘韻），支韻「施」下有又音「以寘切」（喻紐寘韻）。謝嶠、顧野王並音「以豉反」，與「以寘」音同。《集韻》寘韻「施」有音「以豉切」，與謝嶠、顧野王音切語全同。又《廣韻》「易」字凡二見：一音「以豉切」（喻紐寘韻），一音「羊益切」（喻紐昔韻）。謝嶠、顧野王音「以豉反」，與寘韻切語全同。

4. 1-91 串，習也。

串，古患反。

案：本條佚文輯自陸德明《經典釋文·爾雅音義》引沈、謝。

馬、黃本引並同。余、嚴、葉本均未輯錄。

參見第五章第二節沈旋《集注爾雅》「串，習也」條案語。

5. 1-97 間，代也。

閒，古閑反。

案：本條佚文輯自陸德明《經典釋文·爾雅音義》。

馬、黃本「閒」並作「間」。按《釋文》出「閒」，唐石經亦作「閒」，今從之。余、嚴、葉本均未輯錄。

《廣韻》「閒」字凡二見：一音「古閑切」（見紐山韻），一音「古莧切」（見紐襉韻，山襉二韻平去相承）。謝嶠音「古閑反」，與山韻切語全同。

6. 1-104 鱟，息也。

鱟，海拜反。

案：本條佚文輯自陸德明《經典釋文·爾雅音義》引郭、施、謝。

〔註 3〕 郝懿行《爾雅義疏》，《爾雅廣雅方言釋名清疏四種合刊》，頁 59。又嚴元照云：「《詩·大雅·皇矣》：『施于孫子』，《箋》：『施，猶易也、延也。』又《禮記·孔子閒居》：『施及四海』，注：『施，易也。』則顧、謝本是也。假借作弛耳。」（《爾雅匡名》，卷1，《皇清經解續編》，卷 496，頁 34 下。）說與郝氏同。

馬、黃本引並同。余、嚴、葉本均未輯錄。

參見第二章第二節郭璞《爾雅音義》、《爾雅注》佚文「鶊，息也」條案語。

7. 1-115 厤，秭，算，數也。

數，色主反。

案：本條佚文輯自陸德明《經典釋文・爾雅音義》。

馬、黃本引並同。余、嚴、葉本均未輯錄。

《釋文》云：「色具反，注同。謝色主反。」按《廣韻》「數」字凡三見：一音「所矩切」（疏紐麌韻），一音「色句切」（疏紐遇韻，麌遇二韻上去相承），一音「所角切」（疏紐覺韻）。陸德明音「色具反」，與「色句」音同；謝嶠音「色主反」，與「所矩」音同。郝懿行云：

> 按數有二音二義，《爾雅》之數兼包二義，故《釋文》亦具二音也。《說文》云：「數，計也」；「計，算也」；《周禮・廩人》云：「以歲之上下數邦用」，鄭注：「數猶計也」，此數讀「色主反」者也。〈王制〉云：「度量數制」，鄭注：「數百十也」，此數讀「色具反」者也。〔註4〕

8. 1-118 乂，亂，靖，神，弗，淈，治也。

治，如字。

案：本條佚文輯自陸德明《經典釋文・爾雅音義》。

馬、黃本引並同。余、嚴、葉本均未輯錄。

謝云「如字」，當是讀「直之反」。《說文》水部：「治，治水出東萊曲城陽丘山，南入海。从水、台聲。」徐鍇《繫傳》音「直而反」，與《廣韻》之韻「治」音「直之切」同。郝懿行云：

> 《釋文》云：「治，直吏反，謝如字。」按如字者，直之反也。然二音特語有輕重耳，其實非有異也。〔註5〕

9. 1-143 尼，定也。　郭注：尼者止也。止亦定。

尼，羊而反。

案：本條佚文輯自陸德明《經典釋文・爾雅音義》。

黃本引同。馬本謝嶠《音》與顧野王《音》本條佚文誤倒。余、嚴、葉本均未輯錄。

謝音「羊而反」，疑是讀「尼」爲「屔」。參見本節 1-71「尼，止也」條案語。

〔註4〕郝懿行《爾雅義疏》，《爾雅廣雅方言釋名清疏四種合刊》，頁77下。
〔註5〕郝懿行《爾雅義疏》，《爾雅廣雅方言釋名清疏四種合刊》，頁78下。

〈釋言〉

10. 2-17 觀，指，示也。

　　觀，音官。

　　案：本條佚文輯自陸德明《經典釋文‧爾雅音義》。

　　黃本引同。馬本「官」下有「注同」二字。余、嚴、葉本均未輯錄。

　　《廣韻》「觀」字凡二見：一音「古丸切」（見紐桓韻），一音「古玩切」（見紐換韻，桓換二韻平去相承）。謝嶠音「官」與「古丸」同。又參見第六章第二節施乾《爾雅音》1-49「觀，多也」條及 2-17「觀，指，示也」條案語。

11. 2-62 㲋，支，載也。　　郭注：皆方俗語，亦未詳。

　　㲋，字又作擁。擁者護之載。

　　案：邢昺《爾雅疏》引「謝氏云：『㲋，字又作擁』，釋云：『擁者護之載。』」謝氏所指應即謝嶠。

　　嚴、黃本引並同，惟嚴本仍作「謝氏」。馬本脫「載」字。余、葉本並未輯錄。臧鏞堂《爾雅漢注》在《爾雅》此訓下注云：

　　　　《釋文》謝氏云：「㲋，字又作擁」，釋云：「擁者護之載。」《疏》同。

按陸德明《經典釋文‧爾雅音義》出「㲋」，注云：「字又作擁」，既未標明是「謝氏」語，亦無「釋云」以下云云，臧氏引書出處有誤。

12. 2-63 諈，諉，累也。

　　諈，之睡反。

　　案：本條佚文輯自陸德明《經典釋文‧爾雅音義》。

　　馬、黃本引並同。余、嚴、葉本均未輯錄。

　　謝嶠「諈」音「之睡反」（照紐寘韻），與《廣韻》「諈」音「竹恚切」（知紐寘韻）聲當相近。錢大昕云：

　　　　古人多舌音，後代多變爲齒音，不獨知、徹、澄三母爲然也。〔註6〕

依據錢氏所舉例證，可知其意爲「中古正齒三等上古多讀爲舌頭音」。〔註7〕但「照穿兩母在漢末已經讀爲塞擦音」，與舌尖塞音的端系字或舌尖後塞音的知系字均已

〔註6〕錢大昕《十駕齋養新錄》，卷5，〈舌音類隔之説不可信〉，頁142。

〔註7〕李葆嘉《清代上古聲紐研究史論》，頁90。何九盈云：「照三等與端系讀音相近，這是不成問題的，但相近不等於完全相同。如果讀音完全相同，它們在中古又是根據什麼條件分化出來的呢？所以我們把端系的讀音擬爲舌尖音，把照三的音值擬爲舌面音。」（《上古音》，頁67。）此説可能較切近事實。

明顯不同。〔註8〕謝嶠以照紐切知紐字，可能是謝嶠所使用的方言知照尚不能分辨，也可能是謝嶠保存了較古的音切。

13. 2-63 諈，諉，累也。

諉，音矮。

案：本條佚文輯自陸德明《經典釋文・爾雅音義》。《集韻》支韻、《類篇》言部「諉」並音「邕危切」，釋云：「《爾雅》『諈，諉，累也』謝嶠讀。」「邕危」與「矮」音同。

馬、黃本同時輯錄《釋文》、《類篇》所引謝音。余、嚴本均僅據《類篇》輯錄「邕危切」。葉本未輯錄。

《廣韻》寘韻「諉」音「女恚切」（娘紐寘韻），「矮」音「於偽切」（影紐寘韻），二音聲紐不合，謝嶠此音不詳所據。疑「矮」爲「餧」字之譌。《廣韻》「餧」、「諉」二字音同。

14. 2-83 紕，飾也。

紕，房彌反。

案：本條佚文輯自陸德明《經典釋文・爾雅音義》。

馬、黃本引並同。余、嚴、葉本均未輯錄。

《廣韻》「紕」字凡三見：一音「符支切」（奉紐支韻），一音「匹夷切」（滂紐脂韻），一音「昌里切」（穿紐止韻）。謝嶠音「房彌反」，與「符支」音同。

15. 2-111 舫，泭也。

舫，音方。

案：本條佚文輯自陸德明《經典釋文・爾雅音義》。

馬、黃本引並同，惟馬本輯入 2-90「舫，舟也」條下。余、嚴、葉本均未輯錄。

謝音「方」，亦即讀「舫」爲「方」。孔穎達《毛詩・周南・漢廣・正義》云：「『方，泭』，〈釋言〉文」，又引孫炎曰：「方，水中爲泭筏也。」是孫炎本《爾雅》字作「方」。謝嶠本作「舫」，遂以「方」字兼釋音義。郝懿行云：

> 舫者，亦方之叚借也。上訓舟，此訓泭者，泭舟同類。〈釋水〉云：「士特舟，庶人乘泭」，〈齊語〉云：「方舟設泭」，皆其義也。《詩》：「不可方思」、「方之舟之」，《傳》《箋》並云：「方，泭也」，《正義》引孫炎云：「方，水中爲泭筏也。」《爾雅釋文》：「方，樊本作枋」，枋蓋枋字之誤。枋與舫

〔註 8〕周祖謨〈魏晉音與齊梁音〉，《周祖謨學術論著自選集》，頁 166。

同，見《史記・張儀傳・索隱》。〔註9〕

《廣韻》「方」、「枋」二字同音「府良切」（非紐陽韻），與漾韻「舫」音「甫妄切」（非紐漾韻）平去相承。

16. 2-112 洵，均也。洵，龕也。

洵，音荀，下句放此。

案：本條佚文輯自陸德明《經典釋文・爾雅音義》。

馬本「放」作「倣」。黃本無「下句放此」四字。余、嚴、葉本均未輯錄。「下句放此」四字應爲謝嶠語，意謂「洵龕」之「洵」音與「洵均」之「洵」同。

《廣韻》「洵」字凡二見：一音「相倫切」（心紐諄韻），一音「詳遵切」（邪紐諄韻）。謝嶠音「荀」，與「相倫」音同。

17. 2-140 苞，稹也。

稹，之忍反。

案：本條佚文輯自陸德明《經典釋文・爾雅音義》。

馬、黃本引並同。余、嚴、葉本均未輯錄。

《廣韻》「稹」字凡二見：一音「側鄰切」（莊紐眞韻），一音「章忍切」（照紐軫韻，眞軫二韻平上相承）。謝嶠音「之忍反」，與「章忍」音同。

18. 2-150 粲，餐也。

飧，素昆反。

案：本條佚文輯自陸德明《經典釋文・爾雅音義》。《釋文》出「飱」，盧文弨云：

> 舊飧字從歺，陸引《字林》作「殠」，則正文「飧」字本從夕食可知。

〔註10〕

是謝本《爾雅》字作「飧」。《說文》食部：「飧，餔也，从夕食」，字即从夕作。「殠」當爲「餐」之省體，因形近而與「飧」字相混。〔註11〕又參見第六章第二節施乾《爾雅音》「粲，餐也」條案語。

「飧」，馬本作「餐」，黃本作「殠」，並譌。余、嚴、葉本均未輯錄。

《廣韻》「飧」音「思渾切」（心紐魂韻），與謝嶠此音同。

〔註9〕郝懿行《爾雅義疏》，《爾雅廣雅方言釋名清疏四種合刊》，頁113下。葉蕙心云：「孫作方是也。〈釋水〉云『大夫方舟』，《詩》『方之舟之』，皆作方，方舫古今字。樊本作坊，蓋枋之譌，枋又舫之借字。」（《爾雅古注斠》，卷上，頁26上。）說與郝氏意同。

〔註10〕盧文弨《經典釋文攷證・爾雅音義上攷證》，頁4下。

〔註11〕嚴元照云：「從歺者，夕之譌。」（《爾雅匡名》，卷2，《皇清經解續編》，卷497，頁17下。）

19. 2-167 柢，本也。

柢，音帝。

案：本條佚文輯自陸德明《經典釋文・爾雅音義》。

馬、黃本引並同。余、嚴、葉本均未輯錄。

《廣韻》「柢」字凡三見：一音「都奚切」（端紐齊韻），一音「都禮切」（端紐薺韻），一音「都計切」（端紐霽韻，齊薺霽三韻平上去相承）。謝嶠音「帝」，與「都計」音同。

20. 2-231 矧，況也。　郭注：譬況。

志譬況是也。

案：本條佚文輯自邢昺《爾雅疏》引謝氏云。謝氏所指應即謝嶠。

黃本引同。嚴本仍作「謝氏」；馬本「譬況」二字誤倒；又嚴、馬本並無「是也」二字。余、葉本並未輯錄。邵晉涵《正義》引亦無「是也」二字。

〈釋訓〉

21. 3-20 委委，佗佗，美也。

案：陸德明《經典釋文・爾雅音義》出「委委」，注云：「於危反。《詩》云『委委佗佗，如山如河』是也。諸儒本並作禕，於宜反。」音「於宜反」則字當作「禕」，依陸氏之意，是諸本《爾雅》「委委」皆作「禕禕」。參見第二章第二節郭璞《爾雅音義》、《爾雅注》佚文「委委，佗佗，美也」條案語。

22. 3-20 委委，佗佗，美也。

佗，羊兒反。

案：本條佚文輯自陸德明《經典釋文・爾雅音義》。

黃本引同。余、嚴、馬、葉本均未輯錄。

謝音「羊兒反」，是讀「佗」爲「蛇」。郝懿行云：

> 謝嶠佗羊兒反，則讀如移。《詩》「委蛇委蛇」，《釋文》引《韓詩》作「逶池」，毛《傳》：「委蛇，行可從迹也」，與〈君子偕老・傳〉「行可委曲縱迹」義同。〔註12〕

按「委蛇」一詞，文獻習見，亦作「委虵」、「逶池」、「逶蛇」、「逶迤」等，異體甚

〔註12〕郝懿行《爾雅義疏》，《爾雅廣雅方言釋名清疏四種合刊》，頁138上。王樹枏云：「《釋文》云：『佗，謝羊兒反』，是亦讀如蛇矣。」（《爾雅説詩》，卷11，頁9上。）與郝説意同。

多。《詩‧召南‧羔羊》：「退食自公，委蛇委蛇」，毛《傳》：「委蛇，行可從迹也。」
鄭《箋》：「委蛇，委曲自得之貌。」又〈鄘風‧君子偕老〉：「委委佗佗，如山如河」，
毛《傳》：「委委者，行可委曲蹤迹也；佗佗者，德平易也。」《楚辭‧離騷》：「載雲
旗之委蛇」，洪興祖注：「又載雲旗，委蛇而長也。」又〈遠游〉：「駕八龍之婉婉兮，
載雲旗之逶蛇」，王夫之云：「逶蛇，音威夷，曲折自如貌。」〔註13〕由委曲自得、
曲折自如貌又引申而有形容舞姿、體態優美之義，諸如曹丕〈臨渦賦〉：「魚頡頏兮
鳥逶迤，雌雄鳴兮聲相和」；《後漢書‧文苑傳‧邊讓》：「振華袂以逶迤，若遊龍之
登雲」等，均與「美也」之訓義合。

　　《廣韻》「迤」、「蛇」、「虵」等字均同音「弋支切」（喻紐支韻），與謝嶠音「羊
兒反」同。

23. 3-30 **赫赫，躍躍，迅也。**

　　赫，許格反。

　　案：本條佚文輯自陸德明《經典釋文‧爾雅音義》。宋本《釋文》誤脫「反」字。

　　馬、黃本引並同。余、嚴、葉本均未輯錄。

　　《廣韻》「赫」音「呼格切」（曉紐陌韻），與「許格」音同。

24. 3-34 **旭旭，蹻蹻，憍也。**

　　旭，許玉反。

　　案：本條佚文輯自陸德明《經典釋文‧爾雅音義》。

　　馬、黃本引並同。余、嚴、葉本均未輯錄。

　　《廣韻》「旭」音「許玉切」（曉紐燭韻），與謝嶠音切語全同。又參見第二章第
二節郭璞《爾雅音義》、《爾雅注》佚文「旭旭，蹻蹻，憍也」條案語。

25. 3-42 **佌佌，瑣瑣，小也。**

　　佌，音紫。

　　案：本條佚文輯自陸德明《經典釋文‧爾雅音義》。

　　馬、黃本引並同。余、嚴、葉本均未輯錄。

　　《廣韻》「佌」音「雌氏切」（清紐紙韻）。謝嶠音「紫」（精紐紙韻，《廣韻》音
「將此切」），與「雌氏」聲紐略異。又參見第二章第二節郭璞《爾雅音義》、《爾雅
注》佚文「佌佌，瑣瑣，小也」條案語。

26. 3-46 **畇畇，田也。**

〔註13〕王夫之《楚辭通釋》，《船山全書》，冊 14，頁 359。

昀，蘇旬反。

案：本條佚文輯自陸德明《經典釋文・爾雅音義》。

黃本引同。馬本「旬」作「均」。余、嚴、葉本均未輯錄。

《廣韻》諄韻「昀」音「相倫切」（心紐諄韻），與「蘇旬」音同。又參見第二章第二節郭璞《爾雅音義》、《爾雅注》佚文「昀昀，田也」條案語。

27. 3-54 溞溞，淅也。

溞，所留反。

案：本條佚文輯自陸德明《經典釋文・爾雅音義》。

馬、黃本引並同。余、嚴、葉本均未輯錄。

謝音「所留反」，是讀「溞」爲「溲」。《詩・大雅・生民》：「釋之叟叟」，毛《傳》：「釋，淅米也；叟叟，聲也。」陸德明《經典釋文・毛詩音義》出「叟叟」，注云：「所留反，字又作溲，淘米聲也。《爾雅》作溞，音同，郭音騷。」謝嶠音與陸德明音正同。《集韻》尤韻：「叟，叟叟，淅米聲。或作溞，通作溲。」郝懿行云：

> 溞者，《詩》作「叟」，毛《傳》：「叟叟，聲也」，《釋文》：「叟，字又作溲，淘米聲也。」然則《詩》及《爾雅》正文當作溲，《毛詩》古文省作叟，《爾雅》今文變作溞耳。《生民・正義》以溞叟爲古今字，得之。《釋文》：「叟，所留反，《爾雅》作溞，音同」，是也。又云「郭音騷」，則非矣。溲之爲言滫也，滫，米汁也。〈內則〉注云：「秦人溲曰滫」，然則米汁水謂之滫，淅米聲謂之溲，二字聲轉亦義近。〔註14〕

郝說可從，惟以郭璞音「騷」爲非，似猶可商。黃焯云：

> 溲，正字；溞，後出字。〔註15〕

謝嶠音「所留反」，係以正字「溲」爲音；郭璞音「騷」，則爲後世音轉。

《廣韻》「溲」一音「所鳩切」（疏紐尤韻），一音「疎有切」（疏紐有韻）。謝嶠音「所留反」，有平去二讀：平聲音疏紐尤韻，與「所鳩」同；去聲音疏紐有韻，與《廣韻》二音僅聲調不同（尤有宥三韻平上去相承）。

28. 3-65 宴宴，粲粲，尼居息也。

尼，羊而反，又奴啟反。

案：本條佚文輯自陸德明《經典釋文・爾雅音義》。

馬、黃本引並同。余、嚴、葉本均未輯錄。

〔註14〕郝懿行《爾雅義疏》，《爾雅廣雅方言釋名清疏四種合刊》，頁143上。
〔註15〕黃焯《經典釋文彙校》，頁258。

謝音「羊而反」，疑是讀「尼」為「㞤」，參見 1-71「尼，止也」條案語；又音「奴啓反」，是讀「尼」為「抳」，參見第八章第二節顧野王《爾雅音》1-143「尼，定也」條案語。

29. 3-72 謔謔，謞謞，崇讒慝也。

　　慝，切得反。

　　案：本條佚文輯自陸德明《經典釋文・爾雅音義》。

　　馬、黃本引並同。余、嚴、葉本均未輯錄。

　　《廣韻》「慝」音「他德切」（透紐德韻），謝嶠音「切得反」（清紐德韻），二音聲紐不合，疑謝音「切」字有誤。郝懿行云：

　　　　「切」字誤，疑作「他」。〔註16〕

吳承仕云：

　　　　各本同作「切得反」。承仕按：謝如字讀，合音「土得反」，今作「切」，
　　　　疑傳寫之譌。各家並失校。〔註17〕

按郝說或可從，惟不知「切」字究為何字之譌，今暫存疑。又參見第二章第二節郭璞《爾雅音義》、《爾雅注》佚文「謔謔，謞謞，崇讒慝也」條案語。

30. 3-80 蔜諼，忘也。

　　蔜，許袁反。

　　案：本條佚文輯自陸德明《經典釋文・爾雅音義》。

　　馬、黃本引並同。余、嚴、葉本均未輯錄。

　　謝音「許袁反」，是讀「蔜」為「蕿」。《說文》艸部：「蕿，令人忘憂之艸也。從艸、憲聲。《詩》曰：『安得蕿艸。』薏，或从煖。萱，或从宣。」又《釋文》云：「《詩》云『焉得蔜草』，毛《傳》云『蔜草令人善忘』，則謝讀為是。」是許所見《詩》作「蕿」，陸所見《詩》作「蔜」；今《詩・衛風・伯兮》作「焉得諼草」。郝懿行云：

　　　　「蔜」者，「薏」字之省，《說文》作「蕿」。……今《詩》借作「諼」。〔註
　　18〕

《廣韻》未見「蔜」字，「蕿」作「萱」，音「況袁切」（曉紐元韻），與謝嶠音「許袁反」同。

〔註16〕郝懿行《爾雅義疏》，《爾雅廣雅方言釋名清疏四種合刊》，頁 145 下。黃焯亦云：「『切』當為『他』之誤。」（《經典釋文彙校》，頁 259。）

〔註17〕吳承仕《經籍舊音辨證》，頁 168。

〔註18〕郝懿行《爾雅義疏》，《爾雅廣雅方言釋名清疏四種合刊》，頁 146 下。

31. 3-86 瑟兮僴兮，恂慄也。

　　恂，私尹反。

　　案：本條佚文輯自陸德明《經典釋文・爾雅音義》。《通志堂經解》本「尹」誤作「共」。

　　馬、黃本引並同。余、嚴、葉本均未輯錄。

　　《廣韻》「恂」音「相倫切」（心紐諄韻）。謝嶠音「私尹反」（心紐準韻），與「相倫」僅聲調不同（諄準二韻平上相承）。又參見第二章第二節郭璞《爾雅音義》、《爾雅注》佚文「瑟兮僴兮，恂慄也」條案語。

〈釋器〉

32. 6-3 斪斸謂之定。

　　斪，古侯、鳩于二反。

　　案：本條佚文輯自陸德明《經典釋文・爾雅音義》。宋本《釋文》「斪」誤作「劬」。

　　馬、黃本引並同。余、嚴、葉本均未輯錄。

　　謝音「古侯反」，是讀「斪」為「句」。《考工記・車人》：「一宣有半謂之欘」，鄭玄注引《爾雅》曰：「句欘謂之定。」陸德明《周禮音義・車人》出「之欘」，注引《爾雅》亦作「句欘謂之定」。邵晉涵云：

　　　　《考工記・車人》云：「一宣有半謂之欘」，鄭註：「欘斲，斤柄長二尺，《爾

　　　　雅》曰：『句欘謂之定。』」是「斪斸」當作「句欘」也。〔註19〕

嚴元照亦云：

　　　　《攷工記・注》引作「句欘」，《釋文》引亦同，此真古本也。〔註20〕

疑「斪斸」字本作「句欘」，後因義而並改從斤旁。阮元云：

　　　　然則此經本作「句欘」，字書始作「斪斸」矣。〔註21〕

說均可信。《廣韻》侯韻「句」音「古侯切」（見紐侯韻），與謝嶠此音切語全同。

　　《廣韻》「斪」音「其俱切」（群紐虞韻），謝又音「鳩于反」（見紐虞韻），與「其俱」聲紐略異。陸德明《周禮音義・車人》出「句欘」，注云：「音劬，又音俱。」《廣韻》「劬」、「斪」同音「其俱切」（群紐虞韻）；「俱」音「舉朱切」（見紐虞韻），與謝嶠音「鳩于反」同。

33. 6-4 椵謂之柫。

〔註19〕邵晉涵《爾雅正義》，《皇清經解》，卷510，頁3下。
〔註20〕嚴元照《爾雅匡名》，卷6，《皇清經解續編》，卷501，頁1下～2上。
〔註21〕阮元《爾雅挍勘記》，《皇清經解》，卷1033，頁9上。

憯，胥寢反。

案：本條佚文輯自陸德明《經典釋文·爾雅音義》。

馬、黃本引並同。余、嚴、葉本均未輯錄。

謝音「胥寢反」，是讀「憯」爲「寢」。參見第二章第二節郭璞《爾雅音義》、《爾雅注》佚文「憯謂之涔」條案語。

34. 6-5 罿，罬也。

罬，丁劣反。

案：本條佚文輯自陸德明《經典釋文·爾雅音義》。

黃本引同。余、嚴、馬、葉本均未輯錄。

《廣韻》「罬」字凡二見：一音「陟劣切」（知紐薛韻），一音「紀劣切」（見紐薛韻）。謝嶠音「丁劣反」（端紐薛韻），與「陟劣切」聲紐略異。端知二紐在魏晉時期雖已逐漸分化，但區別並不十分明顯，因此仍不乏互切之例。參見第二章第二節郭璞《爾雅音義》、《爾雅注》佚文 3-39「爐爐，炎炎，薰也」條案語引周祖謨語。

35. 6-6 絢謂之救。

絢，其俱反。

案：本條佚文輯自陸德明《經典釋文·爾雅音義》。

馬、黃本引並同。余、嚴、葉本均未輯錄。

《廣韻》「絢」字凡二見：一音「其俱切」（群紐虞韻），一音「九遇切」（見紐遇韻）。謝嶠音與虞韻切語全同。

36. 6-10 衿謂之袸。

袸，徂悶反。

案：本條佚文輯自陸德明《經典釋文·爾雅音義》。

馬、黃本引並同。余、嚴、葉本均未輯錄。

《廣韻》「袸」字凡二見：一音「徂尊切」（從紐魂韻），一音「在甸切」（從紐霰韻）。謝嶠音「徂悶反」（從紐慁韻），與「徂尊」僅聲調不同（魂慁二韻平去相承）。

37. 6-12 搏者謂之欜。

欜，力丹反。

案：本條佚文輯自陸德明《經典釋文·爾雅音義》。

馬、黃本引並同。余、嚴、葉本均未輯錄。

《廣韻》「欜」音「郎旰切」（來紐翰韻）。謝嶠音「力丹反」（來紐寒韻），與「郎

旰」僅聲調不同（寒翰二韻平去相承）。《集韻》寒韻「欄」音「郎干切」，應即本謝嶠此音。

〈釋樂〉

38. 7-14 所以鼓敔謂之籈。

籈，居延反。

案：本條佚文輯自陸德明《經典釋文・爾雅音義》。

馬、黃本引並同。余、嚴、葉本均未輯錄。

《廣韻》「籈」字凡二見：一音「側鄰切」（莊紐真韻），一音「居延切」（見紐仙韻）。謝嶠音與仙韻切語全同。

〈釋天〉

39. 8-3 夏為長嬴。

長，丁兩反。

案：本條佚文輯自陸德明《經典釋文・爾雅音義》。

馬、黃本引並同。余、嚴、葉本均未輯錄。

參見第六章第二節施乾《爾雅音》「夏為長嬴」條案語。

〈釋地〉

40. 9-35 西方有比肩獸焉，與邛邛岠虛比，為邛邛岠虛齧甘草。

噬，音逝。

案：本條佚文輯自陸德明《經典釋文・爾雅音義》。《釋文》出「齧」，注云：「五結反，本或作噬，謝音逝。」是謝本《爾雅》字作「噬」。「齧」、「噬」義通，《說文》齒部：「齧，噬也。」《廣韻》祭韻：「噬，齧噬。」《左氏・哀公十二年傳》：「國狗之瘈，無不噬也」，杜預注云：「噬，齧也。」

黃本引同。其餘各本均未輯錄。

《廣韻》「噬」、「逝」二字同音「時制切」（禪紐祭韻）。

〈釋丘〉

41. 10-1 丘一成為敦丘。

敦，如字讀。

案：本條佚文輯自陸德明《經典釋文・爾雅音義》。

黃本引同。馬本無「讀」字，且輯入 10-12「如覆敦者，敦丘」條下。余、嚴、葉本均未輯錄。

《廣韻》「敦」字凡四見：一音「都回切」（端紐灰韻），一音「都昆切」（端紐魂韻），一音「度官切」（定紐桓韻），一音「都困切」（端紐恩韻）。謝嶠如字讀，則當讀「都昆切」。《說文》攴部：「敦，怒也，詆也。一曰誰何也。从攴、臺聲。」徐鍇《繫傳》音「得昏反」，與《廣韻》魂韻「敦」音「都昆切」同。又參見第二章第二節郭璞《爾雅音義》、《爾雅注》佚文「丘一成爲敦丘」條案語。

42. 10-10 途出其右而還之，畫丘。

畫，胡卦反。

案：本條佚文輯自陸德明《經典釋文·爾雅音義》。

黃本引同。馬本誤輯入施乾《爾雅音》。余、嚴、葉本均未輯錄。

《廣韻》「畫」字凡二見：一音「胡卦切」（匣紐卦韻），一音「胡麥切」（匣紐麥韻）。謝嶠此音與卦韻切語全同。

43. 10-11 水出其後，沮丘。

沮，子預反。

案：本條佚文輯自陸德明《經典釋文·爾雅音義》。

馬、黃本引並同。余、嚴、葉本均未輯錄。

《廣韻》御韻「沮」音「將預切」（精紐御韻），與謝嶠此音同。又參見第二章第二節郭璞《爾雅音義》、《爾雅注》佚文「水出其後，沮丘」條案語。

44. 10-14 前高，旄丘。

旄，音毛。

案：本條佚文輯自陸德明《經典釋文·爾雅音義》。

馬、黃本引並同。余、嚴、葉本均未輯錄。

《廣韻》「旄」、「毛」二字同有二音：一音「莫袍切」（明紐豪韻），一音「莫報切」（明紐号韻，豪号二韻平去相承）。

〈釋水〉

45. 12-11 渦為洵。

渦，古禾反，又烏禾反。

案：本條佚文輯自陸德明《經典釋文·爾雅音義》。

馬、黃本引並同。余、嚴、葉本均未輯錄。

《釋文》出「渦」，注云：「又作渦。謝古禾反，又烏禾反。本或作過。」盧文
弨云：

> 案《說文》水部：「渦〔案：應作「過」。〕水受淮陽扶溝浪湯渠，東入淮。
> 從水過聲。」則作「過」是。〔註22〕

嚴元照亦云：

> 「渦」、「過」皆「過」之省文，《說文》無「渦」字。〔註23〕

按《廣韻》「過」、「渦」二字同音「古禾切」（見紐戈韻），「過」、「渦」二字同音「烏
禾切」（影紐戈韻），並與謝嶠音切語全同。音「古禾切」之「渦」字釋云：「亦作過，
水名，出淮陽扶溝浪蕩渠。」與《說文》「過」字釋義同。

46. 12-11 汝為濆。

案：陸德明《經典釋文・爾雅音義》出「濆」，注云：「符云反，下同。《字林》
作涓，工玄反。眾《爾雅》本亦作涓。」是謝嶠本《爾雅》字作「涓」。參見第二章
第二節郭璞《爾雅音義》、《爾雅注》佚文「汝為濆」條案語。

葉本照引《釋文》「濆，眾《爾雅》亦作涓」句；其餘各本均未提及。

47. 12-27 太史。

大，音泰。

案：本條佚文輯自陸德明《經典釋文・爾雅音義》。

馬本引同。黃本「大」作「太」。余、嚴、葉本均未輯錄。

謝音「泰」，是讀「大」為「太」。「大」、「太」二字文獻通用之例甚多。《釋文》
出「大」，舊校即云：「本今作太。」惟《爾雅》此訓似應以作「大」為宜。孔穎達
《毛詩・周頌・般・正義》引李巡曰：「大史者，禹大使徒眾通水道，故曰大史。」
又引孫炎曰：「太史者，大使徒眾，故依名云。」〔註24〕是「九河」之「大史」，應
以「大」為正字。盧文弨云：

> 邢本作「太」。案李巡、孫炎並如字，則作「太」非。〔註25〕

郝懿行亦云：

> 太史者，《釋文》作「大」，云：「謝音泰，孫如字，本今作太」，然則古本
> 作「大」是也。《詩・般・正義》引李巡曰：「禹大使徒眾通水道，故曰太

〔註22〕盧文弨《經典釋文攷證・爾雅音義中攷證》，頁12上。
〔註23〕嚴元照《爾雅匡名》，卷12，《皇清經解續編》，卷507，頁3上。
〔註24〕陸德明《經典釋文・爾雅音義》出「史」，注引李、孫云：「禹大使徒眾於此通水，故曰
　　　大史。」文句略異。
〔註25〕盧文弨《經典釋文攷證・爾雅音義中攷證》，頁12上。

史。」孫炎曰：「大使徒眾，故依名云。」《爾雅釋文》引「或云太史者，史官記事之處」。按此蓋因大本作太，望文生訓耳。李、孫於義爲長。〔註26〕

說均可從。敦煌寫本《爾雅注》（伯2661）、唐石經、宋本《爾雅》字均作「太」。

《廣韻》「大」字凡二見：一音「徒蓋切」（定紐泰韻），一音「唐佐切」（定紐箇韻）。「太」、「泰」二字同音「他蓋切」（透紐泰韻），與「徒蓋」聲紐略異。

〈釋草〉

48. 13-10 蘑，鼠莞。

莞，音官。

案：本條佚文輯自陸德明《經典釋文・爾雅音義》。

嚴、馬、黃本引均同。余、葉本並未輯錄。

《廣韻》「莞」字凡三見：一音「胡官切」（匣紐桓韻），一音「古丸切」（見紐桓韻），一音「戶板切」（匣紐潸韻）。謝嶠音「官」，與「古丸」音同。

49. 13-15 瓠棲，瓣。

瓣，力見反。

案：本條佚文輯自陸德明《經典釋文・爾雅音義》。

馬、黃本引並同。余、嚴、葉本均未輯錄。

謝音「力見反」，是讀「瓣」爲「瓤」。《正字通》瓜部：「瓤，瓜中瓤。」按「瓤」與「瓣」義近。《說文》瓜部：「瓣，瓜中實也。」段玉裁云：

　　瓜中之實曰瓣，實中之可食者當曰人，如桃杏之人。〔註27〕

又《說文》無「瓤」字，《玉篇》瓜部：「瓤，瓜實也。」《正字通》瓜部：「瓤爲瓜中實，與犀相包連，白虛如絮有汁。《本草》謂之瓜練，非瓜中犀也。」然則「瓤」與「瓣」義可通用。又吳承仕云：

　　瓣從辡聲，與「力見反」聲類稍遠，然自六朝迄唐，此字自有「力見」一音。《文選・祭古冢文》「水中有甘蔗節及梅李核瓜瓣」，李善《注》云：「《說文》曰『瓣，瓜中實也』，白莧切，一作『辦』字，音練，『瓣』與『練』

〔註26〕郝懿行《爾雅義疏》，《爾雅廣雅方言釋名清疏四種合刊》，頁232下。嚴元照云：「案李、孫之注，皆以爲大使徒眾，故曰大史，〔原注：盧學士曰：古史使通用，故史有使義。〕則作太者非也。」（《爾雅匡名》，卷12，《皇清經解續編》，卷507，頁8上。）與郝氏說同。

〔註27〕段玉裁《說文解字注》，第7篇下，頁5上。

字通。」此由當時行用練音，故言古謂瓜辦即今語之瓜練也。〔註28〕
黃侃亦云：

從辡聲者可有舌音，故《小宰》「廉辨」或爲「廉端」。〔註29〕
是「瓤」與「瓣」聲亦可通。《廣韻》「瓤」音「郎甸切」（來紐霰韻），與謝嶠此音
正同。

50. 13-32 葵，蘆萉。

蘆，力吳反。

案：本條佚文輯自陸德明《經典釋文・爾雅音義》。

馬、黃本引並同。余、嚴、葉本均未輯錄。

《廣韻》「蘆」字凡二見：一音「力居切」（來紐魚韻），一音「落胡切」（來紐
模韻）。謝嶠音「力吳反」，與「落胡」音同。

51. 13-33 茵，芝。

茵，音由。

案：本條佚文輯自陸德明《經典釋文・爾雅音義》。

馬、黃本引並同。余、嚴、葉本均未輯錄。

參見第五章第二節沈旋《集注爾雅》「茵，芝」條案語。

52. 13-43 熒，委萎。

委，於遠反。

案：本條佚文輯自陸德明《經典釋文・爾雅音義》。《釋文》出「萎」，注引「謝
於蓮反」，又舊校云：「本今作委。」「於蓮反」即「委」字之音，是謝本《爾雅》字
作「委」。唐石經、宋本《爾雅》字亦作「委」。《廣韻》「委」一音「於爲切」（影紐
支韻），一音「於詭切」（影紐紙韻，支紙二韻平上相承）。謝嶠音「於蓮反」，與「於
詭」音同。

馬本「委」作「萎」。其餘各本均未輯錄。

53. 13-43 熒，萎萎。

萎，於危反。

案：本條佚文輯自陸德明《經典釋文・爾雅音義》。

馬、黃本引並同。余、嚴、葉本均未輯錄。

〔註28〕吳承仕《經籍舊音辨證》，頁173。
〔註29〕黃侃〈經籍舊音辨證箋識〉，《經籍舊音辨證》，頁280。

《廣韻》「萎」字凡二見：一音「於爲切」（影紐支韻），一音「於僞切」（影紐實韻，支寘二韻平去相承）。謝嶠音「於危反」，與「於爲」音同。

54. 13-50 芍，鳧茈。

茈，徂咨反。

案：本條佚文輯自陸德明《經典釋文・爾雅音義》。

馬、黃本引並同。余、嚴、葉本均未輯錄。

謝音「徂咨反」，是讀「茈」爲「薺」，或作「茨」。「鳧茈」又名「鳧茨」、「蒲薺」、「葶薺」，李時珍《本草綱目》卷三十三〈果之五・烏芋〉：

> 烏芋，其根如芋而色烏也。鳧喜食之，故《爾雅》名鳧茈，後遂訛爲鳧茨，
> 又訛爲葧臍。蓋《切韻》鳧、葧同一字母，音相近也。

又郝懿行云：

> 《說文》：「芍，鳧茈也。」《齊民要術》引樊光曰：「澤草，可食也。」……
> 《本草衍義》作葧臍，今呼蒲薺，亦呼必齊，並語聲之轉也。〔註30〕

按《廣韻》脂韻「薺」、「茨」並音「疾資切」（從紐脂韻），與謝嶠此音同。

55. 13-64 蒆，蚍衃。　郭注：今荊葵也。似葵，紫色。謝氏云：小草，多華少葉，葉又翹起。

小草，多華少葉，葉又翹起。

案：本條佚文輯自今本郭璞注下謝氏云；孔穎達《毛詩・陳風・東門之枌・正義》引謝氏云同；羅願《爾雅翼》卷八〈釋草八・蒆〉引謝氏曰：「蒆，小草，多華少葉，葉又翹起。」文與此同。

嚴、黃本引並同。余、葉本「華」並作「花」。馬本未輯錄。余、嚴、葉本均稱「謝氏」，按謝氏所指應即謝嶠。錢大昕云：

> 《詩・東門之枌》，《疏》先引舍人說，次引郭氏說，次引謝氏說，謝必在
> 郭之後。陸氏《釋文》稱陳國子祭酒謝嶠撰《爾雅音》，當即其人也。邢
> 《疏》采自《詩正義》，後來校書者又依邢《疏》攙入注文。〔註31〕

邵晉涵亦云：

> 註引謝氏疑爲謝嶠之說，殆因《詩疏》連引，後人淆入郭註與。《太平御
> 覽》引郭註不引謝氏語。〔註32〕

〔註30〕郝懿行《爾雅義疏》，《爾雅廣雅方言釋名清疏四種合刊》，頁 243 上。
〔註31〕錢大昕《潛研堂文集》，卷 10，頁 150。
〔註32〕邵晉涵《爾雅正義》，《皇清經解》，卷 517，頁 17 上。案《太平御覽》卷九百九十四〈百卉部一・荊葵〉引《爾雅》此訓郭璞注有「謝氏云」以下數語，邵氏偶失檢。

錢、邵二氏均以爲謝氏即謝嶠，其說可從。王樹枏云：

> 《御覽》九百九十四卷〈百卉部〉引郭璞注有「謝氏」以下十三字，與今
> 本同。《御覽》成書在邢《疏》之先，則謝氏以下自爲郭注原文，非《釋
> 文》所載陳之謝嶠也。〔註33〕

王氏以爲謝氏在郭璞之前，非陳之謝嶠。惟郭璞以前，未見有謝氏注《爾雅》者，
王說恐不可信。其實郭璞此注本無謝氏語，孔穎達《毛詩正義》連引郭璞注與謝嶠
注，〔註34〕後人援引一時不察，遂誤綴謝嶠注語於郭璞注文之末，《御覽》、邢《疏》
均承其誤。阮元云：

> 按《爾雅序疏》云「《五經正義》援引有某氏、謝氏、顧氏」，邢氏不云郭
> 注引謝氏，而云《五經正義》引謝氏，則邢氏所據郭注本無謝氏說可知。
> 〔註35〕

其說甚是。又《齊民要術》卷十「荊葵」引「《爾雅》曰：『茙，蚍衃』，郭璞曰：『似
葵，紫色。』」〔註36〕所引亦無「謝氏」以下數語。

56. 13-68　薜，庾草。

　　庾，羊主反。

　　案：本條佚文輯自陸德明《經典釋文・爾雅音義》。

　　馬、黃本引並同。余、嚴、葉本均未輯錄。

　　《廣韻》「庾」音「以主切」（喻紐麌韻），與謝嶠此音相同。

57. 13-69　菽，蓚藬。

　　蓚，先老反。

　　案：本條佚文輯自陸德明《經典釋文・爾雅音義》。

　　馬、黃本引並同。余、嚴、葉本均未輯錄。

　　《廣韻》「蓚」字凡二見：一音「所鳩切」（疏紐尤韻），一音「蘇老切」（心紐
皓韻）。謝嶠音「先老反」，與「蘇老」音同。

〔註33〕王樹枏《爾雅郭注佚存補訂》，卷12，頁18上。

〔註34〕孔穎達《毛詩・陳風・東門之枌・正義》原文作：「『茙，芘芣』，〈釋草〉文。舍人曰：
　　　　『茙一名蚍衃。』郭璞曰：『今荊葵也。似葵，紫色。』謝氏云：『小草，多華少葉，葉
　　　　又翹起。』」

〔註35〕阮元《爾雅校勘記》，《皇清經解》，卷1035，頁10下。

〔註36〕繆啓愉云：「《爾雅・釋草》文。郭璞注作："今荊葵也。似葵，紫色。謝氏云：『小草，
　　　　多華，少葉，葉又翹起。』"《要術》引一開頭就是"似葵，紫色"，沒有指明是什麼
　　　　植物，而下條引《詩義疏》也沒有提到"荊葵"，也和標題不相應，實際是脫"今荊葵
　　　　也"句，應照補。」（《齊民要術校釋》，頁691。）

58. 13-74 藺，薦。

蘆，才古反。

案：本條佚文輯自陸德明《經典釋文・爾雅音義》引施、謝。

馬、黃本引並同。余、嚴、葉本均未輯錄。

《廣韻》「蘆」字凡二見：一音「昨何切」（從紐歌韻），一音「采古切」（清紐
姥韻）。謝嶠音「才古反」（從紐姥韻），與「采古」聲紐略異。

59. 13-76 出隧，蘧蔬。

蘧，音渠。

案：本條佚文輯自陸德明《經典釋文・爾雅音義》。

馬、黃本引並同。余、嚴、葉本均未輯錄。

《廣韻》「蘧」字凡二見：一音「強魚切」（群紐魚韻），一音「其俱切」（群紐
虞韻）。謝嶠音「渠」，與「強魚」音同。又參見第二章第二節郭璞《爾雅音義》、《爾
雅注》佚文「出隧，蘧蔬」條案語。

60. 13-76 出隧，蘧蔬。

蔬，音疎。

案：本條佚文輯自陸德明《經典釋文・爾雅音義》。

黃本引同。馬本「疎」作「疏」。余、嚴、葉本均未輯錄。按《廣韻》「疎」、「疏」
二字同音「所菹切」（疏紐魚韻），是馬本字譌音仍不誤。

《廣韻》「蔬」、「疎」二字同音「所菹切」（疏紐魚韻）。又參見第二章第二節郭
璞《爾雅音義》、《爾雅注》佚文「出隧，蘧蔬」條案語。

61. 13-81 蘿芄，蘭。

蘿，音官。

案：本條佚文輯自陸德明《經典釋文・爾雅音義》。《集韻》桓韻「蘿」音「古
丸切」，釋云：「艸名，《爾雅》『蘿芄，蘭』謝嶠讀。」「古丸切」與「官」音同。

馬、黃本引並同，馬本又據《集韻》輯錄「古丸切，艸名」五字。余、嚴、葉
本均未輯錄。「艸名」二字係《集韻》釋「蘿」之語，非郭璞所注，馬氏誤輯。

謝音「官」，是讀「蘿」為「莞」。《說文》艸部：「芄，芄蘭，莞也。」邵晉
涵云：

　　　　《說文》「蘿」作「莞」。〔註37〕

─────────────────────

〔註37〕邵晉涵《爾雅正義》，《皇清經解》，卷517，頁20上。郝懿行亦云：「『蘿』，《說文》作『莞』，
云『芄蘭，莞也』。」（《爾雅義疏》，《爾雅廣雅方言釋名清疏四種合刊》，頁248上。）

《廣韻》桓韻「莞」、「官」二字同音「古丸切」（見紐桓韻）。又《廣韻》「雚」音「古玩切」（見紐換韻），桓換二韻平去相承。

62. 13-84 藭，鹿藿。

藭，其隕反。

案：本條佚文輯自陸德明《經典釋文・爾雅音義》。

馬、黃本引並同。余、嚴、葉本均未輯錄。

《廣韻》「藭」字凡二見：一音「渠殞切」（群紐軫韻），一音「渠篆切」（群紐獮韻）。謝嶠音「其隕反」，與「渠殞」音同。

63. 13-86 莞，苻蘺。

莞，音官。

案：本條佚文輯自陸德明《經典釋文・爾雅音義》。

馬、黃本引並同。余、嚴、葉本均未輯錄。

《廣韻》「莞」字凡三見：一音「胡官切」（匣紐桓韻），一音「古丸切」（見紐桓韻），　音「戶板切」（匣紐潸韻）。謝嶠音「官」，與「古丸」音同。

64. 13-87 荷，芙渠。其莖茄，其葉蕸，其本蔤，其華菡萏，其實蓮，其根藕，其中的，的中薏。

案：陸德明《經典釋文・爾雅音義》出「其葉蕸」，注云：「眾家並無此句，唯郭有。」是除郭本以外，各本均無「其葉蕸」句。參見第五章第二節沈旋《集注爾雅》「荷，芙渠……」條案語。

65. 13-88 紅，蘢古。其大者蘬。

蘬，丘軌反。

案：本條佚文輯自陸德明《經典釋文・爾雅音義》。

馬、黃本「丘」並作「邱」。余、嚴、葉本均未輯錄。

《廣韻》「蘬」字凡三見：一音「丘追切」（溪紐脂韻），一音「丘韋切」（溪紐微韻），一音「丘軌切」（溪紐旨韻，脂旨二韻平上相承）。謝嶠音「丘軌反」，與旨韻切語全同。馬、黃本避諱作「邱」，與「丘」聲紐相同。

66. 13-94 蘠蘼，虋冬。

案：陸德明《經典釋文・爾雅音義》出「虋」，注云：「音門，本皆作門，郭云門俗字。亦作虋字。」是各本《爾雅》字均作「門」，惟郭本作「虋」。參見第二章第二節郭璞《爾雅音義》、《爾雅注》佚文「蘠蘼，虋冬」條案語。

67. 13-97 蓫，蕩，馬尾。

蕩，他唐反。

案：本條佚文輯自陸德明《經典釋文‧爾雅音義》。

馬、黃本引並同。余、嚴、葉本均未輯錄。

《廣韻》「蕩」音「吐郎切」（透紐唐韻），與謝嶠此音相同。又參見第二章第二節郭璞《爾雅音義》、《爾雅注》佚文「蓫，蕩，馬尾」條案語。

68. 13-127 倚商，活脫。

倚，於綺反。

案：本條佚文輯自陸德明《經典釋文‧爾雅音義》。

馬本「綺」誤作「倚」。馬、黃本「反」下均有「或其綺反」四字。余、嚴、葉本均未輯錄。「或其綺反」四字應係陸德明所注，馬、黃本均誤輯。

《廣韻》「倚」字凡二見：一音「於綺切」（影紐紙韻），一音「於義切」（影紐寘韻，紙寘二韻上去相承）。謝嶠此音與紙韻切語全同。

69. 13-129 藒車，芞輿。

藒，起例反。

案：本條佚文輯自陸德明《經典釋文‧爾雅音義》。《集韻》祭韻「藒」音「去例切」，釋云：「香艸，《爾雅》『藒車，芞輿』謝嶠讀。」又《古今韻會舉要》霽韻「藒」亦音「去例切」，釋云：「藒車，香草。《爾雅》『藒車，蒙輿』謝嶠讀。」「去例」與「起例」音同。

黃本引同《釋文》。余、嚴本並據《集韻》輯錄「去例切」。馬本引同《釋文》，又據《集韻》輯錄「去例切，香艸」五字。葉本未輯錄。按「香艸」二字非謝嶠語，馬氏誤輯。

謝音「起例反」，是讀「藒」為「藒」，或作「揭」。〈離騷〉：「畦留夷與揭車兮，雜杜衡與芳芷」，王逸注云：「揭車，亦芳草，一名芞輿。……揭，一作藒。《文選》作蒥莄、藒車。」《廣韻》祭韻「藒」、「揭」二字同音「去例切」（溪紐祭韻），與謝嶠此音正同，「藒」字釋云：「藒車草。」

70. 13-129 藒車，芞輿。

芞，去訖反。

案：本條佚文輯自陸德明《經典釋文‧爾雅音義》。

馬本引同。黃本「芞」作「芰」。余、嚴、葉本均未輯錄。

參見第五章第二節沈旋《集注爾雅》「藒車，芞輿」條案語。

_71._ 13-129 蒨車，苬輿。

案：陸德明《經典釋文・爾雅音義》出「輿」，注云：「字或作藇，音餘。唯郭、謝及舍人本同，眾家並作藇。」是謝嶠本《爾雅》字作「輿」。參見第二章第二節郭璞《爾雅音義》、《爾雅注》佚文「蒨車，苬輿」條案語。

_72._ 13-136 鉤，藈姑。

藈，音圭。

案：本條佚文輯自陸德明《經典釋文・爾雅音義》引顧、謝。《釋文》出「藈」，注云：「本或作睽。」《通志堂經解》本《釋文》「藈」、「睽」並从日作「暌」、「暌」。按「暌」字書未見，當係「藈」字之譌。阮元云：

> 按「睽」字從目，作「暌」訛。〔註38〕

嚴元照云：

> 《說文》日部無「暌」字，殆「睽」之譌邪。〔註39〕

黃焯云：

> 石經初刻作「暌」，摩改作「藈」。

又引黃侃云：

> 「藈」為「睽」之後出字，「暌」者「睽」之譌，「藈」又「暌」之譌。〔註40〕

說均可從。

馬本引同。黃本「藈」譌作「藈」。余、嚴、葉本均未輯錄。

《廣韻》「藈」音「苦圭切」（溪紐齊韻）。謝嶠、顧野王並音「圭」（見紐齊韻，《廣韻》音「古攜切」），與「苦圭」聲紐略異。

_73._ 13-137 望，槸車。

槸，市證反。

案：本條佚文輯自陸德明《經典釋文・爾雅音義》。

馬、黃本引並同。余、嚴、葉本均未輯錄。

《廣韻》「乘」字凡二見：一音「食陵切」（神紐蒸韻），一音「實證切」（神紐證韻，蒸證二韻平去相承）。謝嶠音「市證反」（禪紐證韻），與「實證」聲紐略異。又參見第六章第二節施乾《爾雅音》「望，槸車」條案語。

〔註38〕阮元《爾雅校勘記》，《皇清經解》，卷1035，頁22上。
〔註39〕嚴元照《爾雅匡名》，卷13，《皇清經解續編》，卷508，頁20下。
〔註40〕黃焯《經典釋文彙校》，頁277。

74. 13-144 莬奚，顆涷。

涷，音東。

案：本條佚文輯自陸德明《經典釋文・爾雅音義》。

馬、黃本引並同。余、嚴、葉本均未輯錄。

《廣韻》「涷」字凡二見：一音「德紅切」（端紐東韻），一音「多貢切」（端紐送韻，東送二韻平去相承）。謝嶠音「東」，與「德紅」音同。

75. 13-153 芏，夫王。

夫，方于反。

案：本條佚文輯自陸德明《經典釋文・爾雅音義》。

黃本引同。馬本「方」上有「音」字。余、嚴、葉本均未輯錄。

《釋文》引「謝方于反，孫音符」。按《廣韻》「夫」一音「防無切」（奉紐虞韻），一音「甫無切」（非紐虞韻）。謝嶠音「方于反」，與「甫無」同；孫炎音「符」，與「防無」同。盧文弨云：

> 案夫、扶也，大夫者，言能大扶持人也。夫婦大夫字古多讀若扶，孫音是也。〔註41〕

郝懿行亦云：

> 《釋文》夫，孫音符。莞名符蘺，此名夫王，夫與符同也。〔註42〕

76. 13-154 蒤，月爾。

蒤，音其。

案：本條佚文輯自陸德明《經典釋文・爾雅音義》引施、謝。《通志堂經解》本《釋文》「其」作「萁」。

馬本輯作「蒤音其」。黃本「其」亦作「萁」。余、嚴、葉本均未輯錄。

《廣韻》「蒤」、「其」二字同音「渠之切」（群紐之韻）。又參見第六章第二節施乾《爾雅音》「蒤，月爾」條案語。

77. 13-156 姚莖涂薺。

莖，戶耕反。

案：本條佚文輯自陸德明《經典釋文・爾雅音義》。

黃本引同。馬本「戶」誤作「方」。余、嚴、葉本均未輯錄。

《廣韻》「莖」字凡二見：一音「戶耕切」（匣紐耕韻），一音「烏莖切」（影紐

〔註41〕盧文弨《經典釋文攷證・爾雅音義下攷證》，頁 3 下。
〔註42〕郝懿行《爾雅義疏》，《爾雅廣雅方言釋名清疏四種合刊》，頁 260 上。

耕韻）。謝嶠音「戶耕反」，與「戶耕」切語全同。

78. 13-161 菤耳，芩耳。

卷，九轉反。

案：本條佚文輯自陸德明《經典釋文・爾雅音義》。《釋文》出「菤」，注云：「謝作卷，九轉反。」是謝本《爾雅》字作「卷」。孔穎達《毛詩・周南・卷耳・正義》、《太平御覽》卷九百九十八〈百卉部五・胡枲〉引《爾雅》此訓皆作「卷」。

馬、黃本引並同。余、嚴、葉本均未輯錄。

《廣韻》獮韻「卷」音「居轉切」（見紐獮韻），釋云：「卷舒，《說文》曰『厀曲也』。」又線韻「卷」音「居倦切」（見紐線韻，獮線二韻上去相承），釋云：「曲也。」二音俱與「九轉」音同（《廣韻》「轉」有「陟袞」（獮韻）、「知戀」（線韻）二切），且義皆可通。今作「菤耳」，《廣韻》「菤」音「居轉切」。

79. 13-167 薞，蘪。

薞，蒲苗反。

案：本條佚文輯自陸德明《經典釋文・爾雅音義》。

馬本引同。黃本「反」下有「或力驕反」四字。余、嚴、葉本均未輯錄。按「力驕反」係陸氏引某氏之音，非謝嶠所注，黃氏誤輯。

《廣韻》「薞」字凡三見：一音「甫嬌切」（非紐宵韻），一音「普袍切」（滂紐豪韻），一音「平表切」（並紐小韻）。謝嶠音「蒲苗反」（並紐宵韻），與「甫嬌」聲紐略異。（續見下條。）

80. 13-167 薞，蘪。

蘪，蒲表反。

案：本條佚文輯自陸德明《經典釋文・爾雅音義》。

馬、黃本引並同。余、嚴、葉本均未輯錄。

《廣韻》「蘪」字凡二見：一音「薄交切」（並紐肴韻），一音「滂表切」（滂紐小韻）。謝嶠音「蒲表反」（並紐小韻），與「滂表」聲紐略異。謝嶠「薞」音「蒲苗反」（並紐宵韻），「蘪」音「蒲表反」（並紐小韻），二音僅聲調不同（宵小二韻平上相承）。又參見第二章第二節郭璞《爾雅音義》、《爾雅注》佚文「薞，蘪」條案語。

81. 13-170 苐，勃苐。

二苐皆音列。

案：本條佚文輯自陸德明《經典釋文・爾雅音義》引施、謝。

馬本引同。黃本無「二皆」二字。余、嚴、葉本均未輯錄。

《廣韻》「茢」、「列」二字同音「良薛切」（來紐薛韻）。又參見第五章第二節沈旋《集注爾雅》「茢，勃茢」條案語。

82. 13-182 搴，柜朐。

搴，去虔反。

案：本條佚文輯自陸德明《經典釋文・爾雅音義》。

馬、黃本引並同。余、嚴、葉本均未輯錄。

《廣韻》「搴」音「九輦切」（見紐獮韻）。謝嶠音「去虔反」（溪紐仙韻），與「九輦」聲紐相通，聲調不同（仙獮二韻平上相承）。《集韻》僊韻「搴」音「丘虔切」，與謝嶠此音同。

83. 13-184 芺，薊。

芺，烏兆反。

案：本條佚文輯自陸德明《經典釋文・爾雅音義》。

馬、黃本引並同。余、嚴、葉本均未輯錄。

《廣韻》「芺」字凡二見：一音「於兆切」（影紐小韻），一音「烏皓切」（影紐皓韻）。謝嶠音「烏兆反」，與「於兆」音同。

84. 13-185 猋，藨，芀。

藨，苻苗反。

案：本條佚文輯自陸德明《經典釋文・爾雅音義》。

馬、黃本「反」下並有「一音皮兆反」五字。余、嚴、葉本均未輯錄。

〈釋草〉13-167「藨，麃」條，《釋文》引謝嶠「藨」音「蒲苗反」（並紐宵韻），與本條音「苻苗反」（奉紐宵韻）同。《釋文》引「一音皮兆反」，非謝嶠之音，馬、黃二氏並誤輯。按顧野王「藨」有「平表」一音，與「皮兆」音同，《釋文》所引或即據顧氏之音。參見第八章第二節顧野王《爾雅音》13-167「藨，麃」條案語。

85. 13-186 葦醜，芀。

葦，于歸反。

案：本條佚文輯自陸德明《經典釋文・爾雅音義》。《集韻》微韻「葦」音「于非切」，釋云：「艸名，《爾雅》『葦醜，刀』謝嶠讀。」《類篇》艸部「葦」字音注並同。「于非」與「于歸」音同。

馬、黃本並據《釋文》輯音，馬本又據《集韻》輯錄「于非切，艸名」五字。余、嚴、葉本均未輯錄。「艸名」二字係《集韻》釋「葦」之語，馬氏誤輯。

《廣韻》「葦」音「于鬼切」（爲紐尾韻）。「葦」從韋聲，謝嶠音「于歸反」，即從聲母讀。《廣韻》「韋」音「雨非切」（爲紐微韻，微尾二韻平上相承。），與謝嶠此音正同。

86. 13-188 蘱，芛，葟，華，榮。

芛，私尹反。

案：本條佚文輯自陸德明《經典釋文・爾雅音義》。

馬、黃本引並同。余、嚴、葉本均未輯錄。

《釋文》出「芛」，注云：「郭音獮，羊捶反；顧羊述反；謝私尹反；樊本作葦。」郭、顧之音俱與《廣韻》「芛」音合；謝音「私尹反」，疑謝本《爾雅》字作「笋」。翟灝云：

> 芛，郭氏讀獮，〈釋獸〉篇獮音偉。陸氏《釋文》曰樊本芛作葦，以音近訛也。顧讀羊述反，以其字通筆也。謝讀私尹反，以爲笋也。郭既云「俗呼草木華初生曰芛，蘱猶敷蘱，亦華之貌」，又云「所未聞」，葢俗呼華之初生有近偉者，其字實當作「䔄」；至敷蘱之言，則未有以貌華者，故旋疑之而未敢定。愚意測之，蘱誠敷蘱，芛則當依謝氏讀笋，此二字不與下「皇華榮」連，別自爲一科，所釋乃竹筍也。〔註43〕

劉玉麐云：

> 《禮・聘義》：「孚尹旁達」，註云：「尹讀如竹箭之筠。」《音義》謂依註音笋。《玉篇》云：「珸笋，玉采色。」珸笋猶孚尹也。據此以聲轉爲義，珸笋亦即敷蘱，故《爾雅》以「笋」釋蘱也。《釋文》引謝氏云：「芛，私尹反」，正作「笋」讀。〔註44〕

諸說均可信。《廣韻》「笋」音「思尹切」（心紐準韻），與謝嶠音「私尹反」同。

87. 13-191 荄，根。

荄，音該。

案：本條佚文輯自陸德明《經典釋文・爾雅音義》引顧、謝。

馬、黃本引並同。余、嚴、葉本均未輯錄。

《廣韻》「荄」字凡二見：一音「古諧切」（見紐皆韻），一音「古哀切」（見紐

〔註43〕翟灝《爾雅補郭》，卷下，頁9下～10上。
〔註44〕劉玉麐《爾雅校議》，卷下，頁12下。

咍韻）。謝嶠、顧野王並音「該」，與「古哀」音同。又參見第二章第二節郭璞《爾雅音義》、《爾雅注》佚文「荄，根」條案語。

88. 13-194 不榮而實者謂之秀。

案：陸德明《經典釋文・爾雅音義》出「不榮而實者謂之秀」，注云：「眾家並無『不』字，郭雖不注，而《音義》引不榮之物證之，則郭本有『不』字。」是陸氏所見各本《爾雅》均無「不」字。參見第二章第二節郭璞《爾雅音義》、《爾雅注》佚文「不榮而實者謂之秀，榮而不實者謂之英」條案語。

〈釋木〉

89. 14-16 椐，柜柳。

柜，音巨。

案：本條佚文輯自陸德明《經典釋文・爾雅音義》。

馬、黃本引並同。余、嚴、葉本均未輯錄。

《說文》木部：「柜，柜木也。從木、巨聲。」謝嶠音「巨」，即從聲母讀。《廣韻》「柜」音「居許切」（見紐語韻），「巨」音「其呂切」（群紐語韻），二音僅聲紐清濁不同。

90. 14-17 栩，杼。

杼，嘗汝反。

案：本條佚文輯自陸德明《經典釋文・爾雅音義》。

馬、黃本引並同。余、嚴、葉本均未輯錄。

《廣韻》「杼」字凡二見：一音「直呂切」（澄紐語韻），一音「神與切」（神紐語韻）。謝嶠音「嘗汝反」（禪紐語韻），與「神與」聲紐略異。

91. 14-19 櫨，荎。

荎，大結反。

案：本條佚文輯自陸德明《經典釋文・爾雅音義》。

馬、黃本引並同，惟均輯爲〈釋木〉14-18「味荎著」條佚文，說不可從。按《釋文》次序應輯入本條。余、嚴、葉本均未輯錄。

《廣韻》「荎」字凡二見：一音「直尼切」（澄紐脂韻），一音「徒結切」（定紐屑韻）。謝嶠音「大結反」，與「徒結」音同。

92. 14-56 瘣木，苻婁。

婁，力侯反。

案：本條佚文輯自陸德明《經典釋文・爾雅音義》。

馬、黃本引並同。余、嚴、葉本均未輯錄。

《廣韻》「婁」字凡二見：一音「力朱切」（來紐虞韻），一音「落侯切」（來紐侯韻）。謝嶠音「力侯反」，與「落侯」音同。

93. 14-58 枹遒木，魁瘣。　郭注：謂樹木叢生，根枝節目盤結磈磊。

魁，苦罪反。

案：本條佚文輯自陸德明《經典釋文・爾雅音義》。

黃本引同。馬本「苦」誤作「力」，按《釋文》「魁」下又出「磊」，音「力罪反」，馬氏當係誤植彼音於此。余、嚴、葉本均未輯錄。

郭璞以「磈磊」釋「魁瘣」，謝音「苦罪反」，即是讀「魁」為「磈」。《廣韻》賄韻「磈」音「口猥切」（溪紐賄韻），與「苦罪」音同。《釋文》陸德明「磈」亦音「苦罪反」。又《廣韻》「魁」音「苦回切」（溪紐灰韻），與「磈」音僅聲調不同（灰賄二韻平上相承）。

94. 14-70 楰，皵。

楰，思積切。

案：本條佚文輯自《集韻》昔韻「楰」字注引謝嶠說；司馬光《類篇》木部「楰」字注引謝嶠說同。

馬本引同。余、嚴本「積」並誤作「債」。黃、葉本並未輯錄。

《廣韻》「楰」音「思積切」（心紐昔韻），與謝嶠此音切語全同。

95. 14-70 楰，皵。

皵，音舄。

案：本條佚文輯自陸德明《經典釋文・爾雅音義》。

馬、黃本引並同。余、嚴、葉本均未輯錄。

《廣韻》「皵」字凡二見：一與「舄」同音「七雀切」（清紐藥韻），一音「七迹切」（清紐昔韻）。〔註45〕

〈釋蟲〉

〔註 45〕《廣韻》「舄」又音「思積切」（心紐昔韻），與「七迹」僅聲紐略異。惟讀「思積切」則與「楰」音同。陸德明《釋文》「楰」下未出謝音，「皵」下未云謝嶠「楰」、「皵」二字同音，是謝氏「皵」音不讀「思積切」。

96. 15-4 蜓蚞,螇蚸。

　　蜓,徒頂反。

　　案:本條佚文輯自陸德明《經典釋文‧爾雅音義》。

　　馬、黃本引並同。余、嚴、葉本均未輯錄。

　　參見第五章第二節沈旋《集注爾雅》「蜓蚞,螇蚸」條案語。

97. 15-8 諸慮,奚相。

　　相,息亮反。

　　案:本條佚文輯自陸德明《經典釋文‧爾雅音義》。

　　馬、黃本引並同。余、嚴、葉本均未輯錄。

　　《廣韻》「相」字凡二見:一音「息良切」(心紐陽韻),一音「息亮切」(心紐漾韻,陽漾二韻平去相承)。謝嶠音「息亮反」,與漾韻切語全同。又參見第六章第二節施乾《爾雅音》「諸慮,奚相」條案語。

98. 15-9 蜉蝣,渠略。

　　蜏,音流。

　　案:本條佚文輯自陸德明《經典釋文‧爾雅音義》。《釋文》出「蝣」,注云:「郭音由。本又作蜏,謝音流。」是謝本《爾雅》字作「蜏」。

　　馬、黃本「蜏」並作「蝣」。余、嚴、葉本均未輯錄。

　　「蜉蜏」與「蜉蝣」同。《方言》卷十一:「蜉蜏,秦晉之間謂之蟝蝆。」《玉篇》虫部:「蜏,蜉蜏也,似蛣蜣。」字均作「蜏」。《廣韻》「蜏」、「流」二字同音「力求切」(來紐尤韻),「蜏」字釋云:「蜉蜏蟲,本作蜉蝣。」

99. 15-10 蚅,蠓蚸。

　　蚅,音弗。

　　案:本條佚文輯自陸德明《經典釋文‧爾雅音義》。

　　馬、黃本引並同。余、嚴、葉本均未輯錄。

　　謝音「弗」,疑即讀「蚅」爲「弗」。劉師培云:

　　　　許、鄭均以蚅蠓爲蚸名,郭以蠓蚸名蚅,句讀不同。今考江淮之間,當夏秋之交,有色雜黃黑之蟲,翼薄能飛,兼以翼鳴,其背有光,士人呼爲弗蝗。解弗蝗之義者,謂其似蝗蟲而弗爲害,不知弗蝗二字即蚅蠓二字之轉音。此與許、鄭所言均合,惟與郭注不同。蓋郭所言黃蚸,別係一蟲,即郝氏所謂甲蟲,綠色,長二寸許,金碧熒然,江南婦人用爲首飾者也。然

以之解《爾雅》則非。〔註46〕

然則謝嶠或係讀「蚨蟗」爲「弗蝗」，其句讀與郭璞不同。《廣韻》「蚨」音「蒲結切」（並紐屑韻），「弗」音「分勿切」（非紐物韻），二音聲紐相近，韻部不同。

100. 15-15 不過，蟷蠰。

過，古臥反。

案：本條佚文輯自陸德明《經典釋文・爾雅音義》。《通志堂經解》本《釋文》「古」譌作「玄」。

馬本「古」作「立」，黃本「古」作「玄」，並譌。余、嚴、葉本均未輯錄。

《廣韻》「過」字凡二見：一音「古禾切」（見紐戈韻），一音「古臥切」（見紐過韻，戈過二韻平去相承）。謝嶠此音與過韻切語全同。《釋文》出「不過」，注云：「本或作蠡。」按《禮記・月令》：「小暑至，螳蜋生」，孔穎達《正義》引「〈釋蟲〉云：『不蠡，蟷蠰，其子蜱蛸』，舍人云：『不蠡名蟷蠰，今之螳蜋也。』孫炎云：『蟷蠰，螳蜋，一名不蠡。』」字均作「蠡」。《廣韻》「蠡」字亦讀「古禾」、「古臥」二切。

101. 15-36 蠦，虰蝐。

蠦，音聾。

案：本條佚文輯自陸德明《經典釋文・爾雅音義》。

馬、黃本引並同。余、嚴、葉本均未輯錄。

《廣韻》「蠦」、「聾」二字同音「盧紅切」（來紐東韻）。

102. 15-53 蠭醜螸。

蠭，孚逢反。

案：本條佚文輯自陸德明《經典釋文・爾雅音義》。《釋文》出「蠭醜螸」，注云：「李、孫、郭並闕讀，而謝孚逢反。施作『蠡』，音終。案上有『蠡醜奮』，依謝爲得。」

黃本引同。馬本「反」下有「螸，羊朱反」四字。余、嚴、葉本均未輯錄。按「螸，羊朱反」四字係陸德明語，非謝嶠所注，馬氏誤輯。

《廣韻》「蠭」音「敷容切」（敷紐鍾韻），與謝嶠此音正同。又參見第六章第二節施乾《爾雅音》「蠭醜螸」條案語。

〈釋魚〉

〔註46〕劉師培《爾雅蟲名今釋》，頁7。

103. 16-26 蛭，蟣。

蛭，豬悌反。

案：本條佚文輯自陸德明《經典釋文・爾雅音義》。

馬、黃本「反」下並有「一音之逸反」五字。余、嚴、葉本均未輯錄。「之逸」一音係陸氏所注，非謝嶠音，馬、黃二氏均誤輯。

《廣韻》「蛭」字凡三見：一音「之日切」（照紐質韻），一音「丁悉切」（端紐質韻），一音「丁結切」（端紐屑韻）。謝嶠音「豬悌反」（知紐薺韻，或知紐霽韻，薺霽二韻上去相承，《廣韻》「悌」有「徒禮」（薺韻）、「特計」（霽韻）二切），疑係「丁悉」一音之轉。按謝嶠此音上古音屬脂部，《廣韻》音屬質部，〔註47〕二部互可對轉；梁陳時期，薺、霽二韻均已從脂部分化獨立（薺屬齊部，霽屬祭部），〔註48〕且端知二紐已然分化，「豬悌」已與「蛭」音不類，然則謝嶠此音或係保存了較早的音讀。

104. 16-27 科斗，活東。

活，音括。

案：本條佚文輯自陸德明《經典釋文・爾雅音義》引謝、施。

馬、黃本引並同。余、嚴、葉本均未輯錄。

《廣韻》「活」字凡二見：一音「古活切」（見紐末韻），一音「戶括切」（匣紐末韻）。謝嶠音「括」，與「古活」音同。

105. 16-31 蛭，蠃。

蠃，步佳反。

案：本條佚文輯自陸德明《經典釋文・爾雅音義》。《通志堂經解》本《釋文》「佳」誤作「佳」。《釋文》出「蠃」，注云：「謝步佳反，郭毗支反，《字林》作蠯，沈父幸反，施蒲鯁反。」又舊校云：「本今作蠃。」是謝、郭、沈、施本《爾雅》字皆作「蠃」。《說文》作「蠃」，唐石經、宋本《爾雅》同。《玉篇》䖵部：「蠃，或作蠃。」

馬本「佳」誤作「佳」。黃本「蠃」作「蠃」。余、嚴、葉本均未輯錄。

參見第二章第二節郭璞《爾雅音義》、《爾雅注》佚文「蛭，蠃」條案語。

106. 16-33 龜三足，賁。

賁，音奔，又音墳。

〔註47〕參見陳新雄《古音研究》，頁347～348，脂、質二部的韻字表與諧聲偏旁表。
〔註48〕參見周祖謨《魏晉南北朝韻部之演變》，頁718～719。

案：本條佚文輯自陸德明《經典釋文・爾雅音義》。

馬本引同。黃本未輯又音。余、嚴、葉本均未輯錄。

《廣韻》「賁」字凡四見：一音「符非切」（奉紐微韻），一音「符分切」（奉紐文韻），一音「博昆切」（幫紐魂韻），一音「彼義切」（幫紐寘韻）。謝嶠音「奔」，與「博昆」音同；又音「墳」，與「符分」音同。顧野王音「彼義反」，與寘韻切語全同。郝懿行云：

　　賁，謝音奔，又音墳，顧彼義反，是無正音。〔註49〕

107. 16-34 贏，小者蜬。

蜬，音含。

案：本條佚文輯自陸德明《經典釋文・爾雅音義》。

馬、黃本引並同。余、嚴、葉本均未輯錄。

《廣韻》「蜬」字凡二見：一音「胡男切」（匣紐覃韻），一音「古南切」（見紐覃韻）。謝嶠音「含」，與「胡男」音同。

108. 16-36 蜃，小者珧。

案：陸德明《經典釋文・爾雅音義》出「珧」，注云：「眾家本皆作濯。」是陸氏所見謝嶠本《爾雅》字作「濯」。參見第二章第二節郭璞《爾雅音義》、《爾雅注》佚文「蜃，小者珧」條案語。

109. 16-37 龜，俯者靈，仰者謝。前弇諸果，後弇諸獵。

案：陸德明《經典釋文・爾雅音義》出「謝」，注云：「如字，眾家本作射。」又出「果」，注云：「眾家作裹，唯郭作此字。」是陸氏所見謝嶠本《爾雅》作「仰者射」、「前弇諸裹」。參見第二章第二節郭璞《爾雅音義》、《爾雅注》佚文「龜，俯者靈，仰者謝。前弇諸果，後弇諸獵」條案語。

110. 16-38 貝，大者魧。

魧，戶郎反。

案：本條佚文輯自陸德明《經典釋文・爾雅音義》。

馬、黃本引並同。余、嚴、葉本均未輯錄。

《廣韻》「魧」字凡二見：一音「古郎切」（見紐唐韻），一音「胡郎切」（匣紐唐韻）。謝嶠音「戶郎反」，與「胡郎」音同。

111. 16-43 三曰攝龜。

〔註49〕郝懿行《爾雅義疏》，《爾雅廣雅方言釋名清疏四種合刊》，頁300上。

攝，之涉反。

案：本條佚文輯自陸德明《經典釋文・爾雅音義》。

馬、黃本引並同。余、嚴、葉本均未輯錄。

謝音「之涉反」，是讀「攝」爲「摺」。參見第六章第二節施乾《爾雅音》「三曰攝龜」條案語。

〈釋鳥〉

112. 17-3 鳲鳩，鴶鵴。　　郭注：今之布穀也，江東呼爲穫穀。

布穀類也。

案：本條佚文輯自孔穎達《毛詩・召南・鵲巢・正義》引謝氏云；邢昺《爾雅疏》引謝氏云同。又孔穎達《禮記・月令・正義》引謝氏云：「布穀者近之。」《太平御覽》卷九百二十一〈羽族部八・鳩〉引《爾雅》曰：「鳲鳩，鴶鵴」，下引謝氏曰：「布穀近也。」「近」與「類」義同。

余、嚴、馬、黃本引均同。葉本「布」上有「即」字。

113. 17-4 鶌鳩，鶻鵃。

鶻，苻悲反。

案：本條佚文輯自陸德明《經典釋文・爾雅音義》。

馬、黃本引並同。余、嚴、葉本均未輯錄。

《廣韻》「鶻」音「房脂切」（奉紐脂韻）。謝嶠音「苻悲反」，「房脂」與「苻悲」僅開合不同。

114. 17-10 鷚，天鸙。

鸙，力侯反。

案：本條佚文輯自陸德明《經典釋文・爾雅音義》引謝、施。

馬、黃本引並同。余、嚴、葉本均未輯錄。

《廣韻》「鸙」字凡二見：一音「力朱切」（來紐虞韻），一音「落侯切」（來紐侯韻）。謝嶠音「力侯反」，與「落侯」音同。

115. 17-25 桃蟲，鷦。其雌鴱。

鴱，五蓋反。

案：本條佚文輯自陸德明《經典釋文・爾雅音義》。

馬本引同。黃本「蓋」作「葢」。余、嚴、葉本均未輯錄。

《廣韻》「鴱」音「五蓋切」（疑紐泰韻），與謝嶠此音切語全同。

116. 17-37 生哺，轂。

轂，苦候反。

案：本條佚文輯自陸德明《經典釋文・爾雅音義》。

馬、黃本引並同。余、嚴、葉本均未輯錄。

《廣韻》「轂」音「苦候切」（溪紐候韻），與謝嶠此音切語全同。

117. 17-45 鸞，頭鴣。

鸞，烏卯反。

案：本條佚文輯自陸德明《經典釋文・爾雅音義》。

黃本引同。馬本「烏」譌作「鳥」。余、嚴、葉本均未輯錄。

《廣韻》「鸞」字凡二見：一音「烏晈切」（影紐篠韻），一音「於絞切」（影紐巧韻）。謝嶠音「烏卯反」，與「於絞」音同。

118. 17-62 鷹，鶆鳩。　郭注：鶆當為鷞字之誤耳。《左傳》作「鷞鳩」是也。

案：陸德明《經典釋文・爾雅音義》出「來鳩」，注云：「來字或作鶆，郭讀作爽，所寸反。眾家並依字。」是陸氏所見謝嶠本《爾雅》字作「來」。

119. 17-63 鶼鶼，比翼。

案：陸德明《經典釋文・爾雅音義》出「鶼鶼」，注云：「眾家作兼兼。」是陸氏所見謝嶠本《爾雅》字作「兼兼」。參見第二章第二節郭璞《爾雅音義》、《爾雅注》佚文「鶼鶼・比翼」條案語。

120. 17-64 鵹黃，楚雀。

離，力知反。

案：本條佚文輯自陸德明《經典釋文・爾雅音義》。《釋文》出「鵹」，注云：「《詩傳》作離，阮、謝同，力知反。」是謝本《爾雅》字作「離」。《詩・豳風・七月》：「春日載陽，有鳴倉庚」，毛《傳》云：「倉庚，離黃也。」

黃本引同。馬本「離」作「鵹」。余、嚴、葉本均未輯錄。

《廣韻》「離」音「呂支切」（來紐支韻），與謝嶠此音同。

121. 17-67 鸕，諸雉。

鸕，力吳反。

案：本條佚文輯自陸德明《經典釋文・爾雅音義》。

馬、黃本引並同。余、嚴、葉本均未輯錄。

《廣韻》「鸕」音「落胡切」（來紐模韻），與謝嶠此音同。

122. 17-69 鷩雉。

鷩，必滅反。

案：本條佚文輯自陸德明《經典釋文・爾雅音義》。

馬、黃本引並同。余、嚴、葉本均未輯錄。

《廣韻》「鷩」字凡二見：一音「必袂切」（幫紐祭韻），一音「并列切」（幫紐薛韻）。謝嶠音「必滅反」，與「并列」音同。

123. 17-69 秩秩，海雉。

秩，持乙反。

案：本條佚文輯自陸德明《經典釋文・爾雅音義》。

馬、黃本引並同。余、嚴、葉本均未輯錄。

《廣韻》「秩」音「直一切」（澄紐質韻），與謝嶠此音正同。

124. 17-69 西方曰鷸。

鷸，徂尊反。

案：本條佚文輯自陸德明《經典釋文・爾雅音義》。

馬、黃本引並同。余、嚴、葉本均未輯錄。

《廣韻》「鷸」字凡二見：一音「將倫切」（精紐諄韻），一音「昨旬切」（從紐諄韻）。謝嶠音「徂尊反」（從紐魂韻），與《廣韻》二音韻部不合。按周祖謨分析魏晉南北朝真、魂、文三部云：

> 這三部包括《廣韻》真諄臻文欣魂痕七韻。在三國時期這七韻完全通押。
> 到晉代的時候，痕魂獨立，分成兩部。……晉代真魂分為兩部：真部包括
> 真臻諄文欣五韻，魂部包括痕魂兩韻。〔註50〕

據周氏之說，可知三國時期「徂尊」、「昨旬」二音應同屬真部，聲當近同；至晉代以後則「徂尊」屬魂部，「昨旬」屬真部。然則謝嶠此音可能採用了較早的音切。

〈釋獸〉

125. 18-7 虎竊毛謂之虦貓。

虦，士版反。

案：本條佚文輯自陸德明《經典釋文・爾雅音義》。《通志堂經解》本《釋文》「士版」誤作「七版」，黃焯云：

> 案《類篇》虎部「虦」又仕版切，士仕同屬牀紐，則作「士」是也。

〔註50〕周祖謨《魏晉南北朝韻部之演變》，頁22～23。

〔註51〕
　馬、黃本「士」並譌作「七」，黃本「反」下又有「或士簡反」四字。余、嚴、葉本均未輯錄。「士簡」一音應係陸德明所注，非謝嶠音，黃氏誤輯。

　《廣韻》「虓」字凡四見：一音「士山切」（牀紐山韻），一音「昨閑切」（從紐山韻），一音「士限切」（牀紐產韻），一音「士諫切」（牀紐諫韻）。謝嶠音「士版反」（牀紐潸韻），疑係「士限」一音之轉。參見第五章第二節沈旋《集注爾雅》「虎竊毛謂之虓貓」條案語。

126. 18-13 貍子㺜。

　案：陸德明《經典釋文·爾雅音義》出「㺜」，注云：「以世反，施餘棄反。眾家作肆，又作隸。沈音四。舍人本作㺜。」（宋本《釋文》「隸」誤作「肆」。）是陸氏所見除舍人本《爾雅》字作「㺜」外，其餘各本或作「肆」，或作「隸」。參見第二章第二節郭璞《爾雅音義》、《爾雅注》佚文「貍子㺜」條案語。

127. 18-60 牛曰齝。

　齝，初其反。

　案：本條佚文輯自陸德明《經典釋文·爾雅音義》。

　馬、黃本引並同。余、嚴、葉本均未輯錄。

　《廣韻》「齝」字凡二見：一音「書之切」（審紐之韻），一音「丑之切」（徹紐之韻）。謝嶠音「初其反」（初紐之韻），不詳所據。

〈釋畜〉

128. 19-10 回毛在膺，宜乘。

　椉，市證反。

　案：本條佚文輯自陸德明《經典釋文·爾雅音義》。《釋文》出「宜椉」，注云：「字又作乘。施市升反，謝市證反。」是施、謝本《爾雅》字作「椉」。唐石經、宋本《爾雅》均作「乘」。

　馬本引同。黃本「椉」作「乘」。余、嚴、葉本均未輯錄。

　《廣韻》「乘」字凡二見：一音「食陵切」（神紐蒸韻），一音「實證切」（神紐證韻，蒸證二韻平去相承）。謝嶠音「市證反」（禪紐證韻），與「實證」聲紐略異。

〔註51〕黃焯《經典釋文彙校》，頁293。

129. 19-14 青驪，駽。

駽，犬縣反。

案：本條佚文輯自陸德明《經典釋文・爾雅音義》引謝、孫。《集韻》霰韻「駽」音「犬縣切」，釋云：「馬色，《爾雅》『青驪，駽』謝嶠讀。」吳承仕以「犬縣」為「火縣」之譌，云：

> 盧校本作「犬縣反」，通志本作「火縣反」。承仕按：《類篇》、《集韻》並有「犬縣」之音，而《玉篇》止列「胡見」、「火涓」、「許衒」三切，疑應作「火縣反」，而《篇》《韻》所據則誤本也。〔註52〕

黃侃駁其說云：

> 昌聲之字不妨讀溪紐，此仍以「犬縣」為是。若作「火縣」，則與「呼縣」無別，何須重出？《集韻》之音《玉篇》不載者多矣。〔註53〕

按《釋文》云：「《詩》音及呂忱、顏延之、苟楷並呼縣反，郭火玄反，謝、孫犬縣反，顧胡眄反。」《詩》音與謝、孫音分立，顯應有別，黃說可信。

馬、黃本引並同。余、嚴、葉本均未輯錄。

《廣韻》「駽」字凡二見：一音「火玄切」（曉紐先韻），一音「許縣切」（曉紐霰韻，先霰二韻平去相承）。謝嶠音「犬縣反」（溪紐霰韻），與「許縣」僅聲紐略異。

130. 19-30 角三觠，羷。

觠，居轉反。

案：本條佚文輯自陸德明《經典釋文・爾雅音義》。

馬、黃本引並同。余、嚴、葉本均未輯錄。

《廣韻》「觠」字凡二見：一音「巨員切」（群紐仙韻），一音「居倦切」（見紐線韻）。謝嶠音「居轉反」，與「居倦」同。

131. 19-30 角三觠，羷。

羷，許簡反。

案：本條佚文輯自陸德明《經典釋文・爾雅音義》。

馬、黃本引並同。余、嚴、葉本均未輯錄。

阮元、吳承仕、黃焯均以「簡」為「檢」字之譌。〔註54〕黃侃以為不誤，云：

〔註52〕吳承仕《經籍舊音辨證》，頁179。吳氏云《通志堂經解》本《釋文》作「火縣反」，今檢此本仍作「犬縣反」。

〔註53〕黃侃〈經籍舊音辨證箋識〉，《經籍舊音辨證》，頁282。

〔註54〕阮元云：「葉本『簡』作『檢』，此誤，盧本未及改正。」（《爾雅釋文校勘記》，《皇清經

覃、添部中字與寒、痕、先部字通音者多，姑以《廣韻》說之：「帟」士臻切，又音廉；「邯」胡甘切，又音寒；「菨」昨鹽切，又音前；「眹」在軫韻直引切，「朕」在寢韻直稔切；「丹」都寒切，形變作「彤」，而爲姓，則都感切；皆是也。〔註55〕

惟《廣韻》、《集韻》、《類篇》諸書「羷」音均無與「許簡」相當者。謝讀「許簡反」，應是讀「羷」爲「猃」。江藩云：

「羷」當作「猃」。猃，獸之總名也，從犬是，以獸屬之字多從犭，如狘狂、猨猱之類是已。〔註56〕

按《廣韻》琰韻「猃」音「虛檢切」，與謝嶠此音正同。《集韻》琰韻、《類篇》羊部「羷」均音「虛撿切」，音亦同。然則阮、吳、黃諸氏以爲此音切語下字應作「檢」，亦非無據。

第三節　各家輯錄謝嶠《爾雅音》而本書刪除之佚文

〈釋詁〉

1. 1-143 尼，定也。

尼，奴啟反，下同。

案：馬國翰據陸德明《經典釋文・爾雅音義》輯錄本條。《釋文》出「尼」，注云：「本亦作昵，同。女乙反。謝羊而反，顧奴啓反，下同。」是本條佚文應屬顧野王《音》，馬氏誤輯。

〈釋草〉

2. 13-129 藬車，芚輿。

薁，音餘。

案：馬國翰據陸德明《經典釋文・爾雅音義》輯錄本條。《釋文》出「輿」，注云：「字或作薁，音餘。」「音」上無「謝」字，是此音應爲陸德明所注，非謝嶠之音，馬氏誤輯。

解》，卷1038，頁9下。）吳承仕云：「《釋畜》『角三觠羷』《釋文》引謝嶠『許簡反』，『簡』爲『檢』之譌也。」（《經籍舊音辨證》，頁175。）黃焯云：「葉鈔『簡』作『檢』。此本誤，盧本未加改正。」（《經典釋文彙校》，頁299。）

〔註55〕黃侃〈經籍舊音辨證箋識〉，《經籍舊音辨證》，頁281。

〔註56〕江藩《爾雅小箋》，卷下之下，《續修四庫全書》，冊188，頁66上。

〈釋木〉

3. 14-70 楛，皵。　　郭注：謂木皮甲錯。

　　楛皵，木皮甲錯也。

　　案：《集韻》昔韻「楛」音「思積切」，釋云：「《爾雅》『楛，皵』，木皮甲錯也，謝嶠說。」司馬光《類篇》木部「楛」字音釋同。黃奭據輯「楛皵，木皮甲錯也」七字，「皵」字又誤从攵旁。今按「木皮甲錯」是郭璞注語，《集韻》、《類篇》云「謝嶠說」者，係指謝嶠「楛」字音「思積切」。黃氏不據輯此音，反將郭注輯爲謝嶠語，誤甚。

〈釋畜〉

4. 19-14 青驪，駽。

　　馬色。

　　案：馬國翰據《集韻》輯錄本條。《集韻》霰韻「駽」音「犬縣切」，釋云：「馬色，《爾雅》『青驪，駽』謝嶠讀。」「馬色」二字當係《集韻》釋「駽」義之文，非謝嶠語，馬氏誤輯。

第四節　考　辨

一、謝嶠《爾雅音》體例初探

　　本章第二節所輯佚文，雖不能復原謝嶠《爾雅音》之原貌，但亦足以一窺其要。今據所輯佚文歸納此書體例如下：

（一）注《爾雅》文字之音

　　在本章第二節所輯佚文中，當以單純注出《爾雅》文字音讀者爲最多，計有 99 例。這類音釋絕大多數與《廣韻》音系相合，即僅注出被音字之音讀，相當於漢儒訓經「讀如」「讀若」之例。今僅從《爾雅》各篇各舉一例以見其梗概：

　　　　（1）〈釋詁〉1-49「觀，多也」，謝嶠「觀」音「官」，與《廣韻》「觀」音「古丸切」同。（〈釋詁〉計 7 例。）

　　　　（2）〈釋言〉2-17「觀，指，示也」，謝嶠「觀」音「官」，與《廣韻》「觀」音「古丸切」同。（〈釋言〉計 8 例。）

　　　　（3）〈釋訓〉3-30「赫赫，躍躍，迅也」，謝嶠「赫」音「許格反」，與《廣韻》「赫」音「呼格切」同。（〈釋訓〉計 6 例。）

（4）〈釋器〉6-3「斫斸謂之定」，謝嶠「斫」音「鳩于反」，與《廣韻》「斫」音「其俱切」聲紐略異。（〈釋器〉計 5 例。）

（5）〈釋樂〉7-14「所以鼓敔謂之籈」，謝嶠「籈」音「居延反」，與《廣韻》「籈」音「居延切」同。（〈釋樂〉僅此 1 例。）

（6）〈釋天〉8-3「夏爲長嬴」，謝嶠「長」音「丁兩反」，與《廣韻》「長」音「丁丈切」同。（〈釋天〉僅此 1 例。）

（7）〈釋地〉9-35「爲邛邛岠虛齧甘草」，謝嶠「齧」作「噬」，音「逝」，與《廣韻》「噬」音「時制切」同。（〈釋地〉僅此 1 例。）

（8）〈釋丘〉10-10「途山其右而還之，畫丘」，謝嶠「畫」音「胡卦反」，與《廣韻》「畫」音「胡卦切」同。（〈釋丘〉計 4 例。）

（9）〈釋水〉12-11「過爲洵」，謝嶠「過」音「烏禾反」，與《廣韻》「過」音「烏禾切」同。（〈釋水〉僅此 1 例。）

（10）〈釋草〉13-10「蓷，鼠莞」，謝嶠「莞」音「官」，與《廣韻》「莞」音「古丸切」同。（〈釋草〉計 32 例。）

（11）〈釋木〉14-16「椴，柜柳」，謝嶠「柜」音「巨」，與《廣韻》「柜」音「居許切」僅聲紐清濁不同。（〈釋木〉計 6 例。）

（12）〈釋蟲〉15-4「蜓蚞，蝘蜓」，謝嶠「蜓」音「徒頂反」，與《廣韻》「蜓」音「徒鼎切」同。（〈釋蟲〉計 6 例。）

（13）〈釋魚〉16-26「蛭，蟣」，謝嶠「蛭」音「豬悌反」，與《廣韻》「蛭」音「丁悉切」疑係一音之轉。（〈釋魚〉計 6 例。）

（14）〈釋鳥〉17-4「鵻鳩，鶌鳩」，謝嶠「鶌」音「苻悲反」，與《廣韻》「鶌」音「房脂切」僅開合不同。（〈釋鳥〉計 10 例。）

（15）〈釋獸〉18-7「虎竊毛謂之虦貓」，謝嶠「虦」音「士版反」，與《廣韻》「虦」音「士限切」疑係一音之轉。（〈釋獸〉計 2 例。）

（16）〈釋畜〉19-10「回毛在膺，宜乘」，謝嶠「乘」作「椉」，音「市證反」，與《廣韻》「乘」音「實證切」聲紐略異。（〈釋畜〉計 3 例。）

（二）以音讀訓釋被音字

謝嶠《爾雅音》不僅單純注出《爾雅》文字音讀，也常以音讀訓釋被音字。這類音釋是藉由音切闡釋或改訂被音字的意義，其音讀往往與《廣韻》所見被音字之音讀不合，相當於漢儒訓經「讀爲」「當爲」之例。在本章第二節所輯佚文中，計有 18 例：

（1）〈釋詁〉1-71「尼，止也」，謝嶠「尼」音「羊而反」，疑是讀「尼」爲「昵」。

（2）〈釋詁〉1-143「尼，定也」，謝嶠「尼」音「羊而反」，疑是讀「尼」爲「昵」。

（3）〈釋言〉2-111「舫，泭也」，謝嶠「舫」音「方」，亦即讀「舫」爲「方」。

（4）〈釋訓〉3-20「委委，佗佗，美也」，謝嶠「佗」音「羊兒反」，是讀「佗」爲「蛇」。

（5）〈釋訓〉3-54「溞溞，淅也」，謝嶠「溞」音「所留反」，是讀「溞」爲「溲」。

（6）〈釋訓〉3-65「宴宴，粲粲，尼居息也」，謝嶠「尼」音「羊而反」，疑是讀「尼」爲「怩」；又音「奴啓反」，是讀「尼」爲「抳」。

（7）〈釋訓〉3-80「葾諼，忘也」，謝嶠「葾」音「許袁反」，是讀「葾」爲「蕿」。

（8）〈釋器〉6-3「斪斸謂之定」，謝嶠「斪」音「古侯反」，是讀「斪」爲「句」。

（9）〈釋器〉6-4「㯏謂之涔」，謝嶠「㯏」音「胥寢反」，是讀「㯏」爲「罧」。

（10）〈釋水〉12-27「太史」，謝本「太」作「大」，音「泰」，是讀「大」爲「太」。

（11）〈釋草〉13-15「瓟瓝，瓣」，謝嶠「瓣」音「力見反」，是讀「瓣」爲「瓤」。

（12）〈釋草〉13-50「芍，鳧茈」，謝嶠「茈」音「徂咨反」，是讀「茈」爲「薺」，或作「茨」。

（13）〈釋草〉13-81「萑芄，蘭」，謝嶠「萑」音「官」，是讀「萑」爲「莞」。

（14）〈釋草〉13-129「藒車，乞輿」，謝嶠「藒」音「起例反」，是讀「藒」爲「藒」，或作「揭」。

（15）〈釋木〉14-58「枹遒木，魁瘣」，謝嶠「魁」音「苦罪反」，是讀「魁」爲「磈」。

（16）〈釋蟲〉15-10「蚅，蟓蚈」，謝嶠「蚅」音「弗」，即是讀「蚅」爲「弗」。

（17）〈釋魚〉16-43「三曰攝龜」，謝嶠「攝」音「之涉反」，是讀「攝」爲「摺」。

（18）〈釋畜〉19-30「角三觠，羷」，謝嶠「羷」音「許簡反」，是讀「羷」爲「獫」。

（三）釋義

謝嶠《爾雅音》除釋音外，亦偶有釋義之文爲後人所引述。在本章第二節所輯佚文中，計有4例：

（1）〈釋言〉2-62「邕，支，載也」，謝嶠云：「邕，字又作擁。擁者護之載。」
（郭璞注：「皆方俗語，亦未詳。」）

（2）〈釋言〉2-231「矤，況也」，謝嶠云：「志譬況是也。」（郭璞注：「譬況。」）

（3）〈釋草〉13-64「莪，蚍衃」，謝嶠云：「小草，多華少葉，葉又翹起。」（郭璞注：「今荊葵也。似葵，紫色。」）

　　（4）〈釋鳥〉17-3「鳲鳩，鴶鵴」，謝嶠云：「布穀類也。」（郭璞注：「今之布穀也，江東呼爲穫穀。」）

　　與郭璞注相較，謝嶠注有承襲郭注者（（2）、（4）二例），亦有與郭注不同，可補郭注之未備者（（1）、（3）二例）。然則謝嶠注雖輯存不多，亦頗具參考價值。

　　綜合而言，謝嶠《爾雅音》應是一部以訓釋《爾雅》文字音讀爲主，而兼有釋義的注本。其音讀不涉及郭璞注；釋義則兼括己意與郭璞說，惟主要仍是以音讀方式呈現，偶見文字敍述。這也可以說明何以後世稱引謝氏此書，以音讀爲多，少有釋義的緣故。

二、謝嶠《爾雅音》異文分析

　　從本章第二節所輯佚文中，可以發現謝嶠《爾雅音》文字與今通行本《爾雅》略有不同。今依其性質分類討論：

（一）異體字

謝本文字與今本互爲異體者，計2例：

　　（1）〈釋魚〉16-31「蜌，螷」，謝本「螷」作「蠯」。《說文》作「蠯」，《玉篇》蟲部：「螷，或作蠯。」

　　（2）〈釋畜〉19-10「回毛在膺，宜乘」，謝本「乘」作「椉」。《玉篇》木部：「椉，……乘，今文。」

（二）分別字

今本文字爲謝本之分別字，計3例：

　　（1）〈釋草〉13-161「卷耳，苓耳」，謝本「卷」作「卷」。「卷」之本義爲桼曲，引申爲凡曲之稱，「卷」從艸旁應係後人據義所加。

　　（2）〈釋鳥〉17-62「鷹，鶆鳩」，謝本「鶆」作「來」。《說文》無「鶆」字，「鶆」從鳥旁應係後人據義所加。

　　（3）〈釋鳥〉17-63「鶼鶼，比翼」，謝本「鶼鶼」作「兼兼」。《說文》無「鶼」字。《釋文》引李巡注云：「鳥有一目一翅，相得乃飛，故曰兼兼也。」是「鶼」從鳥旁應係後人據義所加。

（三）通假

謝本文字與今本互爲通假者，計7例：

　　（1）〈釋詁〉1-79「弛，易也」，謝本「弛」作「施」。

　　（2）〈釋訓〉3-20「委委，佗佗，美也」，謝本「委委」作「禕禕」。

（3）〈釋草〉13-94「蘠蘼，虋冬」，謝本「虋」作「門」。

（4）〈釋蟲〉15-9「蜉蝣，渠略」，謝本「蝣」作「蚖」。

（5）〈釋魚〉16-36「蜃，小者珧」，謝本「珧」作「濯」。

（6）〈釋魚〉16-37「龜，俯者靈，仰者謝。前弇諸果，後弇諸獵」，謝本「謝」作「射」，「果」作「裹」。

（7）〈釋鳥〉17-64「鶬黃，楚雀」，謝本「鶬」作「離」。

（四）異文

謝本文字與今本互為異文者，計 3 例：

（1）〈釋地〉9-35「爲邛邛岠虛齧甘草」，謝本「齧」作「噬」。

（2）〈釋水〉12-11「汝爲濆」，謝本「濆」作「涓」。

（3）〈釋草〉13-188「蕍，芛，葟，華，榮」，謝本「芛」疑作「笋」。

（五）異句

謝本文字與今本文句有異者，計 2 例：

（1）〈釋草〉13-87「荷，芙渠。其莖茄，其葉蕸，其本蔤，其華菡萏，其實蓮，其根藕，其中的，的中薏」，謝本無「其葉蕸」句。《爾雅》本應無此句，當係後人添入。

（2）〈釋草〉13-194「不榮而實者謂之秀」，謝本無「不」字。

（六）譌字

謝本文字係譌字者，僅見 1 例：

（1）〈釋言〉2-150「粲，餐也」，謝本「餐」作「飧」。陸德明《釋文》引《字林》「飧」訓「水澆飯」，「餐」訓「吞食」，按《爾雅》此訓，當以「餐」字爲正。《字林》「餐」譌作「殑」，與「水澆飯」之「飧」形混，謝嶠復承其誤。

三、謝嶠《爾雅音》音讀特色

在本章第二節所輯謝嶠《爾雅音》各條佚文中，凡有音切者，均已在其案語中詳述其音讀與《廣韻》之比較。以下就諸音與《廣韻》不合者進行歸納分析：〔註57〕

〔註57〕蔣希文撰《徐邈音切研究》時，曾就「特殊音切」問題進行綜合討論。蔣氏云：「所謂『特殊音切』是指與常例不合的音切，其內容概括起來大致有以下三點：一、依師儒故訓或依據別本、古本，以反切改訂經籍中的被音字。這種情況相當于漢儒注經，所謂某字『當爲』或『讀爲』另一字。二、根據經籍的今、古文傳本的不同，以反切改訂被音字。……三、以反切對被音字的意義加以闡釋。」（《徐邈音切研究》，頁 218。）對於謝嶠音中所見這類「特殊音切」，均已在各條案語中進行說明，此處不再贅述。又謝氏

（一）聲類

1. 牙音互通，計 4 例：

(1)〈釋器〉6-3 斪，鳩于反（見紐虞韻）；《廣韻》「斪」音「其俱切」（群紐虞韻）。

(2)〈釋草〉13-136 薜，音圭（見紐齊韻）；《廣韻》「薜」音「苦圭切」（溪紐齊韻）。

(3)〈釋草〉13-182 搴，去虔反（溪紐仙韻）；《廣韻》「搴」音「九輦切」（見紐獮韻，仙獮二韻平上相承）。

(4)〈釋畜〉19-14 駽，犬縣反（溪紐霰韻）；《廣韻》「駽」音「許縣切」（曉紐霰韻）。溪曉二紐上古音相通。

2. 舌音互通，計 4 例：

A. 舌頭音

(1)〈釋器〉6-5 畷，丁劣反（端紐薛韻）；《廣韻》「畷」音「陟劣切」（知紐薛韻）。端知二系在魏晉時期即已逐漸分化。

B. 舌上音

(2)〈釋草〉13-137 椉，市證反（禪紐證韻）；《廣韻》「乘」音「實證切」（神紐證韻）。

(3)〈釋木〉14-17 杼，嘗汝反（禪紐語韻）；《廣韻》「杼」音「神與切」（神紐語韻）。

(4)〈釋畜〉19-10 椉，市證反（禪紐證韻）；《廣韻》「乘」音「實證切」（神紐證韻）。

3. 齒音互通，計 2 例（齒頭音）：

(1)〈釋訓〉3-42 佌，音紫（精紐紙韻）；《廣韻》「佌」音「雌氏切」（清紐紙韻）。

(2)〈釋草〉13-74 蘆，才古反（從紐姥韻）；《廣韻》「蘆」音「采古切」（清紐姥韻）。

4. 脣音互通，計 3 例：

(1)〈釋草〉13-167 藨，蒲苗反（並紐宵韻）；《廣韻》「藨」音「甫嬌切」（非紐宵韻）。

(2)〈釋草〉13-185 藨，苻苗反（奉紐宵韻）；《廣韻》「藨」音「甫嬌切」（非紐宵韻）。按謝嶠前例「藨」音「蒲苗反」，此作「苻苗反」，可知謝

音讀之韻類偶有不屬前述「特殊音切」，又與《廣韻》略異者，由於這類例子均可從周祖謨《魏晉南北朝韻部之演變》所擬構的魏晉六朝音系獲得解釋，此處亦不列舉。

嶠之輕重脣音尚未分化。

（3）〈釋草〉13-167 薸，蒲表反（並紐小韻）；《廣韻》「薸」音「滂表切」（滂紐小韻）。

（二）聲調

1. 以平音上，計1例：

（1）〈釋草〉13-182 搴，去虔反（溪紐仙韻）；《廣韻》「搴」音「九輦切」（見紐獮韻），仙獮二韻平上相承。

2. 以上音平，計1例：

（1）〈釋訓〉3-86 恂，私尹反（心紐準韻）；《廣韻》「恂」音「相倫切」（心紐諄韻），諄準二韻平上相承。

3. 以平音去，計1例：

（1）〈釋器〉6-12 襴，力丹反（來紐寒韻）；《廣韻》「襴」音「郎旰切」（來紐翰韻），寒翰二韻平去相承。

4. 以去音平，計1例：

（1）〈釋器〉6-10 袴，徂悶反（從紐恩韻）；《廣韻》「袴」音「徂尊切」（從紐魂韻），魂恩二韻平去相承。

（三）謝嶠音反映某地方音或較早音讀

謝嶠在訓讀《爾雅》字音時，不僅是記錄當時經師訓釋之實際語音，可能也保存了一些方音或時代較早的音讀。除以下所舉4例外，前述聲類、聲調之略異者，可能也有屬於此類者。

（1）〈釋言〉2-63 諈，之睡反（照紐寘韻）；《廣韻》「諈」音「竹恚切」（知紐寘韻）。謝嶠以照紐切知紐字，可能是謝嶠所使用的方言知照尚不能分辨，也可能是謝嶠保存了較古的音切。

（2）〈釋魚〉16-26 蛭，豬悌反（知紐薺（霽）韻）；《廣韻》「蛭」音「丁悉切」（端紐質韻）。依謝讀「豬悌反」則上古音屬脂部，《廣韻》音屬質部，二部互可對轉；梁陳時期，薺、霽二韻均已從脂部分化獨立，且端知二紐已然分化，「豬悌」已與「蛭」音不類，然則謝嶠此音或係保存了較早的音讀。

（3）〈釋鳥〉17-69 鶺，徂尊反（從紐魂韻）；《廣韻》「鶺」有「將倫」（精紐諄韻）、「昨旬」（從紐諄韻）二切。三國時期「徂尊」、「昨旬」二音應同屬眞部，聲當近同；至晉代以後則「徂尊」屬魂部，「昨旬」

屬眞部。然則謝嶠此音可能採用了較早的音切。

（4）〈釋獸〉18-7 虦，士版反（牀紐潸韻）；《廣韻》「虦」音「士限切」（牀紐產韻）。謝嶠音疑係「士限」一音之轉。「虦」字沈旋、施乾、謝嶠三家音讀，在梁陳時期雖已分化爲不同韻部，但若追溯至三國時期則均同屬寒部，兩漢時期同屬元部。然則三家音讀可能係記錄某地方音，也可能是採用了較早的音切。

（四）從聲母音讀

今所見謝嶠《爾雅音》音讀，有雖與《廣韻》不合，但與被音字之聲符音讀相合者，計 3 例：

（1）〈釋言〉2-111 舫，音方（非紐陽韻）；《廣韻》「舫」音「甫妄切」（非紐漾韻）。謝嶠音「方」，即從聲母讀。

（2）〈釋草〉13-186 葦，于歸反（爲紐微韻）；《廣韻》「葦」音「于鬼切」（爲紐尾韻），又「葦」之聲母「韋」音「雨非切」（爲紐微韻），與謝嶠音正同。

（3）〈釋木〉14-16 柜，音巨（群紐語韻）；《廣韻》「柜」音「居許切」（見紐語韻）。謝嶠音「巨」，即從聲母讀。

（五）不詳所據

今所見謝嶠《爾雅音》音讀，有與《廣韻》不合，且無理可說者，計有 3 例。這類音讀，可能是切語有譌字，也可能是謝嶠所特有的讀音。

（1）〈釋言〉2-63 諉，音矮（影紐眞韻）；《廣韻》「諉」音「女恚切」（娘紐眞韻）。二音聲紐不合。

（2）〈釋訓〉3-72 慝，切得反（清紐德韻）；《廣韻》「慝」音「他德切」（透紐德韻）。二音聲紐不合，疑謝音「切」字有誤。

（3）〈釋獸〉18-60 貽，初其反（初紐之韻）；《廣韻》「貽」有「書之」（審紐之韻）、「丑之」（徹紐之韻）二切。謝嶠音與《廣韻》二音聲紐俱不合。

四、《經典釋文》引謝嶠《爾雅》音讀體例分析

陸德明《經典釋文》引謝嶠音凡 116 例，其體例大抵可歸納如下：

（一）直音例

《釋文》引謝嶠音，以直音方式標示音讀者，計有 28 例，佔《釋文》引謝音總數之 24.14%。若再詳細分析，又可分爲以下四種類型：

1. 以同聲符之字注音，計 8 例：

諉，音萎。（2-63）　　洵，音荀。（2-112）　　佌，音紫。（3-42）

蔬，音疎。（13-76）　　荄，音該。（13-191）　　蓅，音流。（15-9）

蠦，音盧。（15-36）　　活，音括。（16-27）

2. 以所得音之聲符注音，計 6 例：

舫，音方。（2-111）　　旄，音毛。（10-14）　　涷，音東。（13-144）

蘉，音其。（13-154）　　茢，音列。（13-170）　　柜，音巨。（14-16）

3. 以衍生孳乳之聲子注聲母之音，計 1 例：

大，音泰。（12-27）

4. 以不同聲符之同音字注音，計 13 例：

觀，音官。（1-49）　　觀，音官。（2-17）　　柢，音帝。（2-167）

噬，音逝。（9-35）　　莞，音官。（13-10）　　茵，音由。（13-33）

蕖，音渠。（13-76）　　蓳，音官。（13-81）　　莞，音官。（13-86）

藈，音圭。（13-136）　　敊，音舃。（14-70）　　蚍，音弗。（15-10）

蛺，音含。（16-34）

（二）切音例

　　《釋文》引謝嶠音，以切音方式標示音讀者，計有 82 例，佔《釋文》引謝音總數之 70.69%。今依序條列如下：

尼，羊而反。（1-71）　　施，以豉反。（1-79）　　易，以豉反。（1-79）

串，古患反。（1-91）　　閒，古閑反。（1-97）　　薢，海拜反。（1-104）

數，色主反。（1-115）　　尼，羊而反。（1-143）　　諈，之睡反。（2-63）

紕，房彌反。（2-83）　　積，之忍反。（2-140）　　飧，素昆反。（2-150）

佗，羊兒反。（3-20）　　赫，許格反。（3-30）　　旭，許玉反。（3-34）

畇，蘇旬反。（3-46）　　滺，所留反。（3-54）　　慝，切得反。（3-72）

蔫，許袁反。（3-80）　　恂，私尹反。（3-86）　　椮，胥寢反。（6-4）

棷，丁劣反。（6-5）　　絇，其俱反。（6-6）　　裇，徂悶反。（6-10）

欗，力丹反。（6-12）　　籈，居延反。（7-14）　　長，丁兩反。（8-3）

畫，胡卦反。（10-10）　　沮，子預反。（10-11）　　瓣，力見反。（13-15）

蘆，力吳反。（13-32）　　委，於蘦反。（13-43）　　萎，於危反。（13-43）

茈，徂咨反。(13-50)	庚，羊主反。(13-68)	葰，先老反。(13-69)
蘆，才古反。(13-74)	薗，其隕反。(13-84)	蘚，丘軌反。(13-88)
蕩，他唐反。(13-97)	倚，於綺反。(13-127)	藕，起例反。(13-129)
芌，去訖反。(13-129)	粂，市證反。(13-137)	夫，方于反。(13-153)
莖，戶耕反。(13-156)	卷，九轉反。(13-161)	蔍，蒲苗反。(13-167)
麃，蒲表反。(13-167)	搴，去虔反。(13-182)	葦，于歸反。(13-186)
蔍，苻苗反。(13-185)	葦，于歸反。(13-186)	芛，私尹反。(13-188)
杼，嘗汝反。(14-17)	莄，大結反。(14-19)	婁，力侯反。(14-56)
魁，苦罪反。(14-58)	蜓，徒頂反。(15-4)	相，息亮反。(15-8)
過，古臥反。(15-15)	蠭，孚逢反。(15-53)	蛭，豬悌反。(16-26)
廬，步佳反。(16-31)	魧，戶郎反。(16-38)	攝，之涉反。(16-43)
鶎，苻悲反。(17-4)	鸚，力侯反。(17-10)	鴱，五蓋反。(17-25)
彀，苦候反。(17-37)	鶘，烏卵反。(17-45)	離，力知反。(17-64)
鸕，力吳反。(17-67)	鷩，必滅反。(17-69)	秩，持乙反。(17-69)
鷷，徂尊反。(17-69)	虦，士版反。(18-7)	齝，初其反。(18-60)
粂，市證反。(19-10)	駽，犬縣反。(19-14)	觠，居轉反。(19-30)
羷，許簡反。(19-30)		

（三）又音例

一字有數音並存者，則出又音之例。《釋文》引謝嶠音，其有又音者計 4 例，佔《釋文》引謝音總數之 3.45%。若再詳細分析，又可分為以下二種類型：

1. 諸音皆為直音，計 1 例：

賁，音奔，又音墳。(16-33)

2. 諸音皆為反切，計 3 例：

尼，羊而反，又奴啟反。(3-65)　　　　　　斨，古侯、鳩于二反。(6-3)

濄，古禾反，又烏禾反。(12-11)

（四）如字例

《釋文》引謝嶠音稱「如字」者計 2 例，佔《釋文》引謝音總數之 1.72%。今依序條列《釋文》原文如下：

治，直吏反，謝如字。（1-118）

敦丘，郭云音頓，或丁回反，謝如字讀。注宜如後二音。（10-1）

從以上二例可知，《釋文》所謂「如字」，即取其字之本音，以有別於其他異讀。惟究係謝氏注音即自注「如字」，或謝氏本有音切，陸氏引謝音時，因謝音即字之本音，遂改稱如字，則不可考。

附表　各家輯錄謝嶠《爾雅音》與本書新定佚文編次比較表

本表詳列清儒輯本與本書所輯佚文編次之比較。專輯一書之輯本，其佚文均依原輯次序編上連續序號；如有本書輯爲數條，舊輯本合爲一條者，則按舊輯本之次序，在序號後加-1、-2 表示。合輯群書之輯本，因無法爲各條佚文編號，表中僅以「ˇ」號表示。舊輯本所輯佚文有增衍者，加注「＋」號；有缺脫者，加注「－」號。但其差異僅只一二字，未能成句者，一般不予注記。

各家所輯，偶有失檢，亦難免誤輯。專輯本誤輯而爲本書刪去的佚文，在本表「刪除」欄中詳列佚文序號；合輯本誤輯者不注記。

本文編次	余蕭客	嚴可均	馬國翰	黃奭	葉蕙心	其他
1.			1	1		
2.			2	2		
3.			3＋	3－		
4.			4	4		
5.			5	5		
6.			6	6		
7.			7	7		
8.			8	8		
9.			顧9	9		
10.			10＋	10		
11.		ˇ	11	11		臧鏞堂《漢注》
12.			12-1	12-1		
13.	ˇ	ˇ	12-2	12-2		
14.			13	13		
15.			14	14		
16.			15	15－		
17.			16	16		
18.			17	17		
19.			18	18		
20.		ˇ	19	19		

本文編次	余蕭客	嚴可均	馬國翰	黃奭	葉蕙心	其他
21.						
22.				20		
23.			20	21		
24.			21	22		
25.			22	23		
26.			23	24		
27.			24	25		
28.			25	26		
29.			26	27		
30.			27	28		
31.			28	29		
32.			29	30		
33.			30	31		
34.				32		
35.			31	33		
36.			32	34		
37.			33	35		
38.			34	36		
39.			35	37		
40.				38		
41.			37	39		
42.			施28	40		
43.			36	41		
44.			38	42		
45.			39	43		
46.					v	
47.			40	44		
48.		v	41	45		
49.			42	46		
50.			43	47		
51.			44	48		
52.			45-1			
53.			45-2	49		

本文編次	余蕭客	嚴可均	馬國翰	黃奭	葉蕙心	其他
54.			46	50		
55.	∨	∨		51	∨	
56.			47	52-1		
57.			48	52-2		
58.			49	53		
59.			50-1	54-1		
60.			50-2	54-2		
61.			51＋	55		
62.			52	56		
63.			53	57		
64.						
65.			54	58		
66.						
67.			55	59		
68.			56＋	60＋		
69.	∨	∨	57-1＋	61-1		
70.			57-2	61-2		
71.						
72.			58	62		
73.			59	63		
74.			60	64		
75.			61	65		
76.			62	66		
77.			63	67		
78.			64	68		
79.			65-1	69-1＋		
80.			65-2	69-2		
81.			66	70		
82.			67	71		
83.			68	72		
84.			69＋	73＋		
85.			70＋	74		

本文編次	余蕭客	嚴可均	馬國翰	黃奭	葉蕙心	其他
86.			71	75		
87.			72	76		
88.						
89.			73	77		
90.			74	78		
91.			75	79		
92.			76	80		
93.			77	81		
94.	∨	∨	78-1			
95.			78-2	82-1		
96.			79	83		
97.			80	84-1		
98.			81	84-2		
99.			82	85		
100.			83	86		
101.			84	87		
102.			85＋	88		
103.			86＋	89＋		
104.			87	90		
105.			88	91		
106.			89	92－		
107.			90	93		
108.						
109.						
110.			91	94		
111.			92	95		
112.	∨	∨	93	96	∨	
113.			94	97		
114.			95	98		
115.			96	99		
116.			97	100		
117.			98	101		
118.						

本文編次	余蕭客	嚴可均	馬國翰	黃奭	葉蕙心	其他
119.						
120.			99	102		
121.			100	103		
122.			101	104-1		
123.			102	104-2		
124.			103	105		
125.			104	106		
126.						
127.			105	107		
128.			106	108		
129.			107-1	109		
130.			108-1	110-1		
131.			108-2	110-2		
刪除			9 57-3 107-2	82-2		

第八章　顧野王《爾雅音》輯考

第一節　輯　本

歷來輯有顧野王《爾雅音》之輯本，計有專輯二種、合輯三種：

一、專　輯

（一）馬國翰《玉函山房輯佚書・爾雅顧氏音》

馬國翰《玉函山房輯佚書》（本章以下簡稱「馬本」）據陸德明《經典釋文》、邢昺《爾雅疏》二書，輯錄顧野王《爾雅音》佚文計共 58 條，其中誤輯 1 條（詳見本章第三節），另有 1 條輯入謝嶠《爾雅音》。扣除誤輯者並經重新排比後，馬氏所輯折合本書所輯 61 條，其中脫漏佚文者 1 條，衍增佚文者 6 條。對勘本書所輯 101 條（含佚文及顧本《爾雅》異文，下同），馬本所輯約佔 60.4%。

（二）黃奭《黃氏逸書考・爾雅顧野王音》

黃奭《黃氏逸書考》（本章以下簡稱「黃本」）據陸德明《經典釋文》、邢昺《爾雅疏》二書，輯錄顧野王《爾雅音》佚文計共 55 條。經重新排比後，黃氏所輯折合本書所輯 59 條，其中脫漏佚文者 5 條，衍增佚文者 1 條。對勘本書所輯 101 條，黃本所輯約佔 58.42%。

黃本末有附錄，收錄《玉篇》引《爾雅》文字及音注 169 條，可供作研究顧野王訓釋《爾雅》音義之參考。

二、合　輯

（一）余蕭客《古經解鉤沉・爾雅》

余蕭客《古經解鉤沉》（本章以下簡稱「余本」）據陸德明《經典釋文》輯錄顧野王音 1 條、注 4 條，計共 5 條，其中脫漏佚文者 2 條。對勘本書所輯 101 條，余本所輯約佔 4.95%。

（二）嚴可均《爾雅一切註音》

嚴可均《爾雅一切註音》（本章以下簡稱「嚴本」）據陸德明《經典釋文》輯錄顧野王《爾雅》異文 1 條、顧氏注 6 條，計共 7 條。對勘本書所輯 101 條，嚴本所輯約佔 6.93%。

（三）葉蕙心《爾雅古注斠》

葉蕙心《爾雅古注斠》（本章以下簡稱「葉本」）據陸德明《經典釋文》輯錄顧野王《爾雅》異文 2 條，顧氏注 6 條，計共 8 條。對勘本書所輯 101 條，葉本所輯約佔 7.92%。

第二節　佚　文

〈釋詁〉

1. 1-3 菿，大也。

菿，都角反，《說文》云：「草大也。」《韓詩》云：「菿彼圃田。」

案：陸德明《經典釋文‧爾雅音義》出「菿」，注引「顧野王都角反，《說文》云：『草大也。』」（宋本《釋文》「大」譌作「犬」。）邢昺《疏》引顧氏云：「都角切，《說文》云：『草大也。』《韓詩》云：『菿彼圃田。』」今據陸、邢二氏所引輯為本條。

余、馬、黃本「菿」均作「菿」；余本輯「都角翻」，黃本輯「都角反」，均未輯「說文」以下數句。馬本「反」作「切」，「圃」作「甫」。嚴、葉本並未輯錄。

《釋文》出「菿」，唐石經、宋本《爾雅》字亦作「菿」。按《說文》無「菿」字，段注本艸部有「菿」字，釋云：「艸大也。」是「菿」字本應从艸作「菿」。《大廣益會玉篇》艸部「菿」下引《韓詩》「菿彼甫田」，字亦作「菿」，今從改。〔註 1〕又參見第二章第二節郭璞《爾雅音義》、《爾雅注》佚文「菿，大也」條案語。

顧音「都角反」，是讀「菿」為「倬」。邵晉涵云：

〔註 1〕「圃」字不從改。阮元云：「按《毛詩‧車攻》『東有甫草』，李善注《文選》、李賢注《後漢書》皆引《韓詩》『東有圃草』，是《毛詩》『甫』字，《韓詩》多作『圃』也。」（《爾雅校勘記》，《皇清經解》，卷 1031，頁 6 上。）

《毛詩》作「倬」，古字通用。〔註2〕
郝懿行云：

> 菿者，……通作倬。《詩》「倬彼甫田」，《韓詩》作「菿」，云：「菿，卓也」，
> 卓與倬同，《毛詩》作倬。《說文》云：「倬，箸大也」，引《詩》「倬彼雲
> 漢」，《傳》亦云：「倬，大也」，是倬菿音義同。〔註3〕

按《廣韻》「菿」、「倬」二字同音「竹角切」（知紐覺韻）。又《大廣益會玉篇》艸部
「菿」亦音「都角切」（端紐覺韻）。

2. 1-3 昄，大也。

昄，音板，又普姦、普練二反。

　　案：本條佚文輯自陸德明《經典釋文·爾雅音義》。

　　馬本引同。黃本僅輯「昄音板」三字。余、嚴、葉本均未輯錄。

　　顧音「板」，即是讀「昄」爲「板」。郝懿行云：

> 昄之爲言版也，與業同意，故《釋名》云：「板，昄也；昄昄，平廣也」，
> 廣大義又近。〔註4〕

《廣韻》「昄」、「板」、「版」三字同音「布綰切」（幫紐潸韻）。顧又音「普姦反」（滂
紐刪韻），與「布綰」聲紐略異，聲調不同（刪潸二韻平上相承）。又音「普練反」
（滂紐霰韻），按《廣韻》霰韻（先韻去聲）與刪韻字在兩漢時期同屬元部，到晉宋
時期即分化爲二部，然則顧氏此音可能反映某地方音，或是採用時代較早的音讀。（參
見第二章第二節郭璞《爾雅音義》、《爾雅注》佚文 15-38「土蠭」條案語引周祖謨
語。）《集韻》「昄」一音「披班切」（滂紐刪韻），一音「匹見切」（滂紐霰韻），與
顧氏二又音全同。

　　《大廣益會玉篇》日部「昄」音「步板切」，屬並母，與《廣韻》音「布綰切」
屬幫母清濁不同，與沈旋音「蒲板反」同。

3. 1-3 晊，大也。

晊，充尸反。

　　案：本條佚文輯自陸德明《經典釋文·爾雅音義》。

　　黃本引同。馬本「晊」下有「音」字。余、嚴、葉本均未輯錄。

　　《廣韻》「晊」音「之日切」，《集韻》質韻、《類篇》日部並音「職日切」，均屬

〔註2〕邵晉涵《爾雅正義》，《皇清經解》，卷 504，頁 11 上。
〔註3〕郝懿行《爾雅義疏》，《爾雅廣雅方言釋名清疏四種合刊》，頁 6 上。
〔註4〕郝懿行《爾雅義疏》，《爾雅廣雅方言釋名清疏四種合刊》，頁 6 上。

照紐質韻，與「充尸」音穿紐脂韻略異（質脂對轉）。《大廣益會玉篇》日部「晊」亦音「之日切」。

4. 1-5 艘，至也。

艘，子公反。

案：本條佚文輯自陸德明《經典釋文・爾雅音義》。

馬、黃本引並同。余、嚴、葉本均未輯錄。

《廣韻》「艘」字凡三見：一音「子紅切」（精紐東韻），一音「古拜切」（見紐怪韻），一音「口箇切」（溪紐箇韻）。顧野王音「子公反」，與「子紅」音同。原本《玉篇》卷十八舟部「艘」亦音「子公反」（精紐東韻）；《大廣益會玉篇》舟部「艘」音「祖公切」，又音「屈」。「祖公」亦與「子公」音同。又參見第二章第二節郭璞《爾雅音義》、《爾雅注》佚文「艘，至也」條案語。

5. 1-17 謔浪笑敖，戲謔也。

案：原本《玉篇》卷九言部「謔」字注引《尒雅》：「謔浪，戲謔也。」又卷十八放部「敖」字注引《尒雅》：「咲敖，戲謔也。」是顧野王讀「謔浪」爲句，「笑敖」爲句。郝懿行云：

> 《說文》云：「謔，戲也」，引《詩》「善戲謔兮」，是《爾雅》此讀以「戲謔」相屬，而以「謔浪笑敖」四字爲句，本《詩・終風》篇文。毛《傳》言「戲謔不敬」，正本《爾雅》爲訓也。〔註5〕

又董瑞椿云：

> 案《詩・邶風・終風》篇：「謔浪笑敖」，《爾雅》此文蓋釋彼《詩》，當上四字句，下三字句。……又案古逸本《玉篇》言部「謔」下引《爾雅》：「謔浪，戲謔也」；放部「敖」下引《爾雅》：「咲敖，戲謔也」，是顧野王讀此上四字又各二字爲句，與郭讀不同。要其斷句在「敖」下不在「戲」下，則無不同也。〔註6〕

6. 1-22 忥，謐，溢，藝，慎，貉，謐，顗，頠，密，寧，靜也。

案：原本《玉篇》卷九云部「藝」字注引《尒雅》：「藝，靜也」，是顧本《爾雅》本條有「藝」字。董瑞椿云：

> 案古逸本《玉篇》云部「藝」下引《爾雅》：「藝，靜也」，今「靜也」條無「藝」，當是奪文，當據顧引補之。《釋名・釋言語》：「靜，整也。」《禮・

〔註5〕郝懿行《爾雅義疏》，《爾雅廣雅方言釋名清疏四種合刊》，頁15上。
〔註6〕董瑞椿《讀爾雅補記》，頁29下～31上。

月令》：「季秋之月，整設於屏外」，鄭注：「整，正列也。」《文選》三張衡〈東京賦〉：「乃整法服」，薛綜注：「整，理也。」然則靜有整治義，因有整列、整理兩義。藝之詁靜，蓋藝亦有整治及整列、整理義也。《廣雅·釋詁》三：「藝，治也。」此藝有整治義之證。《荀子》十六〈正名〉篇：「無埶列之位」，楊倞注：「班列也。」《家語》七〈禮運〉篇：「協於分藝」，王肅注：「藝，理。」此藝有整列、整理義之證。〔註7〕

7. 1-49 觀，多也。

觀，音官。

案：本條佚文輯自陸德明《經典釋文·爾雅音義》引顧、謝。

馬、黃本引並同。余、嚴、葉本均未輯錄。

《廣韻》「觀」字凡二見：一音「古丸切」（見紐桓韻），一音「古玩切」（見紐換韻，桓換二韻平去相承）。顧野王音「官」，與「古丸」音同。又參見第六章第二節施乾《爾雅音》「觀，多也」條案語。

8. 1-79 弛，易也。　郭注：相延易。

施、易，皆以豉反。

案：陸德明《經典釋文·爾雅音義》出「弛易」，注云：「顧、謝本弛作施，并易皆以豉反，注同。」是謝、顧本《爾雅》字並作「施」。今據陸氏所引輯為本條。

馬本「反」下有「注同」二字。黃本僅輯「易以豉反」四字。余、嚴、葉本均未輯錄。「注同」二字應為陸德明語。

《大廣益會玉篇》从部「施」有「舒移」、「式豉」、「以忮」三切；易部「易」有「余赤」、「以豉」二切。「以忮」與「以豉」音同。又參見第七章第二節謝嶠《爾雅音》「弛，易也」條案語。

9. 1-104 鬩，息也。

鬩，呼被反。

案：本條佚文輯自陸德明《經典釋文·爾雅音義》。「呼」原作「乎」，今依音理訂正。〔註8〕

馬、黃本「呼」亦並作「乎」。余、嚴、葉本均未輯錄。

〔註 7〕董瑞椿《讀爾雅補記》，頁 41。
〔註 8〕周春云：「今本呼字訛作乎，非。乎被不成翻切，紙韻無匣母字。」（《十三經音略》，卷 9，頁 13 上。）黃侃亦云：「乎或呼之誤，《集韻》況偽切有，則呼被之音也。」（黃焯《經典釋文彙校》，頁 251。）

《廣韻》、《集韻》所見「齂」字均無與「呼被反」（曉紐紙韻）相當之音；《大廣益會玉篇》鼻部「齂」音「呼介切」（曉紐怪韻），亦與「呼被」不同。顧氏此音不詳所據。又《集韻》寘韻「齂」音「況僞切」（曉紐寘韻，紙寘二韻上去相承），疑即本顧氏此音。又參見第二章第二節郭璞《爾雅音義》、《爾雅注》佚文「齂，息也」條案語。

10. 1-107 **妯，動也。**

妯，依《詩》勑留反。

案：本條佚文輯自陸德明《經典釋文・爾雅音義》。

馬本引同。黃本無「依詩」二字。余、嚴、葉本均未輯錄。

《廣韻》「妯」字凡二見：一音「丑鳩切」（徹紐尤韻），一音「直六切」（澄紐屋韻）。顧野王音「勑留反」，與「丑鳩」音同。《大廣益會玉篇》女部「妯」音「敕流切」，亦同。

11. 1-109 **契，絕也。　郭注：今江東呼刻斷物為契斷。**

契，苦結反。

案：本條佚文輯自陸德明《經典釋文・爾雅音義》。

黃本引同。馬本「反」下有「注同」二字。余、嚴、葉本均未輯錄。

《釋文》云：「顧苦結反，注同，《左傳》云『盡借邑人之車，契其軸』是也。」是顧氏經注「契」字均讀「苦結反」。今本《左氏・定公九年傳》作「鍥其軸」，顧氏音「苦結反」，當是讀「契」爲「鍥」。《廣韻》「契」、「鍥」同音「苦結切」（溪紐屑韻），「鍥」下注云：「刻也，又斷絕也。」又《大廣益會玉篇》大部「契」音「口計」、「口結」二切，「口結」與「苦結」音同。

12. 1-120 **汱，墜也。**

汱，徒蓋反。

案：本條佚文輯自陸德明《經典釋文・爾雅音義》。《釋文》出「汱」，注云：「顧徒蓋反，字宜作汱」，是顧本《爾雅》字作「汱」。參見第六章第二節施乾《爾雅音》「汱，墜也」條案語。又慧琳所見《爾雅》或亦作「汱」，參見第二章第二節郭璞《爾雅音義》、《爾雅注》佚文「汱，墜也」條案語。

馬本「汱」仍作「汱」，「反」下有「字宜作汱」四字。黃本「蓋」作「葢」，「反」下有「宜作汱」三字。余、嚴、葉本均未輯錄。「字宜作汱」四字當係陸德明語。

《廣韻》「汱」字凡二見：一音「徒蓋切」（定紐泰韻），一音「他達切」（透

紐曷韻）。顧音與泰韻切語全同。原本《玉篇》水部「汏」音「達蓋反」，注引「《尒雅》：『汏，墜也』，郭璞曰：『水落皀〔案：應作「皃」。〕也。』」「達蓋」與「徒蓋」音同。

13. 1-122 愻，神，溢，愼也。

案：原本《玉篇》卷九言部「謐」字注引《尒雅》：「謐，靜也，忞也。」慧琳《一切經音義》卷十一〈大寶積經序〉「寧謐」注引《爾雅》：「謐〔案：應作「謐」。〕，靜也，忞也。」是顧本《爾雅》「謐」字並見於「靜也」、「愼也」二條，慧琳所見本與顧本同。周祖謨云：

> 原本《玉篇》言部「謐」下引「《爾雅》：謐，靜也，忞也。」「忞」爲古「愼」字。「謐」字今本此條無。劉師培謂此條「愻」字顧野王所據《爾雅》蓋作「謐」。案愻，《釋文》音祕；謐，《玉篇》音莫橘反，字音不同。劉說恐未爲得。疑此條本有「謐」字。〔註9〕

其說可從。又董瑞椿云：

> 忞在《說文》心部爲愼之古文。今木《爾雅》謐、愼、謐三字皆訓靜，別無「愼也」一條，疑古本《爾雅》此條〔案：指前「靜也」條。〕之下元有「愼也」一條，轉互相訓以廣異文，猶敘也、緒也；自也、循也；常也、法也；信也、誠也；曰也、于也諸條之例。顧野王、慧琳所見《爾雅》兩條尚未相掍，故於謐下、謐下皆連引「靜也」、「忞也」兩訓，而「惥也」皆次「靜也」下，可知「愼也」一條其次第則在「靜也」條後也。〔註10〕

董氏以爲「靜也」條下原有「愼也」一條，說不可信。「愼也」之訓已見本條，無重出之理。

14. 1-138 迓，迎也。　郭注：《公羊傳》曰：「跛者迓跛者。」

案：原本《玉篇》卷九言部「訝」字注引郭璞曰：「《公羊傳》『跛者訝跛者』是也。」是顧本字作「訝」。陸德明《經典釋文·爾雅音義》出「訝」，注云：「本又作迓。」是陸氏所見本與顧本同。〔註11〕又參見第二章第二節郭璞《爾雅音義》、《爾雅注》佚文「迓，迎也」條案語。

〔註9〕周祖謨《爾雅校箋》，頁195～196。文中所引劉師培語見《左盦集》，卷3，頁7上，〈爾雅誤字攷〉。

〔註10〕董瑞椿《讀爾雅補記》，頁42下～43上。

〔註11〕王樹柟云：「顧野王所據本作『訝』，與陸同。」（《爾雅郭注佚存補訂》，卷2，頁18上。）
周祖謨亦云：「顧野王所據亦作『訝』。」（《爾雅校箋》，頁197。）

15. 1-143 尼，定也。　郭注：尼者止也。止亦定。

　　尼，奴啟反。

　　案：本條佚文輯自陸德明《經典釋文・爾雅音義》。

　　黃本引同。馬本顧野王《音》與謝嶠《音》本條佚文誤倒，又「反」下有「下同」二字。余、嚴、葉本均未輯錄。

　　顧音「奴啓反」，是讀「尼」為「抳」。《易・姤・初六》：「繫于金柅」，《釋文》出「柅」，注云：「《廣雅》云：『止也。』……王肅作抳，從手；子夏作鑈；蜀才作尼，止也。」是「抳」、「尼」二字古可通用。《廣雅・釋詁》：「抳，止也。」王念孫云：

　　　　抳者，〈姤・初六〉：「繫于金柅」，……《正義》引馬融注云：「柅者在車
　　　　之下，所以止輪，令不動者也。」《爾雅》：「尼，止也」，並聲近而義同。
　　　　　　　　　　　　　　　　〔註12〕

曹憲《博雅音》「抳」有「女几」、「女禮」二音，〔註13〕「女禮」（娘紐薺韻）即與顧音「奴啓反」（泥紐薺韻）同。《廣韻》「抳」音「女氏切」（娘紐紙韻），與顧音聲同而韻異；《集韻》薺韻「抳」、「尼」並音「乃禮切」（泥紐薺韻），與顧音同。

　　《大廣益會玉篇》尸部「尼」音「奴啓」、「女飢」二切。「女飢切」與《廣韻》「尼」音「女夷切」（娘紐脂韻）同。

16. 1-145 貉，縮，綸也。　郭注：綸者，繩也，謂牽縛縮貉之。今俗語亦然。

　　案：原本《玉篇》卷二十七糸部「綹」字注引「《尒雅》：『綹，綸也』，郭璞曰：『綸繩也，謂牽縛縮綹之也，今俗語亦然。』是顧本《爾雅》字作「綹」。又參見第二章第二節郭璞《爾雅音義》、《爾雅注》佚文「貉，縮，綸也」條案語。

〈釋言〉

17. 2-49 啜，茹也。

　　啜，豬芮反。

　　案：本條佚文輯自陸德明《經典釋文・爾雅音義》。

　　馬、黃本引並同。余、嚴、葉本均未輯錄。

　　《廣韻》「啜」字凡五見：一音「嘗芮切」（禪紐祭韻），一音「陟衛切」（知紐祭韻），一音「姝雪切」（禪紐薛韻），一音「昌悅切」（穿紐薛韻），一音「陟劣切」（知紐薛韻）。顧野王音「豬芮反」，與「陟衛」音同。

〔註12〕王念孫《廣雅疏證》，《爾雅廣雅方言釋名清疏四種合刊》，頁 431 上。
〔註13〕同前注，頁 737 上。

《大廣益會玉篇》口部「啜」音「昌悅」（穿紐薛韻）、「常悅」（禪紐薛韻）二切，又音「輟」（知紐祭韻）。「輟」音與「豬芮」同。

18. 2-63 諈，諉，累也。

諉，汝恚反。

案：本條佚文輯自陸德明《經典釋文・爾雅音義》。

馬、黃本引並同。余、嚴、葉本均未輯錄。

原本《玉篇》卷九言部、《廣韻》寘韻「諉」並音「女恚反」（娘紐寘韻）。顧野王音「汝恚反」（日紐寘韻），與「女恚」上古音同屬泥紐，（參見第二章第二節郭璞《爾雅音義》、《爾雅注》佚文 2-179「豽，膠也」條案語引章太炎語。）然則顧氏此音可能表示其娘日二紐尚未分化，也可能是保存了較早的音讀。

19. 2-101 烘，燎也。

烘，火公反。

案：本條佚文輯自陸德明《經典釋文・爾雅音義》引沈、顧。

馬、黃本引並同。余、嚴、葉本均未輯錄。

《廣韻》東韻「烘」音「呼東切」（曉紐東韻），與顧野王此音同。又參見第二章第二節郭璞《爾雅音義》、《爾雅注》佚文「烘，燎也」條案語。《大廣益會玉篇》火部「烘」音「許公切」，與「火公」音同。

20. 2-101 煁，烓也。

烓，口井、烏攜二反。

案：本條佚文輯自陸德明《經典釋文・爾雅音義》；又《毛詩音義・小雅・白華》「烓竈」注引顧野王音同。

馬本引同。黃本「烓」誤作「烒」。余、嚴、葉本均未輯錄。

《廣韻》「烓」字凡二見：一音「烏攜切」（影紐齊韻），一音「口迥切」（溪紐迥韻）。顧野王音「口井反」（溪紐靜韻），當與「口迥」音近同；〔註14〕「烏攜反」與齊韻切語全同。又《大廣益會玉篇》火部「烓」音「口迥」、「烏圭」（影紐齊韻）二切，與《廣韻》二音相同。

21. 2-137 縭，介也。

縭，羅也；介，別也。

〔註14〕魏晉宋時期，迥韻（青韻上聲）與靜韻（清韻上聲）同屬庚部。參見周祖謨《魏晉南北朝韻部之演變》，頁 21。

案：本條佚文輯自陸德明《經典釋文・爾雅音義》引李、孫、顧舍人本。《通志堂經解》本《釋文》「縭」譌作「緭」。

嚴、馬、黃本「縭」均譌作「緭」。余本未輯錄。臧鏞堂《漢注》、邵晉涵《正義》「縭」亦作「緭」。臧琳以「緭」爲「縛」字之譌，[註15] 嚴元照疑即「捕」字，[註16] 葉蕙心疑爲「絲」字之譌，[註17] 說均穿鑿。郝懿行云：

> 今以「緭」訓羅推之，疑「緭」即「縭」之譌。[註18]

今以宋本《釋文》驗之，郝說迨無可疑。

朱彝尊《經義考》、周春《爾雅補注》、董桂新《爾雅古注合存》、葉蕙心《爾雅古注斠》等均誤以本條爲犍爲舍人注；黃奭亦以《釋文》「顧舍人」之「舍人」爲犍爲舍人，而將本條佚文又輯入犍爲文學注。按陸德明《經典釋文・序錄・註解傳述人・爾雅》有「舍人顧野王並撰《音》」云云，是陸氏云「顧舍人」，當即指顧野王而言，與犍爲舍人無涉。[註19] 周春云：

> 此所云舍人乃顧野王也，朱氏《經義考》引之混於犍爲舍人，非。[註20]

其說甚是。

〔註15〕臧琳云：「據《釋文》所述，則三家正文與郭氏不同。今考字書無『緭』，《集韻》以爲補或作緭，義不合。『緭』蓋『縛』之譌，《說文》：『縛，束也』，束縛有羅維意。」（《經義雜記》，《皇清經解》，卷203，頁6下。）

〔註16〕嚴元照云：「案『緭』疑即『捕』字，捕鳥以羅。」（《爾雅匡名》，卷2，《皇清經解續編》，卷497，頁16上。）

〔註17〕葉蕙心云：「《說文》無『緭』字，李孫舍人本之『緭』疑『絲』之譌。離、羅一聲，離又縭之借字。」（《爾雅古注斠》，卷上，頁27上。）

〔註18〕郝懿行《爾雅義疏》，《爾雅廣雅方言釋名清疏四種合刊》，頁117上。

〔註19〕葉蕙心云：「《釋文序錄》有犍爲文學注三卷，陸更注云『舍人，漢武帝時待詔』。前所稱『舍人云』、『舍人本』者，皆指犍爲文學。茲別稱顧舍人者，《序錄》又云『謝嶠、舍人顧野王並撰音』，則顧當指顧野王舍人也，與謝嶠本二人。」（《爾雅古注斠》，卷上，頁33下。）其說可從。惟本條又誤以顧舍人之「舍人」爲犍爲舍人，恐非。又董桂新在《爾雅古注合存》〈釋訓〉「夢夢、訰訰，亂也」條注云：「此《釋文》引顧舍人云然，或疑舍人即顧官，然攷《釋文》引諸家姓下無稱官者，惟漢舍人失其姓名，則稱舍人。顧下初名之野王，後多單稱顧，其一二處言顧舍人者，蓋顧說與舍人同，而《釋文》所引每不拘世次，故舍人或繫之顧下，猶之言孫樊、言施李、言沈孫、言郭謝及舍人也云爾。……又按前『委委，佗佗』，《釋文》於『佗佗』下云顧舍人引《詩》釋云『禕禕它它，如山如河』，而上文『委委』下已云舍人云『禕禕者心之美』，引《詩》云亦作『禕』，則知顧氏引《詩》與舍人同，而顧舍人之稱是二人，非一人明矣。」（朱祖延《爾雅詁林》，頁1470。）董氏以爲顧舍人之稱是二人，惟《釋文》中「舍人」之稱除指犍爲舍人外，前有姓氏連稱者僅「顧舍人」一例，未見其他姓氏，然則「顧舍人」之「舍人」顯係顧野王之官職無疑。董說亦誤。

〔註20〕周春《十三經音略》，卷9，頁20下。

22. 2-162 戎，相也。

　　拔，如勇反。

　　案：本條佚文輯自陸德明《經典釋文・爾雅音義》。《釋文》出「戎」，注云：「如字，本或作拔，顧如勇反，沈如升反。」疑顧、沈二本《爾雅》字並作「拔」。參見第五章第二節沈旋《集注爾雅》「戎，相也」條案語。

　　馬本經注字並作「拔」。黃本仍作「戎」。余、嚴、葉本均未輯錄。

　　《廣韻》「拔」字凡二見：一音「而隴切」（日紐腫韻），一音「穠用切」（娘紐用韻）。顧野王音「如勇反」，與「而隴」音同。《大廣益會玉篇》手部「拔」亦音「如勇切」。

23. 2-177 虹，潰也。

　　訌，音洪。

　　案：本條佚文輯自陸德明《經典釋文・爾雅音義》。《釋文》出「虹」，注云：「音洪。顧作訌，音同。」（宋本《釋文》「顧」作「顡」。）原本《玉篇》卷九言部「訌」字注引郭璞曰：「謂潰敗也」，是顧本《爾雅》作「訌」之證。

　　馬本引同。黃本僅在《爾雅》義訓下注引《釋文》「顧作訌音同」五字。余、嚴、葉本均未輯錄。

　　《說文》言部：「訌，讀也。」是《爾雅》本條應以「訌」為正字，今本作「虹」為同音通假。段玉裁云：

　　　　虹者，訌之假借字。〈釋言〉：「虹，潰也」，亦作「訌」，郭云：「謂潰敗。」
　　　　按許作「讀」者，許以「讀」與「潰」同也。〔註21〕

　　按《詩・大雅・抑》：「實虹小子」，毛《傳》云：「虹，潰也」；又〈大雅・召旻〉：「蟊賊內訌」，毛《傳》云：「訌，潰也。」孔穎達《正義》並云「〈釋言〉文」，是孔氏所據《爾雅》有作「虹」作「訌」二本。

　　《廣韻》「訌」、「洪」二字同音「戶公切」（匣紐東韻）。原本《玉篇》卷九言部「訌」音「胡東反」，音亦同。

24. 2-191 濬，幽，深也。

　　案：原本《玉篇》卷十九水部「浚」字注引郭璞曰：「浚亦所以深之也。」疑顧

〔註21〕段玉裁《說文解字注》，第3篇上，頁25下。郝懿行云：「虹者，訌之叚借也。」（《爾雅義疏》，《爾雅廣雅方言釋名清疏四種合刊》，頁122下。）嚴元照云：「案《說文》言部：『訌，讀也，從言、工聲。《詩》曰：「蟊賊內訌。」』則訌為正文，虹、降皆古文假借。」（《爾雅匡名》，卷2，《皇清經解續編》，卷497，頁20下～21上。）說均與段氏同。

本與郭本《爾雅》「濬」均作「浚」。參見第二章第二節郭璞《爾雅音義》、《爾雅注》佚文「濬，幽，深也」條案語。

25. 2-234 訊，言也。　　郭注：相問訊。

案：原本《玉篇》卷九言部「誶」字注云：「《周禮》：『用情誶之』，鄭玄曰：『誶，告也。』《尒雅》亦云。郭璞曰：『相問誶也。』」疑顧本與郭本《爾雅》字均作「誶」。參見第二章第二節郭璞《爾雅音義》、《爾雅注》佚文「訊，言也」條案語。

26. 2-252 舒，緩也。

案：原本《玉篇》卷二十七糸部「緩」字注引《尒雅》：「緩，舒也。」與今本《爾雅》文字互倒，疑顧本《爾雅》如此。

〈釋訓〉

27. 3-6 廱廱，優優，和也。

案：原本《玉篇》卷十九水部「瀀」字注引「《毛詩》：……『敷政瀀瀀』，《傳》曰：『瀀瀀，和也』，《尒雅》亦云。」是顧本《爾雅》與顧氏所見《毛詩》字並作「瀀瀀」。今本《詩・商頌・長發》作「敷政優優」，字從人旁，與今本《爾雅》同。

《說文》人部：「優，饒也。從人、憂聲。」又水部：「瀀，澤多也。從水、憂聲。」是「優」、「瀀」二字音義俱近，互可通用。〔註22〕《說文》「瀀」下又引《詩》曰：「既瀀既渥」，今本《詩・小雅・信南山》「瀀」亦作「優」。《字彙補》水部：「瀀，又與優同。」

28. 3-7 兢兢，憴憴，戒也。

案：原本《玉篇》卷二十七糸部「繩」字注引《尒雅》：「繩繩，戒昚也。」是顧本《爾雅》字作「繩繩」。陸德明《釋文》出「繩繩」，注云：「本或作憴，同。」（宋本《釋文》「憴」譌作「傰」。）唐石經、宋本《爾雅》及邢昺《疏》皆作「憴憴」。邵晉涵《正義》、郝懿行《義疏》並作「繩繩」，邵晉涵云：

> 〈周南・螽斯〉云：「宜爾子孫繩繩兮」，毛《傳》：「繩繩，戒慎也。」薛瓚《漢書註》引《爾雅》「繩繩，戒也」，應劭云：「謹敬更正意也。」今本或作憴憴，音義同。〔註23〕

郝懿行云：

〔註22〕段玉裁云：「〔瀀〕與優義近，《瞻卬・傳》曰：『優渥也』，優即瀀之假借矣。」（《說文解字注》，第11篇上二，頁26上，水部「瀀」字注。）
〔註23〕邵晉涵《爾雅正義》，《皇清經解》，卷507，頁2上。

繩者，《釋文》云「本或作慴」，宋本正作「慴」，然「慴」乃或體字，當
依經典作「繩」。《詩‧螽斯‧傳》：「繩繩，戒慎也。」《下武‧傳》：「繩，
戒也。」《漢書‧禮樂志》云：「繩繩意變。」《淮南‧繆稱》篇云：「末世
繩繩乎，惟恐失仁義。」俱本《爾雅》。〔註24〕

按《說文》無「慴」字，又糸部：「繩，索也。」引申而有戒慎之義，是《爾雅》古
本應作「繩」，「慴」字當係後人所改。

29. 3-18 薨薨，增增，眾也。

案：陸德明《經典釋文‧爾雅音義》出「薨薨」，注云：「顧舍人本作『雄雄』。」
是顧本《爾雅》「薨薨」作「雄雄」。

嚴、馬、葉本均在《爾雅》義訓下照引《釋文》語。黃本注云：「《釋文》薨，
顧本作雄。」黃奭及董桂新《爾雅古注合存》均以《釋文》「顧舍人」之「舍人」為
犍為舍人，其說非是，參見本章 2-137「繃，介也」條案語。

胡承珙云：

> 《玉篇》：「肱，胡萌反，蟲飛也。」《廣雅》：「翃翃，飛也。」翃翃即薨
> 薨，翃雄並從厷聲，故野王本又作雄雄。雄，古音羽陵反。〔註25〕

30. 3-20 委委，佗佗，美也。

《詩》云：「禕禕它它，如山如河。」

案：陸德明《經典釋文‧爾雅音義》出「委委」，注云：「於危反。《詩》云『委
委佗佗，如山如河』是也。諸儒本並作禕，於宜反。」音「於宜反」則字當作「禕」，
依陸氏之意，是諸本《爾雅》「委委」皆作「禕禕」。陸德明《釋文》又出「佗佗」，
注云：「顧舍人引《詩》釋云：『禕禕它它，如山如河。』」可證顧本《爾雅》字作「禕
禕」無疑。今據陸氏之說輯錄本條。

余、嚴、馬、黃本「禕禕」均譌作「禕禕」，嚴本「云」又作「曰」。葉本脫「詩
云」二字。

顧氏所引《詩》見〈鄘風‧君子偕老〉，今本《毛詩》作「委委佗佗」。按「委」
與「禕」通，參見第二章第二節郭璞《爾雅音義》、《爾雅注》佚文「委委，佗佗，
美也」條案語。邵晉涵云：

> 《釋文》云：「委，諸儒本並作禕」，「舍人引《詩》釋云：『禕禕它它，如
> 山如河』」，「禕禕者心之美」。舍人所引，〈鄘風‧君子偕老〉文，今本作

〔註24〕郝懿行《爾雅義疏》，《爾雅廣雅方言釋名清疏四種合刊》，頁 136 上。
〔註25〕胡承珙《爾雅古義》，卷上，頁 14。

「委委佗佗」。〔註26〕

是邵氏以《釋文》「顧舍人」之「舍人」爲犍爲舍人，其說非是，參見本章 2-137「縭，介也」條案語。

31. 3-21 **忯忯，惕惕，愛也。**

忯，渠支反。

案：本條佚文輯自陸德明《經典釋文・爾雅音義》引顧舍人。

黃本引同。馬本「忯」作「忯」。余、嚴、葉本均未輯錄。黃奭及董桂新《爾雅古注合存》均以《釋文》「顧舍人」之「舍人」爲犍爲舍人，其說非是，參見本章 2-137「縭，介也」條案語。

《廣韻》「忯」字凡二見：一音「巨支切」（群紐支韻），一音「是支切」（禪紐支韻）。顧野王音「渠支反」，與「巨支」音同。又參見第二章第二節郭璞《爾雅音義》、《爾雅注》佚文「忯忯，惕惕，愛也」條案語。

《大廣益會玉篇》心部「忯」音「渠支、是支二切」。

32. 3-27 **存存，萌萌，在也。**

案：《大廣益會玉篇》艸部「薗」字注引《爾雅》「萌萌」作「薗薗」。陸德明《經典釋文・爾雅音義》出「萌萌」，注云：「字或作薗。」疑陸氏所見《爾雅》作「薗」者即是顧野王本。馬國翰輯《爾雅顧氏音》云：

案《玉篇》引《爾雅》作「薗薗」，知顧氏本亦作「薗」也，據補。

《廣韻》耕韻、登韻「薗」注並引《爾雅》字亦作「薗」。「薗」應係「箇」字之譌，參見第二章第二節郭璞《爾雅音義》、《爾雅注》佚文「存存，萌萌，在也」條案語。

33. 3-35 **夢夢，訰訰，亂也。**

夢夢訰訰，煩懣亂也。

案：本條佚文輯自陸德明《經典釋文・爾雅音義》引顧舍人。

嚴、馬、黃本引同。余本僅輯「煩懣亂也」四字。葉本「懣」作「滿」。按「滿」亦與「懣」通，《漢書・佞幸傳・石顯》：「顯與妻子徙歸故郡，憂滿不食，道病死」，顏師古注云：「滿讀曰懣，音悶。」

黃奭及董桂新《爾雅古注合存》均以《釋文》「顧舍人」之「舍人」爲犍爲舍人，其說非是，參見本章 2-137「縭，介也」條案語。

〔註26〕邵晉涵《爾雅正義》，《皇清經解》，卷 507，頁 3 下。

34. 3-42 伜伜，瑣瑣，小也。

伜，音此。

案：本條佚文輯自陸德明《經典釋文·爾雅音義》。

馬、黃本引並同。余、嚴、葉本均未輯錄。

《廣韻》「伜」、「此」二字同音「雌氏切」（清紐紙韻）。《大廣益會玉篇》人部「伜」音「七紙切」，亦與「此」音同。又參見第二章第二節郭璞《爾雅音義》、《爾雅注》佚文「伜伜，瑣瑣，小也」條案語。

35. 3-67 儵儵，嘒嘒，罹禍毒也。

儵，舒育反。

案：本條佚文輯自陸德明《經典釋文·爾雅音義》。

馬、黃本引並同。余、嚴、葉本均未輯錄。

《廣韻》「儵」音「式竹切」（審紐屋韻），與顧音「舒育反」同。《大廣益會玉篇》黑部「儵」有「尸育」一音，亦同。又參見第二章第二節郭璞《爾雅音義》、《爾雅注》佚文「儵儵，嘒嘒，罹禍毒也」條案語。

36. 3-72 謔謔，謞謞，崇讒慝也。

匿，女陟反。

案：陸德明《經典釋文·爾雅音義》出「慝」，注云：「謝切得反，諸儒並女陟反，言隱匿其情以飾非。」是除謝嶠本《爾雅》字作「慝」外，其餘各本均作「匿」，音「女陟反」。參見第二章第二節郭璞《爾雅音義》、《爾雅注》佚文「謔謔，謞謞，崇讒慝也」條案語。

《大廣益會玉篇》匚部「匿」音「女直切」（娘紐職韻），與「女陟」音同。

37. 3-88 是刈是濩，濩，煮之也。

案：邢本二「濩」字並从水旁；唐石經、宋本《爾雅》上「濩」字作「鑊」，下「濩」字作「鑊」；邵晉涵《正義》與邢本同；郝懿行《義疏》二「濩」字並作「鑊」。《詩·周南·葛覃》：「是刈是濩」，毛《傳》：「濩，煮之也。」孔穎達《正義》引〈釋訓〉此訓均作「濩」。陸德明《經典釋文·毛詩音義》出「是濩」；《爾雅音義》出「鑊」，注云：「又作濩，同。」嚴元照云：

> 《釋文》大書一「鑊」字，云「又作濩」，是陸本《爾雅》兩字皆从金，故不別出也。其於《詩》大書「是濩」，而於《傳》中「濩煮之也」，「濩」字不別出，是陸本《毛詩》經傳二字皆从水。此云「又作濩」，正與《詩》

—621—

合。石經上作「穫」，下作「鑊」，非矣。〔註27〕

原本《玉篇》卷十九水部「濩」字注云：「《毛詩》：『是刈是濩』，《傳》曰：『濩，煮之也。』《尒雅》亦云。」是顧本《爾雅》二字並从水旁作「濩」。

〈釋宮〉

38. 5-4 杗謂之閾。

杗，丈乙反。

案：本條佚文輯自陸德明《經典釋文・爾雅音義》。

馬、黃本引並同。余、嚴、葉本均未輯錄。

《廣韻》「杗」字凡二見：一音「直一切」（澄紐質韻），一音「千結切」（清紐屑韻）。顧野王音「丈乙反」，與「直一」音同。《大廣益會玉篇》木部「杗」音「馳栗切」，亦同。

39. 5-27 石杠謂之徛。

徛，丘奇反。

案：本條佚文輯自陸德明《經典釋文・爾雅音義》。

馬、黃本「丘」並作「邱」。余、嚴、葉本均未輯錄。

《廣韻》「徛」字凡二見：一音「渠綺切」（群紐紙韻），一音「居義切」（見紐寘韻）。顧野王音「丘奇反」（溪紐支韻），與「居義」、「渠綺」二音聲紐略異，聲調不同（支紙寘三韻平上去相承）。《大廣益會玉篇》彳部「徛」音「丘奇、居義二切」。

〈釋器〉

40. 6-8 繩之謂之縮之。

案：原本《玉篇》卷二十七糸部「縮」字注引《尒雅》：「繩之謂之縮。」是顧本《爾雅》「縮」下無「之」字。周祖謨云：

> 《詩・緜》《正義》引作「繩謂之縮」，原本《玉篇》「縮」下引作「繩之謂之縮。」案《詩・緜》「其繩則直，縮版以載」，《毛傳》曰：「言不失繩直也。乘之謂之縮。」（今本乘下無之字，此據原本《玉篇》繩下引）《鄭箋》云：「乘，聲之誤也，當爲繩。」《爾雅》與《毛傳》語相同。今本「縮」下衍「之」字，當據原本《玉篇》改正。〔註28〕

〔註27〕嚴元照《爾雅匡名》，卷3，《皇清經解續編》，卷498，頁13下。
〔註28〕周祖謨《爾雅校箋》，頁237～238。

41. 6-10 衿謂之袩。

衿，渠鳩、渠金二反。

案：本條佚文輯自陸德明《經典釋文・爾雅音義》。《釋文》出「衿謂」，注云：「又作紟，郭同，今、鉗二音。顧渠鳩、渠金二反。」是郭、顧本《爾雅》字並作「紟」。參見第二章第二節郭璞《爾雅音義》、《爾雅注》佚文「衿謂之袩」條案語。「渠鳩」原譌作「渠鳩」，今逕改正。〔註29〕

馬、黃本「紟」並作「衿」，黃本「鳩」又作「鳩」。余、嚴、葉本均未輯錄。

《廣韻》「紟」音「巨禁切」（群紐沁韻），注有又音「今」（見紐侵韻，《廣韻》音「居吟切」）。顧野王音「渠鳩反」，與「巨禁」音同；「渠金反」（群紐侵韻）與「今」音聲紐略異。

原本《玉篇》糸部「紟」音「渠禁」、「渠金」二反，「渠禁」亦與「渠鳩」音同。

42. 6-11 環謂之捐。

捐，辭玄反。

案：本條佚文輯自陸德明《經典釋文・爾雅音義》。

馬、黃本引並同。余、嚴、葉本均未輯錄。

顧音「辭玄反」（邪紐先韻），是讀「捐」為「旋」。黃侃云：

> 捐讀齒音，則與圓、旋義近。《莊子・達生》司馬注：「旋，圓也。」《說文》：「圓，規也。」又與橘、鏇、匠義近。《說文》：「橘，圜案也」；「鏇，圜鑪也。」《方言》：「炊篹謂之匠。」案匠亦圓器。〔註30〕

其說可從。《廣韻》「圓」、「旋」、「橘」、「鏇」、「匠」等字同音「似宣切」（邪紐仙韻）。顧野王音「辭玄反」（邪紐先韻），與「似宣」音近同。〔註31〕又參見第五章第二節沈旋《集注爾雅》「環謂之捐」條案語。

《大廣益會玉篇》手部「捐」音「余專切」（喻紐仙韻），與《廣韻》「捐」音「與專切」同。

43. 6-29 骨鏃不翦羽謂之志。　郭注：今之骨骲是也。

骲，蒲交反。

案：本條佚文輯自陸德明《經典釋文・爾雅音義》。

〔註29〕吳承仕云：「『渠鳩』反，『鳩』為『鳩』字形近之譌。」（《經籍舊音辨證》，頁170。）

〔註30〕黃侃《爾雅音訓》，頁149。

〔註31〕《廣韻》先、仙兩韻，在齊梁時期同屬先部。周祖謨云：「《廣韻》先仙山三韻，在劉宋時期是完全通用的，到齊梁時期，先仙兩韻仍然合用，而山韻趨向於獨立，不與先仙相混。」（《魏晉南北朝韻部之演變》，頁714。）

馬、黃本引並同。余、嚴、葉本均未輯錄。

《廣韻》巧韻「骲」音「薄巧切」（並紐巧韻），顧野王音「蒲交反」（並紐肴韻），與「薄巧」僅聲調不同（肴巧二韻平上相承）。《大廣益會玉篇》骨部「骲」亦有「蒲交」一音。

〈釋樂〉

44. 7-6 大笙謂之巢。

巢，仕交、莊交二反。

案：本條佚文輯自陸德明《經典釋文・爾雅音義》引孫、顧。

馬、黃本引並同。余、嚴、葉本均未輯錄。

《廣韻》「巢」字凡二見：一音「鉏交切」（牀紐肴韻），一音「士稍切」（牀紐效韻，肴效二韻平去相承）。顧野王音「仕交反」，與「鉏交」音同；「莊交反」（莊紐肴韻）與「鉏交」聲紐略異。《大廣益會玉篇》巢部「巢」亦音「仕交切」。

45. 7-7 大篪謂之沂。

案：原本《玉篇》卷九龠部「龡」字注引《尒雅》作「大龡謂之龡」，是顧本《爾雅》如是。陸德明《經典釋文・爾雅音義》出「篪」，注云：「字又作龡，同」；又出「沂」，注云：「或作龡」，顧本與陸氏所說別本同。《說文》龠部：「龡，管樂也。從龠、虎聲。篪，龡或从竹。」原本《玉篇》字作「龡」，當係「龡」之省體。

〈釋天〉

46. 8-42 繹，又祭也。周曰繹，商曰肜。

案：原本《玉篇》卷九食部「饎」字注引《尒雅》：「饎，又祭也。周曰饎，商曰融也。」是顧本《爾雅》「繹」作「饎」，「肜」作「融」。

《廣韻》「肜」、「融」二字同音「以戎切」（喻紐東韻），是二字音同可通。《後漢書・張衡傳》：「展泄泄以肜肜」，李賢注：「《左傳》鄭莊公賦：『大隧之中，其樂也融融。』姜出，賦：『大隧之外，其樂也泄泄。』『肜』與『融』同也。」又參見第二章第二節郭璞《爾雅音》、《爾雅注》佚文「繹，又祭也」條案語。

〈釋地〉

47. 9-20 南陵息慎，中陵朱滕。

案：原本《玉篇》卷二十二阜部「陵」字注引《尒雅》：「南陵息春，……才〔案：

應作「中」。〕陵朱縢」，是顧本《爾雅》「愼」作「吞」，「縢」作「縢」。「吞」爲「愼」之古文，見《說文》心部。「縢」、「縢」二字當係同音通假，《廣韻》二字同音「徒登切」（定紐登韻）。

48. 9-22 梁莫大於湨梁。

案：原本《玉篇》卷二十二阜部「陵」字注引《尒雅》：「梁莫大於昊梁」，是顧本《爾雅》字作「昊」。嚴元照云：

> 《說文》水部無「湨」字。案《春秋公羊經》襄十六年作「昊梁」，當從之。〔註32〕

今本《公羊・襄公十六年經》作「湨梁」，陸德明《經典釋文・公羊音義》出「昊梁」，注云：「本又作湨。」按《說文》犬部：「昊，犬視皃。从犬目。」與「湨梁」之義無涉，然則《爾雅》此訓正字應作「湨」，顧本作「昊」則爲「湨」之同音借字。

49. 9-37 中有枳首蛇焉。

枳，居是、諸是二反。

案：本條佚文輯自陸德明《經典釋文・爾雅音義》。

馬本「枳」作「䡖」，下有「音」字。黃本「枳」亦作「䡖」。余、嚴、葉本均未輯錄。

《廣韻》「枳」字凡二見：一音「諸氏切」（照紐紙韻），一音「居帋切」（見紐紙韻）。顧野王音「居是反」與「居帋」同；「諸是反」與「諸氏」同。《大廣益會玉篇》木部「枳」音「居紙、諸氏二切」，亦與《廣韻》二音同。又參見第二章第二節郭璞《爾雅音義》、《爾雅注》佚文「中有枳首蛇焉」條案語。

50. 9-46 西至日所入爲太蒙。　郭注：即蒙汜也。

案：原本《玉篇》卷十九水部「濛」字注引「《尒雅》：『四極至于太濛』，郭璞曰：『即濛汜也。』」是顧本經注字並作「濛」。陸德明《經典釋文・爾雅音義》出「濛」，注云「音蒙」；慧琳《一切經音義》卷八十三〈大唐三藏玄奘法師本傳卷第十〉「濛汜」注云：「《尒雅》云：『西至日所入爲太濛』，郭注云：『即濛汜也。』並從水也。」是陸德明、慧琳所見《爾雅》經注與顧本同。阮元云：

> 《釋文》：「濛，音蒙，本今作蒙。」按此葢經作「太蒙」，注云「濛汜」，陸氏爲注作音。〔註33〕

〔註32〕嚴元照《爾雅匡名》，卷9，《皇清經解續編》，卷504，頁3下。
〔註33〕阮元《爾雅校勘記》，《皇清經解》，卷1034，頁8上。

今知其說爲非。

〈釋丘〉

51. 10-7 上正,章丘。

　　案:原本《玉篇》卷二十二阜部「障」字注引《尒雅》:「丘上正月〔案:應作「曰」。〕障丘。」是顧本《爾雅》作「障丘」。《廣韻》陽韻:「障,隔也,又丘山頂上平。」《集韻》漾韻:「障,《說文》『隔也』,亦省。」《字彙補》立部:「章,與障同。」是「章」爲「障」字之省文,《爾雅》此訓正字應作「障」。

52. 10-22 望厓洒而高,岸。　　郭注:厓,水邊。洒謂深也。視厓峻而水深者曰岸。

　　案:原本《玉篇》卷十九水部「洒」字注引《尒雅》:「望涯洒而高,岸。」又卷二十二厂部「岸」字注引《尒雅》:「外望涯洒而高曰岸。」是顧本「厓」字從水作「涯」。陸德明《經典釋文·爾雅音義》出「望厓」,注云:「字又作涯。」所指當即顧本。「涯」爲《說文》水部之新附字,釋云:「水邊也。」與郭璞釋「厓,水邊」義正相同。按《說文》厂部:「厓,山邊也。」引伸而有水邊之義,是「涯」即「厓」之分別字。《玉篇》厂部:「厓,水邊也。或作涯。」又原本《玉篇》卷二十二引《尒雅》「外」字疑衍。

53. 10-26 畢,堂牆。

　　案:原本《玉篇》卷二十二山部「嵂」字注引《尒雅·釋山》:「嵂堂厬。」是顧本《爾雅》字作「嵂」。敦煌寫本《爾雅注》(伯 2661)字亦作「嵂」。陸德明《經典釋文·爾雅音義》出「畢」,注云:「本又作嵂。」是顧本、敦煌寫本均與陸氏所見又本同。王引之云:

> 畢堂牆之堂當讀爲陂唐之唐。唐,隄也。牆謂隄內一面障水者,以其在水之旁,故謂之牆,又謂之畢。……畢之言蔽障,蔽水使不外出也。《說文》曰:「牆,垣蔽也。」唐牆蔽水,故謂之畢矣。〔註34〕

按《詩·陳風·澤陂》:「彼澤之陂」,毛《傳》云:「陂,澤障也。」孔穎達《正義》云:「澤障謂澤畔障水之岸。」然則今本《爾雅》作「畢」,應係「陂」之借字;顧本作「嵂」,則又「畢」字增添偏旁而成。《說文》無「嵂」字;《廣韻》質韻:「嵂,道邊堂如牆也。」

〔註34〕王引之《經義述聞·爾雅釋邱·畢堂牆》,《皇清經解》,卷 1206,頁 40 下～41 上。

〈釋山〉

54. 11-4 卑而大，扈。

案：原本《玉篇》卷二十二山部「嶇」字注引《尒雅》：「山庳而大曰嶇。」是顧本《爾雅》「卑」作「庳」，「扈」作「嶇」。

「卑」有低下之義，低矮之屋舍則从广从卑作「庳」。段注本《說文》广部：「庳，中伏舍。从广、卑聲。一曰屋卑。」段玉裁云：

> 《左傳》曰：「宮室卑庳」，引伸之凡卑皆曰庳。〔註35〕

原本《玉篇》广部「庳」字注亦云：「庳猶卑也。」

敦煌寫本《爾雅注》（伯 2661）字亦作「嶇」。陸德明《經典釋文・爾雅音義》出「嶇」，注云：「或作扈。」按《說文》無「嶇」字。邵晉涵云：

> 《玉篇》作「嶇」，山廣貌；《釋文》亦作「嶇」，俗體字也。〔註36〕

周祖謨亦云：

> 「嶇」蓋為後起字。〔註37〕

然則「嶇」从山旁當係後人所加。

55. 11-7 上正，章。

案：原本《玉篇》卷一十二阜部「障」字注引《尒雅》：「山上正，障。」是顧本《爾雅》字作「障」。參見本章 10-7「上正，章丘」條案語。

郝懿行云：

> 《文選》詩注兩引，一作「山正郭」，一作「山正曰障」。「障」與「郭」
> 同，皆叚借字。「山」與「上」，字形之誤也。〔註38〕

可知李善所見《爾雅》此訓與顧本同。

56. 11-9 崒者，厜㕒。

厜，視規反。

案：本條佚文輯自陸德明《經典釋文・爾雅音義》。

黃本引同。馬本「反」下有「本或作厜」四字。余、嚴、葉本均未輯錄。「本或作厜」四字當係陸德明語，馬氏誤輯。

〔註35〕段玉裁《說文解字注》，第 9 篇下，頁 16 下～17 上。

〔註36〕邵晉涵《爾雅正義》，《皇清經解》，卷 515，頁 3 下。

〔註37〕周祖謨《爾雅校箋》，頁 291。

〔註38〕郝懿行《爾雅義疏》，《爾雅廣雅方言釋名清疏四種合刊》，頁 221 下。「山正郭」語見《文
　　　選》卷二十二謝靈運〈晚出西射堂〉「連郭疊巇崿」句李善注；「山正曰障」語見《文選》
　　　卷二十七丘遲〈旦發魚浦潭〉「鳴鞞響沓障」句李善注。

《廣韻》「厜」音「姊規切」（精紐支韻）。顧野王音「視規反」（禪紐支韻），與「姊規」聲類不同，不詳所據。原本《玉篇》厂部「厜」亦音「視規反」。

57. 11-9 崒者，厜羛。

厓，魚奇反。

案：本條佚文輯自陸德明《經典釋文‧爾雅音義》。

黃本引同。馬本「反」下有「本或作峨」四字。余、嚴、葉本均未輯錄。「本或作峨」四字當係陸德明語，馬氏誤輯。

《廣韻》「羛」音「魚爲切」（疑紐支韻）。顧野王音「魚奇切」（疑紐支韻），「魚奇」、「魚爲」二音僅開合不同。又原本《玉篇》厂部「羛」音「語奇反」，亦與「魚奇」音同。

58. 11-12 重甗，隒。

案：原本《玉篇》卷二十二阜部「隒」字注引《尒雅》：「重巘曰隒。」是顧本《爾雅》字作「巘」。又同卷山部「㠌」字注引《尒雅》：「重㠌，隒。」字又從瓦作「㠱」，《正字通》山部：「㠌，與巘同。」《文選》卷十八馬融〈長笛賦〉「夫其面旁則重巘增石」、卷二十二謝靈運〈晚出西射堂〉「連鄣疊巘崿」、卷二十五謝惠連〈西陵遇風献康樂〉「浮氛晦崖巘」等句，李善注引《爾雅》字均作「巘」。《大廣益會玉篇》山部「巘」字注引《爾雅》此訓亦作「巘」。《說文》無「巘」、「㠌」字。按《爾雅》此訓古本應作「甗」，後添山旁作「㠌」，又稍變作「巘」。

59. 11-12 重甗，隒。

隒，力儉、力儼二反。

案：本條佚文輯自陸德明《經典釋文‧爾雅音義》。

馬、黃本引並同。余、嚴、葉本均未輯錄。

《廣韻》「隒」音「魚檢切」（疑紐琰韻）。顧野王音「力儉」（來紐琰韻）、「力儼」（來紐儼韻）二反，不詳所據。按从「兼」聲之字，多有讀來紐者，如《廣韻》「廉」、「鎌」、「鬑」、「簾」、「鬑」等字音「力鹽切」（鹽韻），「鬑」、「蒹」、「濂」「溓」等字音「勒兼切」（添韻），「溓」、「嫌」等字音「良冉切」（琰韻）。顧氏「隒」字二音均讀來紐，或係因此之故。

原本《玉篇》阜部「隒」音「居斂」（見紐琰韻）、「旅撿」（來紐琰韻）二反，「旅撿」與「力儉」音同；「居斂」與《廣韻》音「魚檢切」聲紐略異。

60. 11-16 多小石，磝。多大石，礐。

案：原本《玉篇》卷二十二山部「嶅」字注云：「《尒雅》：『山多小石曰嶅』，郭璞曰：『多礓礫也。』或爲磝字，在石部也。」又「礐」字注云：「《尒雅》：『山多大石曰礐』，郭璞曰：『山多磐石也。』或爲礐字，在石部也。」是顧本《爾雅》「磝礐」二字均从山旁作「嶅礐」。郝懿行云：

> 「磝礐」當作「嶅礐」。《説文》：「嶅，山多小石也」；「礐，山多大石也。」《釋名》云：「磝，堯也，每石堯堯獨處而出見也」；「礐，學也，大石之形學學然也。」《釋文》：「磝，或作磽」；「礐，或作确。」按今人皆用「磽确」字，不復知本於《爾雅》矣。磝从敖聲，郭五交反；礐从學省聲，郭戶角反，二讀是也。〔註39〕

《説文》無「磝」字；山部：「嶅，山多小石也。从山、敖聲。」是《爾雅》此訓，應以「嶅」字爲正，「磝」即「嶅」之異體。又《説文》山部：「礐，山多大石也。从山、學省聲。」石部：「礐，石聲也。从石、學省聲。」二字義各有別。按《爾雅》此訓，應以「礐」爲正字。今《爾雅》从石作「礐」，當係因「嶅」之異體从石作「磝」之故。

〈釋水〉

61. 12-10 水醮曰厬。　　郭注：謂水醮盡。

案：原本《玉篇》卷二十二厂部「厬」字注引《尒雅》：「水湫曰厬。」是顧本《爾雅》字作「湫」。〔註40〕陸德明《經典釋文・爾雅音義》出「醮」，注云：「字或作湫，同。」所指當即顧本。《説文》水部：「湫，盡也。」是《爾雅》此訓正字當作「湫」，嚴元照云：

> 《釋文》云：「醮，或作湫，同。」案《説文》水部：「湫，盡也。从水、焦聲。」郭注云：「謂水醮盡。」……正文當作「湫」，今作「醮」者，偏旁通借耳。〔註41〕

62. 12-11 汶為灛。

案：原本《玉篇》卷二十二阜部「𨽍」字注引《尒雅》：「水自仗出爲𨽍。」是顧本《爾雅》字作「𨽍」。陸德明《經典釋文・爾雅音義》出「灛」，注云：「字或作

〔註39〕郝懿行《爾雅義疏》，《爾雅廣雅方言釋名清疏四種合刊》，頁223上。
〔註40〕周祖謨云：「原本《玉篇》引作『湫』，『湫』即『湫』字之誤。」《爾雅校箋》，頁300。
〔註41〕嚴元照《爾雅匡名》，卷12，《皇清經解續編》，卷507，頁2下。郝懿行亦云：「醮當作湫，《説文》：『湫，盡也。』」（《爾雅義疏》，《爾雅廣雅方言釋名清疏四種合刊》，頁226下。）

畽,同。」所指當即顧本。「仗」字書未見,當係「汝」字之譌。

63. 12-11 洛為波。

案:原本《玉篇》卷二十二阜部「陂」字注引《尒雅》:「水自洛出爲陂。」是顧本《爾雅》字作「陂」。周祖謨云:

> 今本作「波」蓋誤。〔註42〕

今按「波」字不誤。《水經注》卷十五:「洛水又東,門水出焉。《爾雅》所謂洛別爲波也。」又卷十六:「穀水又東,波水注之」,字均从水旁作。全祖望云:

> 予謂水自洛出爲波,當即是此水。〔註43〕

邵晉涵《正義》、郝懿行《義疏》亦不以「波」字爲非。「波」、「陂」二字當係同音通假。

64. 12-11 汝為濆。

案:陸德明《經典釋文‧爾雅音義》出「濆」,注云:「符云反,下同。《字林》作涓,工玄反。眾《爾雅》本亦作涓。」是顧野王本《爾雅》字作「涓」。參見第二章第二節郭璞《爾雅音義》、《爾雅注》佚文「汝爲濆」條案語。

葉本照引《釋文》「濆,眾《爾雅》亦作涓」句;其餘各本均未提及。

65. 12-17 繇帶以上為厲。

案:原本《玉篇》卷十九水部「砅」字注引《尒雅》又曰:「帶以上爲砅。」顧野王云:「今爲厲字,在厂部。古文《尚書》以此砅爲摩厲之礪字。」是顧本《爾雅》字作「砅」。《說文》水部:「砅,履石渡水也。从水石。《詩》曰:『深則砅。』瀝,砅或从厲。」許慎所引《詩》文見〈邶風‧匏有苦葉〉,《毛詩》及《爾雅》並作「深則厲」,毛《傳》云:「以衣涉水爲厲,謂由帶以上也。」依許、毛之訓,可知《爾雅》此訓,其正字當作「砅」,〔註44〕馬宗霍辨之甚詳:

> 深則砅者,〈邶風‧匏有苦葉〉文,今《詩》作厲,《爾雅‧釋水》同。《爾雅釋文》云:「厲本或作瀝。」案新出漢熹平石經殘字《魯詩》此文正作瀝。瀝即砅之重文,許引作砅,亦從三家也。毛《傳》云:「以衣涉水爲厲,謂由帶以上也。」義與《爾雅》合。案〈釋水〉云:「以衣涉水爲厲,繇帶

〔註42〕周祖謨《爾雅校箋》,頁300。

〔註43〕楊守敬、熊會貞《水經注疏》,頁1372。

〔註44〕嚴元照云:「案《說文》水部:『砅,履石渡水也。从水从石。《詩》曰「深則砅」。』或从厲作瀝。是砅爲正文,瀝爲或體,厲爲省文。」(《爾雅匡名》,卷12,《皇清經解續編》,卷507,頁4。)

以上爲屬。」上句言涉水之狀，下句言水之深度，謂水深至帶以上，當以衣而涉也。以之言與，與衣，即不解衣之意。水淺則揭衣可涉，水深則衣褌亦濡。孫炎曰：「以衣，涉水濡褌也。」是其證。……以衣揭衣，文正對舉。毛與《爾雅》文雖略異，而意實同。《爾雅》下句即申上句之義，非有二義也。段玉裁乃謂《爾雅》並存二說，毛《傳》依之，而譏定本改毛合爲一說之謬，恐未然。許訓砅爲履石渡水也者，爲其字之從石也。水之深者，須擇水中有石處履而渡之，與毛義互明而相備。段氏曰：「履石渡水乃水之至淺，尚無待於揭衣者，其與深則厲絕然二事。厲砅二字同音，故《詩》容有作砅者，許偁以明叚借。」愚案《爾雅》既有作濿之本，《魯詩》亦同，厲即濿之省，明厲砅文別而義同。淺水隨處可涉，亦無待於履石，段說亦似未塙。惟《說文》丿部厲訓旱石，厲蓋濿之省借，本字當作砅。〔註45〕

〈釋草〉

66. 13-33 茵，芝。

茵，祥由反。

案：本條佚文輯自陸德明《經典釋文・爾雅音義》引沈、顧。

馬本引同，黃本「茵」下有「音」字。余、嚴、葉本均未輯錄。

《大廣益會玉篇》艸部「茵」音「敘留切」（邪紐尤韻），與「祥由」音同。又參見第五章第二節沈旋《集注爾雅》「茵，芝」條案語。

67. 13-45 竹萹蓄。

萹，補殄、匹縣二反。

案：本條佚文輯自陸德明《經典釋文・爾雅音義》。

馬、黃本引並同。余、嚴、葉本均未輯錄。

《廣韻》「萹」字凡三見：一音「布玄切」（幫紐先韻），一音「芳連切」（敷紐仙韻），一音「方典切」（非紐銑韻，先銑二韻平上相承）。顧野王音「補殄反」（幫紐銑韻），與「方典」音同；「匹縣反」（滂紐仙韻）與「芳連」音同。《大廣益會玉篇》艸部「萹」音「布緬切」（幫紐獮韻），與「匹縣」聲紐略異，聲調不同（仙獮二韻平上相承）。

68. 13-50 芍，鳧茈。

茈，徂斯反。

案：本條佚文輯自陸德明《經典釋文・爾雅音義》引沈、顧。

〔註45〕馬宗霍《說文解字引經考》，頁 563～564。

馬、黃本引並同。余、嚴、葉本均未輯錄。

《廣韻》「茈」字凡三見：一音「疾移切」（從紐支韻），一音「士佳切」（牀紐佳韻），一音「將此切」（精紐紙韻）。顧野王音「徂斯反」，與「疾移」音同。《大廣益會玉篇》艸部「茈」音「積豕切」（精紐紙韻），又音「疵」（從紐支韻），「疵」音亦與「徂斯反」同。

69. 13-87 荷，芙渠。其莖茄，其葉蕸，其本蔤，其華菡萏，其實蓮，其根藕，其中的，的中薏。

案：陸德明《經典釋文·爾雅音義》出「其葉蕸」，注云：「眾家並無此句，唯郭有。」是除郭本以外，各本均無「其葉蕸」句。參見第五章第二節沈旋《集注爾雅》「荷，芙渠……」條案語。

70. 13-94 藟蘪，虋冬。

案：陸德明《經典釋文·爾雅音義》出「虋」，注云：「音門，本皆作門，郭云門俗字。亦作薗字。」是各本《爾雅》字均作「門」，惟郭本作「虋」。參見第二章第二節郭璞《爾雅音義》、《爾雅注》佚文「藟蘪，虋冬」條案語。

71. 13-116 苗，蓨。

蓨，他迪反。

案：本條佚文輯自陸德明《經典釋文·爾雅音義》。

黃本引同。馬本輯爲 13-57「蓧，蓨」條佚文，說不可從。按《釋文》次序應輯入本條。余、嚴、葉本均未輯錄。

《廣韻》「蓨」音「他歷切」（透紐錫韻），與顧野王此音同。《大廣益會玉篇》艸部「蓨」音「他笛切」，亦同。

72. 13-129 藒車，芅輿。

案：陸德明《經典釋文·爾雅音義》出「輿」，注云：「字或作蒢，音餘。唯郭、謝及舍人本同，眾家並作蒢。」是顧野王本《爾雅》字作「蒢」。參見第二章第二節郭璞《爾雅音義》、《爾雅注》佚文「藒車，芅輿」條案語。

73. 13-136 鉤，葵姑。

葵，音圭。

案：本條佚文輯自陸德明《經典釋文·爾雅音義》引顧、謝。

馬本引同。黃本「葵」作「葵」。余、嚴、葉本均未輯錄。

《廣韻》「葵」音「苦圭切」（溪紐齊韻）。顧野王音「圭」（見紐齊韻，《廣韻》

音「古攜切」），與「苦圭」聲紐略異。又參見第七章第二節謝嶠《爾雅音》「鉤，蕨姑」條案語。

《大廣益會玉篇》艸部「藈」音「古畦」、「苦畦」二切。「古畦」與顧音「圭」同；「苦畦」與《廣韻》音「苦圭切」同。

74. 13-149 薇垂水。　郭注：生於水邊。

水濱生故曰垂水。

案：本條佚文輯自陸德明《經典釋文・爾雅音義》。宋本《釋文》「濱」作「頻」。嚴、黃、葉本引均同。余本上「水」字譌作「小」。馬本「水濱」上有「薇」字。

按《爾雅》此訓郭璞云：「生於水邊。」邢昺《疏》云：「草生於水濱，而枝葉垂於水者曰薇，故注云『生於水邊』也。」是「垂水」為「薇」之特徵，非「薇」之別稱。〈釋草〉前條「藄從水生」，郭注：「生於水中」，亦是以「從水生」為「藄」之特徵，與本條意同。顧氏此訓非是。俞樾云：

> 上句云「藄從水生」，此云「薇垂水」，蓋別藄與薇之異，見一生水中、一生水邊也。……《釋文》引顧云「水濱生故曰垂水」，此說非是。「垂水」與上句「從水生」一律，若以「垂水」為薇之名，豈「從水生」為藄之名乎？〔註46〕

其說可從。

75. 13-167 薦，麃。

薦，平表、白交、普苗三反。

案：本條佚文輯自陸德明《經典釋文・爾雅音義》。

黃本引同。馬本「表」譌作「苗」。余、嚴、葉本均未輯錄。

顧音「白交反」，是讀「薦」為「苞」。郝懿行云：

> 薦一名麃，通作苞。《史記・司馬相如傳・集解》引《漢書音義》云：「苞，薦也」，是苞即薦矣。〔註47〕

按《廣韻》「苞」音「布交切」（幫紐肴韻），與顧音「白交反」（並紐肴韻）僅聲紐略異。

《廣韻》「薦」字凡三見：一音「甫嬌切」（非紐宵韻），一音「普袍切」（滂紐豪韻），一音「平表切」（並紐小韻）。顧野王音「平表反」，與小韻切語全同；音「普苗反」（滂紐宵韻），與「甫嬌」聲紐略異。

〔註46〕俞樾《群經平議》，卷35，《皇清經解續編》，卷1396，頁19下～20上。
〔註47〕郝懿行《爾雅義疏》，《爾雅廣雅方言釋名清疏四種合刊》，頁261下。

《大廣益會玉篇》艸部「薦」僅「平表切」一音。

76. 13-184 芙，薊。

芙，烏老反。

案：本條佚文輯自陸德明《經典釋文・爾雅音義》引沈、顧。

馬、黃本引並同。余、嚴、葉本均未輯錄。

《廣韻》「芙」字凡二見：一音「於兆切」（影紐小韻），一音「烏皓切」（影紐皓韻）。顧野王音「烏老反」，與「烏皓」音同。《大廣益會玉篇》艸部「芙」亦音「烏老切」。

77. 13-188 蕍，芛，葟，華，榮。

芛，羊述反。

案：本條佚文輯自陸德明《經典釋文・爾雅音義》。

馬、黃本引並同。余、嚴、葉本均未輯錄。

《廣韻》「芛」字凡二見：一音「羊捶切」（喻紐紙韻），一音「餘律切」（喻紐術韻）。顧野王音「羊述反」，與「餘律」音同。《大廣益會玉篇》艸部「芛」有「惟畢」（喻紐質韻）、「羊箠」（喻紐紙韻）二切，「惟畢」與「羊述」音近同。〔註 48〕又參見第七章第二節謝嶠《爾雅音》「蕍，芛，葟，華，榮」條案語。

78. 13-191 荄，根。

荄，音該。

案：本條佚文輯自陸德明《經典釋文・爾雅音義》引顧、謝。

馬、黃本引並同。余、嚴、葉本均未輯錄。

《廣韻》「荄」字凡二見：一音「古諧切」（見紐皆韻），一音「古哀切」（見紐咍韻）。顧野王音「該」，與「古哀」音同。《大廣益會玉篇》艸部「荄」音「古來切」，亦同。又參見第二章第二節郭璞《爾雅音義》、《爾雅注》佚文「荄，根」條案語。

79. 13-194 不榮而實者謂之秀。

案：陸德明《經典釋文・爾雅音義》出「不榮而實者謂之秀」，注云：「眾家並無『不』字，郭雖不注，而《音義》引不榮之物證之，則郭本有『不』字。」是陸氏所見各本《爾雅》均無「不」字。參見第二章第二節郭璞《爾雅音義》、《爾雅注》佚文「不榮而實者謂之秀，榮而不實者謂之英」條案語。

〔註 48〕周祖謨云：「〔齊梁陳隋時期〕質部包括《廣韻》質術櫛迄四韻。」（《魏晉南北朝韻部之演變》，頁 724。）

〈釋木〉

80. 14-50 守宮槐，葉晝聶宵炕。　　郭注：槐葉晝日聶合而夜炕布者，名為守宮槐。

炕，張也。

案：本條佚文輯自陸德明《經典釋文‧爾雅音義》。

余、嚴、馬、黃、葉本引均同。

《釋文》出「炕」，注云：「顧云『張也』，樊本作抗。」盧文弨云：

　　《初學記》引孫炎注云：「聶，合也；炕，張也。」顧野王本此。〔註49〕

按《爾雅》此訓，其正字當作「抗」，作「炕」者為同音假借。孫、顧本《爾雅》字作「炕」，仍以「抗」義釋之。董瑞椿申之甚詳：

　　案《說文》耳部：「聶，附耳私小語也。」火部：「炕，乾也。」郭以合注
　　聶，以布注炕，必非用其本義。竊謂……炕者，抗之音叚。《說文》手部：
　　「抗，扞也。」此本義也，轉注之遂有張義。《周禮‧考工記‧梓人》：「故
　　抗而射女」，注：「抗，張也」《廣雅‧釋詁》一同。可證。張與布同意。《釋文》
　　出「炕」，樊本作「抗」，是樊光所據《爾雅》正用「抗」本字。又引顧曰
　　「張也」，是野王所據《爾雅》併用「抗」轉注義為釋。〔註50〕

〈釋魚〉

81. 16-8 鮂，黑鰦。　　郭注：即白鯈魚，江東呼為鮂。

案：原本《玉篇》卷九魚部「鮂」字注引「《尒雅》：『鮂，甲茲』，郭璞曰：『鮂，白鯈也，江東呼鮂。』《音義》曰：『荊楚人又名白鯵。』」是顧本《爾雅》字作「茲」。黃侃云：

　　此文當讀鮂黑句，鰦句。鰦者，茲也，亦即茲之後出字。《春秋傳》曰：「何
　　故使吾水茲。」〔註51〕

黃氏以「鰦」為「茲」之後出字，其說可從；惟「茲」字亦譌。王仁俊云：

　　《說文》無『鮂鰦』，……『鰦』从茲，乃『茲』字之譌。《說文》：『茲，
　　黑也，从二玄。』此魚名黑鰦，鰦从茲，即有黑義。古人制字之精，往往
　　如此。〔註52〕

〔註49〕盧文弨《經典釋文攷證‧爾雅音義下攷證》，頁 5。
〔註50〕董瑞椿《讀爾雅日記》，頁 20。
〔註51〕黃侃《爾雅音訓》，頁 271。
〔註52〕王仁俊《讀爾雅日記》，頁 33 下。

按《爾雅》此訓，應以「茲」為正字。

82. 16-15 鱦，小魚。

　　鱦，音孕。

　　案：本條佚文輯自陸德明《經典釋文・爾雅音義》。

　　馬、黃本引並同。余、嚴、葉本均未輯錄。

　　《廣韻》證韻「鱦」、「孕」二字同音「以證切」（喻紐證韻）。黃侃云：

　　　　「鱦」即「孕」之後出字。……「孕」字亦作「脵」，見《太玄》。《玉篇》

　　　　云：「孕，古文作脵。」〔註53〕

按《說文》子部：「孕，裹子也。」引伸而有孕育之義。顧野王取「孕」音「鱦」，
即是此義。《爾雅》此訓應以「鱦」為正字。

　　《大廣益會玉篇》魚部「鱦」音「弋證切」，與「孕」音同。

83. 16-17 鮥，當魢。

　　鮥，音格。

　　案：本條佚文輯自陸德明《經典釋文・爾雅音義》。《釋文》出「鮥」，注云：「《字
林》作鮥，音格，云當魢也。顧作鮥，同。」是顧氏音與《字林》同。

　　馬本引同。余、嚴、黃、葉本均未輯錄。

　　《廣韻》未見「鮥」字；《集韻》「鮥」亦不與「格」同音。郝懿行云：

　　　　《釋文》「鮥」云《字林》作鮥，「鮥」云《字林》作鮥，然則呂忱於此二

　　　　文互有轉易，未審字誤。或所見本異也。〔註54〕

顧音與《字林》同，是顧本《爾雅》字雖作「鮥」，音仍讀如「鮥」。《集韻》「鮥」、
「格」二字同音「歷各」（來紐鐸韻）、「剛鶴」（見紐鐸韻）、「各頟」（見紐陌韻）三
切。《大廣益會玉篇》魚部無「鮥」字，「鮥」音「洛」，與「歷各」音同。

84. 16-18 鷚，鱧刀。

　　鷚，閭結反。

　　案：本條佚文輯自陸德明《經典釋文・爾雅音義》。

　　馬、黃本引並同。余、嚴、葉本均未輯錄。

　　《廣韻》「鷚」字凡二見：一音「力制切」（來紐祭韻），一音「良薛切」（來紐
薛韻）。顧野王音「閭結反」（來紐屑韻），與「良薛」聲當近同。在齊梁陳隋時期，

〔註53〕黃侃《爾雅音訓》，頁 272～273。

〔註54〕郝懿行《爾雅義疏》，《爾雅廣雅方言釋名清疏四種合刊》，頁 297 上。

《廣韻》屑薛兩韻同屬屑部。〔註 55〕《大廣益會玉篇》魚部「鴷」音「力結切」，與「閭結」音同。

85. 16-21 魵，鰕。

魵，孚粉反。

案：本條佚文輯自陸德明《經典釋文‧爾雅音義》。

馬、黃本引並同。余、嚴、葉本均未輯錄。

《廣韻》「魵」字凡四見：一音「符分切」（奉紐文韻），一音「房吻切」（奉紐吻韻），一音「敷粉切」（敷紐吻韻），一音「匹問切」（滂紐問韻）。顧野王音「孚粉反」，與「敷粉」音同。《大廣益會玉篇》魚部「魵」音「逢粉切」，與《廣韻》音「房吻切」同，與顧音聲紐略異。

86. 16-33 龜三足，賁。

賁，彼義反。

案：本條佚文輯自陸德明《經典釋文‧爾雅音義》。

馬、黃本引並同。余、嚴、葉本均未輯錄。

《廣韻》寘韻「賁」音「彼義切」，與顧野王音切語全同。《大廣益會玉篇》貝部「賁」音「彼寄切」，音亦同。又參見第七章第二節謝嶠《爾雅音》「龜三足，賁」條案語。

87. 16-34 蠃，小者蜬。

蜬，古含反，又呼含反。

案：本條佚文輯自陸德明《經典釋文‧爾雅音義》。

馬本引同。黃本未輯又音。余、嚴、葉本均未輯錄。

《廣韻》「蜬」字凡二見：一音「胡男切」（匣紐覃韻），一音「古南切」（見紐覃韻）。顧野王音「古含反」，與「古南」音同；又音「呼含反」（曉紐覃韻），與「古含」聲紐略異，參見第二章第二節郭璞《爾雅音義》、《爾雅注》佚文 2-32「朧，脉，瘠也」條案語注引李新魁語。

《大廣益會玉篇》虫部「蜬」音「古含」、「乎甘」（匣紐談韻）二切。

88. 16-36 蜃，小者珧。

案：陸德明《經典釋文‧爾雅音義》出「珧」，注云：「眾家本皆作濯。」是陸氏所見顧野王本《爾雅》字作「濯」。參見第二章第二節郭璞《爾雅音義》、《爾雅注》

佚文「蜃，小者珧」條案語。

89. 16-37 龜，俯者靈，仰者謝。前弇諸果，後弇諸獵。

案：陸德明《經典釋文‧爾雅音義》出「謝」，注云：「如字，眾家本作射。」又出「果」，注云：「眾家作裏，唯郭作此字。」是陸氏所見顧野王本《爾雅》作「仰者射」、「前弇諸裏」。參見第二章第二節郭璞《爾雅音義》、《爾雅注》佚文「龜，俯者靈，仰者謝。前弇諸果，後弇諸獵」條案語。

90. 16-38 貽貝。

貽，餘之反。

案：本條佚文輯自陸德明《經典釋文‧爾雅音義》。

黃本引同。馬本「反」下有「本又作胎，他來反」七字。余、嚴、葉本均未輯錄。「本又作胎」四字係陸氏校語，「他來」一音亦爲陸氏所注，馬氏誤輯。

《廣韻》「貽」音「與之切」（喻紐之韻），與顧野王此音同。《大廣益會玉篇》貝部「貽」音「弋之切」，亦同。

91. 16-38 蚆，博而頯。

頯，匡軌反，又巨追反。

案：本條佚文輯自陸德明《經典釋文‧爾雅音義》。《釋文》出「頯」，注云：「郭匡軌反，顧又巨追反。」「顧」下有「又」字，是「匡軌」一音亦爲顧氏所注。

馬、黃本並未輯「匡軌反又」四字，黃本「頯」又譌作「蚆」。余、嚴、葉本均未輯錄。

《廣韻》「頯」字凡二見：一音「渠追切」（群紐脂韻），一音「居洧切」（見紐旨韻，脂旨二韻平上相承）。顧野王音「匡軌反」（溪紐旨韻），與「居洧」聲紐略異；又音「巨追反」，與「渠追」音同。《大廣益會玉篇》頁部「頯」音「渠追」、「丘軌」二切，與《釋文》引顧氏二音正同。

〈釋鳥〉

92. 17-39 行鳸唶唶。

唶，子夜反，又子亦反。

案：本條佚文輯自陸德明《經典釋文‧爾雅音義》。

馬、黃本引並同。余、嚴、葉本均未輯錄。

《廣韻》「唶」音「子夜切」（精紐禡韻），與顧野王音切語全同。《大廣益會玉篇》口部「唶」亦音「子夜切」。顧又音「子亦反」（精紐昔韻），當係從聲母讀。《廣

韻》「昔」音「思積切」（心紐昔韻），與「子亦」聲紐略異。《集韻》昔韻「唶」音「資昔切」，與顧氏又音同。

93. 17-62 鷹，鶆鳩。　　郭注：鶆當為鷞字之誤耳。《左傳》作「鷞鳩」是也。

案：陸德明《經典釋文·爾雅音義》出「來鳩」，注云：「來字或作鶆，郭讀作爽，所丈反。眾家並依字。」是陸氏所見顧野王本《爾雅》字作「來」。

94. 17-63 鶼鶼，比翼。

案：陸德明《經典釋文·爾雅音義》出「鶼鶼」，注云：「眾家作兼兼。」是陸氏所見顧野王本《爾雅》字作「兼兼」。參見第二章第二節郭璞《爾雅音義》、《爾雅注》佚文「鶼鶼，比翼」條案語。

〈釋獸〉

95. 18-3 絕有力狋。

狋，五見反，又古典反。

案：本條佚文輯自陸德明《經典釋文·爾雅音義》。

馬、黃本引並同。余、嚴、葉本均未輯錄。

《廣韻》「狋」字凡二見：一音「古賢切」（見紐先韻），一音「吾甸切」（疑紐霰韻）。顧野王音「五見反」，與「吾甸」音同；又音「古典反」（見紐銑韻），與「古賢」僅聲調不同（先銑二韻平上相承）。

96. 18-13 貍子豰。

案：陸德明《經典釋文·爾雅音義》出「豰」，注云：「以世反，施餘棄反。眾家作肆，又作隸。沈音四。舍人本作豰。」（宋本《釋文》「隸」誤作「肆」。）是陸氏所見除舍人本《爾雅》字作「豰」外，其餘各本或作「肆」，或作「隸」。參見第二章第二節郭璞《爾雅音義》、《爾雅注》佚文「貍子豰」條案語。

〈釋畜〉

97. 19-4 駏騠，趼，善陞甗。　　郭注：甗，山形似甑，上大下小。駏騠，蹄如趼而健上山。秦時有駏騠苑。

山嶺曰甗。

案：本條佚文輯自陸德明《經典釋文·爾雅音義》「甗」注引顧云；邢昺《爾雅疏》引同。

嚴、馬、黃、葉本引均同，惟馬本誤輯為〈釋畜〉19-5「駏騠，枝蹄，趼，善

陞甗」條佚文。余本未輯錄。

　　「甗」與「巘」通。朱駿聲云：

　　　《爾雅・釋山》：「重甗，隒。」《釋名》：「山上大下小曰甗。甗，甑，一
　　　孔者。甗形孤出似之也。」〈釋畜〉：「善陞甗」，顧注：「山嶺曰甗。」……
　　　字亦作「巘」。〔註56〕

98. 19-8 左白，踦。

　　踦，居綺反。

　　案：本條佚文輯自陸德明《經典釋文・爾雅音義》。宋本《釋文》「綺」譌作「繢」。
馬、黃本引並同。余、嚴、葉本均未輯錄。

　　《廣韻》「踦」字凡二見：一音「去奇切」（溪紐支韻），一音「居綺切」（見紐
紙韻，支紙二韻平上相承）。顧野王音與紙韻切語全同。《大廣益會玉篇》足部「踦」
音「居綺」、「丘奇」二切，與《廣韻》二音相同。

99. 19-9 驪馬白跨，驈。

　　驈，餘橘反。

　　案：本條佚文輯自陸德明《經典釋文・爾雅音義》；《毛詩音義・魯頌・駉》出
「有驈」，注引顧野王音同。

　　馬、黃本引並同。余、嚴、葉本均未輯錄。

　　《廣韻》「驈」字凡二見：一音「食聿切」（神紐術韻），一音「餘律切」（喻紐
術韻）。顧野王音「餘橘反」，與「餘律」音同。《大廣益會玉篇》馬部「驈」音「余
橘切」，亦同。

100. 19-14 青驪，騥。

　　騥，胡眄反。

　　案：本條佚文輯自陸德明《經典釋文・爾雅音義》。

　　馬、黃本引並同。余、嚴、葉本均未輯錄。

　　《廣韻》「騥」字凡二見：一音「火玄切」（曉紐先韻），一音「許縣切」（曉紐
霰韻，先霰二韻平去相承）。顧野王音「胡眄反」（匣紐霰韻），〔註57〕與「許縣」
聲紐略異。《大廣益會玉篇》馬部「騥」音「胡見切」，與「胡眄」音同。

〔註56〕朱駿聲《說文通訓定聲》，乾部弟十四，頁38下。
〔註57〕「胡眄反」亦可讀爲匣紐銑韻，《廣韻》「眄」有「彌殄」（銑韻）、「莫甸」（霰韻）二切。
　　　　今據《大廣益會玉篇》取匣紐霰韻之音。《集韻》銑韻「騥」音「胡犬切」，霰韻「騥」
　　　　音「熒絹切」，即本顧氏「胡眄反」之音，又據「眄」有上去二讀而得。

101. 19-19 犪牛。　　郭注：即犪牛也。如牛而大，肉數千斤。出蜀中。《山海經》曰：「岷山多犪牛。」

犪，如小、如照二反。

案：本條佚文輯自陸德明《經典釋文・爾雅音義》。《釋文》出「犪」，注云：「巨龜反。《字林》云：『牛柔謹也。』顧如小、如照二反。」據顧音可知其所見郭注字應作「犪」。盧文弨云：

　　案《說文》止有「犪」字，牛柔謹也，從牛、夒聲，此即顧野王所音者。

　　若巨龜反則字當從夔，不可混并。〔註58〕

惟依郭意，其字應作「犪」，《山海經・中次九經》：「岷山……其獸多犀象，多夔牛」，郭璞注云：「今蜀山中有大牛，重數千斤，名為夔牛。」李時珍《本草綱目》卷五十一〈獸之二・犪牛〉：「又名夔牛，如牛而大，肉重數千觔，出蜀山中。」字均作「夔」，今字則从牛旁作「犪」。吳承仕云：

　　犪牛、犪牛疊韻為訓，「巨龜反」是也。呂忱、顧音其字從夒，非此所用，

　　《釋文》誤引，失之。〔註59〕

其說可從。

　　馬、黃本「犪」並作「犪」。余、嚴、葉本均未輯錄。

　　《廣韻》「犪」音「如招切」（日紐宵韻）；「犪」又作「犪」，《廣韻》音「而沼切」（日紐小韻）。顧野王音「如小反」，與「而沼」音同；「如照反」（日紐笑韻）與「如招」、「而沼」二音僅聲調不同（宵小笑三韻平上去相承）。《大廣益會玉篇》牛部「犪」音「而小、而照二切」，與《釋文》引顧音相同。

第三節　各家輯錄顧野王《爾雅音》而本書刪除之佚文

〈釋詁〉

1. 1-143 尼，定也。

尼，羊而反。

　　案：馬國翰據陸德明《經典釋文・爾雅音義》輯錄本條。《釋文》出「尼」，注云：「本亦作昵，同。女乙反。謝羊而反，顧奴啓反，下同。」是本條佚文應屬謝嶠《音》，馬氏當係誤輯。

〔註58〕盧文弨《經典釋文攷證・爾雅音義下攷證》，頁 13。
〔註59〕吳承仕《經籍舊音辨證》，頁 180。

第四節　考　辨

一、顧野王《爾雅音》體例初探

　　本章第二節所輯佚文，雖不能復原顧野王《爾雅音》之原貌，但亦足以一窺其要。今據所輯佚文歸納此書體例如下：

（一）注《爾雅》文字之音

　　在本章第二節所輯佚文中，當以單純注出《爾雅》文字音讀為最多，計有46例。這類音釋絕大多數與《廣韻》音系相合，即僅注出被音字之音讀，相當於漢儒訓經「讀如」「讀若」之例。今僅從《爾雅》各篇各舉一例以見其梗概：

　　（1）〈釋詁〉1-3「昄，大也」，顧野王「昄」音「充尸反」，與《廣韻》「昄」音「之日切」略異（質脂對轉）。（〈釋詁〉計7例。）

　　（2）〈釋言〉2-49「啜，茹也」，顧野王「啜」音「豬芮反」，與《廣韻》「啜」音「陟衛切」同。（〈釋言〉計6例。）

　　（3）〈釋訓〉3-21「惄惄，惕惕，愛也」，顧野王「惄」音「渠支反」，與《廣韻》「惄」音「巨支切」同。（〈釋訓〉計3例。）

　　（4）〈釋宮〉5-4「秩謂之閾」，顧野王「秩」音「丈乙反」，與《廣韻》「秩」音「直一切」同。（〈釋宮〉計2例。）

　　（5）〈釋器〉6-10「衿謂之袸」，顧野王「衿」作「紟」，音「渠鳩反」，與《廣韻》「紟」音「巨禁切」同。（〈釋器〉僅此1例。）

　　（6）〈釋樂〉7-6「大笙謂之巢」，顧野王「巢」音「仕交反」，與《廣韻》「巢」音「鉏交切」同。（〈釋樂〉僅此1例。）

　　（7）〈釋地〉9-37「中有枳首蛇焉」，顧野王「枳」音「居是」、「諸是」二反，分別與《廣韻》「枳」音「居帋」、「諸氏」二切同。（〈釋地〉僅此1例。）

　　（8）〈釋山〉11-9「崒者，厜㕒」，顧野王「厜」音「視規反」，與《廣韻》「厜」音「姊規切」聲類不同，不詳所據。（〈釋山〉計3例。）

　　（9）〈釋草〉13-33「茵，芝」，顧野王「茵」音「祥由反」，與《廣韻》「茵」音「似由切」同。（〈釋草〉計9例。）

　　（10）〈釋魚〉16-15「鱦，小魚」，顧野王「鱦」音「孕」，與《廣韻》「鱦」音「以證切」同。（〈釋魚〉計8例。）

　　（11）〈釋鳥〉17-39「行鳸唶唶」，顧野王「唶」音「子夜反」，與《廣韻》「唶」音「子夜切」同。（〈釋鳥〉僅此1例。）

（12）〈釋獸〉18-3「絕有力豜」，顧野王「豜」音「五見反」，與《廣韻》「豜」音「吾甸切」同。（〈釋獸〉僅此 1 例。）

（13）〈釋畜〉19-8「左白，踦」，顧野王「踦」音「居綺反」，與《廣韻》「踦」音「居綺切」同。（〈釋畜〉計 3 例。）

（二）注郭璞注文之音

顧野王《爾雅音》除注出《爾雅》文字音讀，同時也訓釋郭璞《爾雅注》之音讀，可證顧野王《爾雅音》係采郭璞注本爲底本。在本章第二節所輯佚文中，計有 2 例：

（1）〈釋器〉6-29「骨鏃不翦羽謂之志」，郭璞注：「今之骨骲是也」，顧野王「骲」音「蒲交反」，與《廣韻》「骲」音「薄巧切」僅聲調不同（肴巧二韻平上相承）。

（2）〈釋畜〉19-19「犣牛」，郭璞注：「即犪牛也」，顧野王所見郭注「犪牛」作「犪牛」，音「如小」、「如照」二反，與《廣韻》「犪」音「如招切」亦僅聲調不同（宵小笑三韻平上去相承）。

（三）以音讀訓釋被音字

顧野王《爾雅音》不僅單純注出《爾雅》文字與郭注音讀，也常以音讀訓釋被音字。這類音釋是藉由音切闡釋或改訂被音字的意義，其音讀往往與《廣韻》所見被音字之音讀不合，相當於漢儒訓經「讀爲」「當爲」之例。在本章第二節所輯佚文中，計有 6 例：

（1）〈釋詁〉1-3「箌，大也」，顧本「箌」作「菿」，音「都角反」，是讀「菿」爲「倬」。

（2）〈釋詁〉1-3「昄，大也」，顧野王「昄」音「板」，即是讀「昄」爲「板」。

（3）〈釋詁〉1-109「契，絕也」，顧野王「契」音「苦結反」，是讀「契」爲「鍥」。

（4）〈釋詁〉1-143「尼，定也」，顧野王「尼」音「奴啓反」，是讀「尼」爲「抳」。

（5）〈釋器〉6-11「環謂之捐」，顧野王「捐」音「辭玄反」，是讀「捐」爲「旋」。

（6）〈釋草〉13-167「藨，麃」，顧野王「藨」音「白交反」，是讀「藨」爲「苞」。

（四）釋義

顧野王《爾雅音》除釋音外，亦偶有釋義之文爲後人所引述。在本章第二節所輯佚文中，計有 7 例：

（1）〈釋詁〉1-3「箌，大也」，顧野王引「《說文》云：『草大也。』《韓詩》云：『菿彼圃田。』」（郭璞注：「箌義未聞。」）

（2）〈釋言〉2-137「縭，介也」，顧野王云：「縭，羅也；介，別也。」（郭璞注：「縭者繫，介猶閡。」）

（3）〈釋訓〉3-20「委委，佗佗，美也」，顧野王引「《詩》云：『禕禕它它，如山如河。』」（郭璞注：「皆佳麗美豔之貌。」）

（4）〈釋訓〉3-35「夢夢，訰訰，亂也」，顧野王云：「夢夢訰訰，煩懣亂也。」（郭璞注：「皆闇亂。」）

（5）〈釋草〉13-149「薇垂水」，顧野王云：「水濱生故曰垂水。」（郭璞注：「生於水邊。」）

（6）〈釋木〉14-50「守宮槐，葉晝聶宵炕」，顧野王云：「炕，張也。」（郭璞注：「槐葉晝日聶合而夜炕布者，名爲守宮槐。」）

（7）〈釋畜〉19-4「騉蹄，趼，善陞甗」，顧野王云：「山嶺曰甗。」（郭璞注：「甗，山形似甑，上大下小。騉蹄，蹄如趼而健上山。秦時有騉蹄苑。」）

綜合而言，顧野王《爾雅音》應是一部以釋音爲主、釋義爲輔的《爾雅》注本。釋音兼括《爾雅》文字及郭璞注。釋義則以個別字詞意義之訓釋爲主，亦有引書爲證者。其釋義雖所存不多，且有牽強附會之誤說（如〈釋草〉訓「薇垂水」爲「水濱生故曰垂水」），惟其內容多與郭注不同，可補郭注之未備。

二、顧野王《爾雅音》異文分析

從本章第二節所輯佚文中，可以發現顧野王《爾雅音》文字與今通行本《爾雅》頗多不同。今依其性質分類討論：

（一）異體字

顧本文字與今本互爲異體者，計 5 例：

（1）〈釋詁〉1-138「迓，迎也」，顧本「迓」作「訝」。《說文》作「訝」，陸德明《釋文》亦出「訝」。「迓」字爲徐鉉補入《說文》十九文之一，即「訝」之俗字。

（2）〈釋樂〉7-7「大簫謂之沂」，顧本「簫」作「籲」。《說文》龠部：「籲，管樂也。從龠、虒聲。簫，籲或從竹。」「籲」係「籲」之省體。

（3）〈釋地〉9-20「南陵息愼」，顧本「愼」作「昚」。「昚」爲「愼」之古文。

（4）〈釋山〉11-16「多小石，磝」，顧本「磝」作「嶅」。《說文》與顧本同。從石作「磝」者應係依義而改。

（5）〈釋水〉12-17「繇帶以上爲厲」，顧本「厲」作「砅」。《說文》水部：「砅，履石渡水也。……濿，砅或從厲。」「厲」爲「濿」之省借。

（二）分別字

1. 今本文字為顧本之分別字，計 4 例：

（1）〈釋訓〉3-72「謔謔，謞謞，崇讒慝也」，顧本「慝」作「匿」。「匿」之本義爲逃亡，引申而有藏匿、邪惡等義，是「慝」爲「匿」之分別字。

（2）〈釋魚〉16-8「鮂，黑鰦」，顧本「鰦」作「茲」。《說文》無「鰦」字，「鰦」从魚旁應係後人據義所加。惟《爾雅》此訓應以「茲」爲正字。

（3）〈釋鳥〉17-62「鷹，鶆鳩」，顧本「鶆」作「來」。《說文》無「鶆」字，「鶆」从鳥旁應係後人據義所加。

（4）〈釋鳥〉17-63「鶼鶼，比翼」，顧本「鶼鶼」作「兼兼」。《說文》無「鶼」字。《釋文》引李巡注云：「鳥有一目一翅，相得乃飛，故曰兼兼也。」是「鶼」从鳥旁應係後人據義所加。

2. 顧本文字為今本之分別字，計 5 例：

（1）〈釋言〉2-162「戎，相也」，顧本「戎」疑作「搣」。《廣雅・釋詁》：「搣，推也。」「搣」應係「戎」之分別字。

（2）〈釋丘〉10-22「望厓洒而高，岸」，顧本「厓」作「涯」。《說文》厂部：「厓，山邊也。」引伸而有水邊之義，是「涯」即「厓」之分別字。

（3）〈釋丘〉10-26「畢，堂牆」，顧本「畢」作「嶧」。《說文》無「嶧」字，「嶧」从山旁應係後人據義所加。

（4）〈釋山〉11-4「卑而大，扈」，顧本「卑」作「庳」，「扈」作「嶇」。「卑」有低下之義，低矮之屋舍則从广从卑作「庳」。又《說文》無「嶇」字，「嶇」从山旁應係後人據義所加。

（5）〈釋山〉11-12「重甗，隒」，顧本「甗」作「巘」，或作「巚」。《說文》無「巘」、「巚」字，「巘」从山旁應係後人據義所加，字又稍變作「巚」。

（三）同源字

顧本文字與今本為同源字者，計 2 例：

（1）〈釋言〉2-191「濬，幽，深也」，顧本「濬」作「浚」。

（2）〈釋器〉6-10「衿謂之袸」，顧本「衿」作「紟」。《說文》糸部：「紟，衣系也。」

（四）通假

顧本文字與今本互為通假者，計 22 例：

（1）〈釋詁〉1-79「弛，易也」，顧本「弛」作「施」。

（2）〈釋言〉2-177「虹，潰也」，顧本「虹」作「訌」。《說文》言部：「訌，䜋也。」

（3）〈釋言〉2-234「訊，言也」，顧本「訊」作「誶」。

（4）〈釋訓〉3-6「廱廱，優優，和也」，顧本「優優」作「瀀瀀」。

（5）〈釋訓〉3-7「兢兢，憴憴，戒也」，顧本「憴憴」作「繩繩」。《說文》糸部：「繩，索也」，引申而有戒慎之義

（6）〈釋訓〉3-18「薨薨，增增，眾也」，顧本「薨薨」作「雄雄」。

（7）〈釋訓〉3-20「委委，佗佗，美也」，顧本「委委」作「禕禕」。

（8）〈釋樂〉7-7「大簴謂之沂」，顧本「沂」作「崭」。依意應以「崭」為正字。

（9）〈釋天〉8-42「繹，又祭也。周曰繹，商曰肜」，顧本「繹」作「𥼶」，「肜」作「融」。

（10）〈釋地〉9-20「中陵朱滕」，顧本「滕」作「縢」。

（11）〈釋地〉9-22「梁莫大於湨梁」，顧本「湨」作「昊」。

（12）〈釋地〉9-46「西至日所入為太蒙」，顧本「蒙」作「濛」。

（13）〈釋丘〉10-7「上正，章丘」，顧本「章」作「障」。「章」為「障」字之省文。

（14）〈釋山〉11-7「上正，章」，顧本「章」作「障」。

（15）〈釋山〉11-16「多大石，礐」，顧本「礐」作「嶨」。《說文》山部：「嶨，山多大石也。」

（16）〈釋水〉12-10「水醮曰厬」，顧本「醮」作「潐」。《說文》水部：「潐，盡也。」

（17）〈釋水〉12-11「汶為瀾」，顧本「瀾」作「𣸷」。

（18）〈釋水〉12-11「洛為波」，顧本「波」作「陂」。

（19）〈釋草〉13-94「藬蓲，募多」，顧本「募」作「閅」。

（20）〈釋草〉13-129「藒車，芞輿」，顧本「輿」作「蒢」。

（21）〈釋魚〉16-36「蜃，小者珧」，顧本「珧」作「濯」。

（22）〈釋魚〉16-37「龜，俯者靈，仰者謝。前弇諸果，後弇諸獵」，顧本「謝」作「射」，「果」作「裹」。

（五）異文

顧本文字與今本互為異文者，計1例：

（1）〈釋水〉12-11「汶為濆」，顧本「濆」作「涓」。

（六）異句

顧本文字與今本文句有異者，計 6 例：

（1）〈釋詁〉1-22「忥，謐，溢，蟄，慎，貉，謐，顗，顖，密，寧，靜也」，
顧本本條有「藝」字。

（2）〈釋詁〉1-122「愱，神，溢，慎也」，顧本本條有「謐」字。

（3）〈釋言〉2-252「舒，緩也」，顧本作「緩，舒也」。

（4）〈釋器〉6-8「繩之謂之縮之」，顧本「縮」下無「之」字。

（5）〈釋草〉13-87「荷，芙渠。其莖茄，其葉蕸，其本蔤，其華菡萏，其實蓮，
其根藕，其中的，的中薏」，顧本無「其葉蕸」句。《爾雅》本應無
此句，當係後人添入。

（6）〈釋草〉13-194「不榮而實者謂之秀」，顧本無「不」字。

（七）譌字

1. 顧本文字係譌字者，計有 1 例：

（1）〈釋訓〉3-27「存存，萌萌，在也」，顧本「萌萌」作「蒚蒚」。「蒚」應係
「箇」字之譌。

2. 今本《爾雅》譌誤而顧本不譌者，計 3 例：

（1）〈釋詁〉1-3「菿，大也」，顧本「菿」作「芀」。《說文》無「菿」字，段注
本艸部有「芀」字，釋云：「艸大也。」是「菿」字本應從艸作「芀」。

（2）〈釋詁〉1-120「汱，墜也」，顧本「汱」作「汰」。「汱」無墜義。《說文》
水部：「汰，淅瀾也」，與墜義近。

（3）〈釋詁〉1-145「貉，縮，綸也」，顧本「貉」作「絡」。「貉」與「綸」義不
相涉。「絡」之本義爲「絮」，引中而有纏繞之義。

三、顧野王《爾雅音》音讀特色

在本章第二節所輯顧野王《爾雅音》各條佚文中，凡有音切者，均已在其案語中
詳述其音讀與《廣韻》之比較。以下就諸音與《廣韻》不合者進行歸納分析：〔註60〕

〔註60〕蔣希文撰《徐邈音切研究》時，曾就「特殊音切」問題進行綜合討論。蔣氏云：「所謂
『特殊音切』是指與常例不合的音切，其內容概括起來大致有以下三點：一、依師儒故
訓或依據別本、古本，以反切改訂經籍中的被音字。這種情況相當于漢儒注經，所謂某
字『當爲』或『讀爲』另一字。二、根據經籍的今、古文傳本的不同，以反切改訂被音
字。……三、以反切對被音字的意義加以闡釋。」（《徐邈音切研究》，頁 218。）對於
顧野王音中所見這類「特殊音切」，均已在各條案語中進行說明，此處不再贅述。又顧
氏音讀之韻類偶有不屬前述「特殊音切」，又與《廣韻》略異者，由於這類例子均可從

（一）聲類

1. 牙音互通，計 5 例：

（1）〈釋宮〉5-27 㩣，丘奇反（溪紐支韻）；《廣韻》「㩣」一音「渠綺切」（群紐紙韻），一音「居義切」（見紐寘韻，支紙寘三韻平上去相承）。

（2）〈釋器〉6-10 紟，渠金反（群紐侵韻）；《廣韻》「紟」又音「今」（見紐侵韻）。

（3）〈釋魚〉16-38 蟡，匡軌反（溪紐旨韻）；《廣韻》「蟡」音「居洧切」（見紐旨韻）。

（4）〈釋魚〉16-34 蜬，呼含反（曉紐覃韻）；《廣韻》「蜬」音「古南切」（見紐覃韻）。曉見二紐上古音相通。

（5）〈釋畜〉19-14 駽，胡昡反（匣紐霰韻）；《廣韻》「駽」音「許縣切」（曉紐霰韻）。

2. 舌音互通，計 1 例（舌面音）：

（1）〈釋詁〉1-3 恎，充尸反（穿紐脂韻）；《廣韻》「恎」音「之日切」（照紐質韻，脂質對轉）。

3. 齒音互通，計 1 例（正齒音）：

（1）〈釋樂〉7-6 巢，莊交反（莊紐肴韻）；《廣韻》「巢」音「鉏交切」（牀紐肴韻）。

4. 脣音互通，計 2 例：

（1）〈釋詁〉1-3 昄，普姦反（滂紐刪韻）；《廣韻》「昄」音「布綰切」（幫紐潸韻，刪潸二韻平上相承）。

（2）〈釋草〉13-167 薸，普苗反（滂紐宵韻）；《廣韻》「薸」音「甫嬌切」（非紐宵韻）。

（二）聲調

1. 以平音上，計 2 例：

（1）〈釋詁〉1-3 昄，普姦反（滂紐刪韻）；《廣韻》「昄」音「布綰切」（幫紐潸韻），刪潸二韻平上相承。

（2）〈釋器〉6-29 骹，蒲交反（並紐肴韻）；《廣韻》「骹」音「薄巧切」（並紐巧韻），肴巧二韻平上相承。

2. 以上音平，計 1 例：

（1）〈釋獸〉18-3 豣，古典反（見紐銑韻）；《廣韻》「豣」音「古賢切」（見紐先

周祖謨《魏晉南北朝韻部之演變》所擬構的魏晉六朝音系獲得解釋，此處亦不列舉。

韻），先銑二韻平上相承。

3. 以平音上去，計 1 例：

（1）〈釋宮〉5-27 猗，丘奇反（溪紐支韻）；《廣韻》「猗」一音「渠綺切」（群紐紙韻），一音「居義切」（見紐寘韻），支紙寘三韻平上去相承。

4. 以去音平上，計 1 例：

（1）〈釋畜〉19-19 獟，如照反（日紐笑韻）；《廣韻》「獟」音「如招切」（日紐宵韻），又作「擾」，音「而沼切」（日紐小韻），宵小笑三韻平上去相承。

5. 以平音入，計 1 例：

（1）〈釋詁〉1-3 晊，充尸反（穿紐脂韻）；《廣韻》「晊」音「之日切」（照紐質韻），脂質對轉。

（三）顧野王音反映某地方音或較早音讀

　顧野王在訓讀《爾雅》字音時，不僅是記錄當時經師訓釋之實際語音，可能也保存了一些方音或時代較早的音讀。除以下所舉 2 例外，前述聲類、聲調之略異者，可能也有屬於此類者。

（1）〈釋詁〉1-3 畈，普練反（滂紐霰韻）；《廣韻》「畈」音「布綰切」（幫紐潸韻）。按《廣韻》霰韻（先韻去聲）與潸韻（刪韻上聲）字在兩漢時期同屬元部，到晉宋時期即分化為二部，然則顧氏此音可能反映某地方音，或是採用時代較早的音讀。

（2）〈釋言〉2-63 諉，汝恚反（日紐寘韻）；《廣韻》「諉」音「女恚反」（娘紐寘韻）。日娘二紐上古音同屬泥紐，然則顧氏此音可能表示其娘日二紐尚未分化，也可能是保存了較早的音讀。

（四）從聲母音讀

　今所見顧野王《爾雅音》音讀，有雖與《廣韻》不合，但與被音字之聲符音讀相合者，計 1 例：

（1）〈釋鳥〉17-39 唶，子亦反（精紐昔韻）；《廣韻》「唶」音「子夜切」（精紐禡韻），又「唶」之聲母「昔」音「思積切」（心紐昔韻），與顧野王音僅聲紐略異。

（五）不詳所據

　今所見顧野王《爾雅音》音讀，有與《廣韻》不合，且無理可說者，計有 3 例。這類音讀，可能是切語有譌字，也可能是顧野王所特有的讀音。

（1）〈釋詁〉1-104 䊤，呼被反（曉紐紙韻）；《廣韻》「䊤」有「虛器」（曉紐至韻）、「許介」（曉紐怪韻）、「莫八」（明紐黠韻）三切。顧音與《廣韻》諸音均不合。

（2）〈釋山〉11-9 厜，視規反（禪紐支韻）；《廣韻》「厜」音「姊規切」（精紐支韻），與顧音聲類不合。

（3）〈釋山〉11-12 㕆，力儉（來紐琰韻）、力儼（來紐儼韻）二反；《廣韻》「㕆」音「魚檢切」（疑紐琰韻），與顧音聲類不合。

四、《經典釋文》引顧野王《爾雅》音讀體例分析

陸德明《經典釋文》引顧野王音凡 55 例，其體例大抵可歸納如下：

（一）直音例

《釋文》引顧野王音，以直音方式標示音讀者，計有 7 例，佔《釋文》引顧音總數之 12.73%。若再詳細分析，又可分爲以下三種類型：

1. 以同聲符之字注音，計 1 例：

荄，音該。（13-191）

2. 以所得音之聲符注音，計 1 例：

仳，音此。（3-42）

3. 以不同聲符之同音字注音，計 5 例：

觀，音官。（1-49）　訌，音洪。（2-177）　蔠，音圭。（13-136）
鱦，音孕。（16-15）　貉，音格。（16-17）

（二）切音例

《釋文》引顧野王音，以切音方式標示音讀者，計有 35 例，佔《釋文》引顧音總數之 63.64%。今依序條列如下：

菿，都角反。（1-3）　晊，充尸反。（1-3）　艐，子公反。（1-5）
施，以豉反。（1-79）　易，以豉反。（1-79）　䊤，呼被反。（1-104）
妯，依《詩》勑留反。（1-107）　契，苦結反。（1-109）
汱，徒蓋反。（1-120）　尼，奴啓反。（1-143）　啜，豬芮反。（2-49）
諉，汝恚反。（2-63）　烘，火公反。（2-101）　搣，如勇反。（2-162）
忯，渠支反。（3-21）　儵，舒育反。（3-67）　匿，女陟反。（3-72）
柣，丈乙反。（5-4）　猗，丘奇反。（5-27）　損，辭玄反。（6-11）

骲，蒲交反。（6-29）　　　　厗，視規反。（11-9）　　　　犧，魚奇反。（11-9）

茵，祥由反。（13-33）　　　　玼，徂斯反。（13-50）　　　　蒢，他迪反。（13-116）

芺，烏老反。（13-184）　　　　荶，羊述反。（13-188）　　　　鰯，閭結反。（16-18）

鮿，孚粉反。（16-21）　　　　蠆，彼義反。（16-33）　　　　貽，餘之反。（16-38）

踦，居綺反。（19-8）　　　　驈，餘橘反。（19-9）　　　　鴫，胡昄反。（19-14）

（三）又音例

　　一字有數音並存者，則出又音之例。《釋文》引顧野王音，其有又音者計 13 例，佔《釋文》引顧音總數之 23.64%。若再詳細分析，又可分為以下二種類型：

1. 諸音皆為反切，計 12 例：

烓，口井、烏攜二反。（2-101）　　　　給，渠鳩、渠金二反。（6-10）

巢，仕交、莊交二反。（7-6）　　　　枳，居是、諸是二反。（9-37）

陳，力儉、力儼二反。（11-12）　　　　藊，補殄、匹縣二反。（13-45）

蔗，平表、白交、普苗三反。（13-167）　　　　蚶，古含反，又呼含反。（16-34）

獷，匡軌反，又巨追反。（16-38）　　　　喲，于夜反，又才小反。（17-39）

豣，五見反，又占典反。（18-3）　　　　㺅，如小、如照二反。（19-19）

2. 直音與反切並見，計 1 例：

販，音板，又普矞、普練二反。（1-3）

附表　各家輯錄顧野王《爾雅音》與本書新定佚文編次比較表

　　本表詳列清儒輯本與本書所輯佚文編次之比較。專輯一書之輯本，其佚文均依原輯次序編上連續序號；如有本書輯爲數條，舊輯本合爲一條者，則按舊輯本之次序，在序號後加-1、-2 表示。合輯群書之輯本，因無法爲各條佚文編號，表中僅以「∨」號表示。舊輯本所輯佚文有增衍者，加注「＋」號；有缺脫者，加注「－」號。但其差異僅只一二字，未能成句者，一般不予注記。

　　各家所輯，偶有失檢，亦難免誤輯。專輯本誤輯而爲本書刪去的佚文，在本表「刪除」欄中詳列佚文序號；合輯本誤輯者不注記。

本文編次	余蕭客	嚴可均	馬國翰	黃奭	葉蕙心	其他
1.	∨ －		1-1	1-1 －		
2.			1-2	1-2 －		
3.			1-3	1-3		
4.			2	2		
5.						
6.						
7.			3	3		
8.			4＋	4 －		
9.			5	5		
10.			6	6		
11.			7＋	7		
12.			8＋	8＋		
13.						
14.						
15.			謝9	9		
16.						
17.			10	10		
18.			11	11		
19.			12	12-1		
20.			13	12-2		
21.		∨	14	13	∨	
22.			15	14		

本文編次	余蕭客	嚴可均	馬國翰	黃奭	葉蕙心	其他
23.			16	15		
24.						
25.						
26.						
27.						
28.						
29.		˅	17	16	˅	
30.	˅	˅	18	17	˅	
31.			19	18		
32.			20			
33.	˅ 一	˅	21	19	˅	
34.			22	20		
35.			23	21		
36.						
37.						
38.			24	22		
39.			25	23		
40.						
41.			26	24		
42.			27	25		
43.			28	26		
44.			29	27		
45.						
46.						
47.						
48.						
49.			30	28		
50.						
51.						
52.						
53.						
54.						
55.						
56.			31-1＋	29-1		
57.			31-2＋	29-2		

本文編次	余蕭客	嚴可均	馬國翰	黃奭	葉蕙心	其他
58.						
59.			32	30		
60.						
61.						
62.						
63.						
64.					∨	
65.						
66.			33	31		
67.			34	32		
68.			35	33		
69.						
70.						
71.			36	34		
72.						
73.			37	35		
74.	∨	∨	38	36	∨	
75.			39	37		
76.			40	38		
77.			41	39		
78.			42	40		
79.						
80.	∨	∨	43	41	∨	
81.						
82.			44	42		
83.			45			
84.			46	43		
85.			47	44		
86.			48	45		
87.			49	46－		
88.						
89.						
90.			50＋	47		
91.			51－	48－		
92.			52	49		

本文編次	余蕭客	嚴可均	馬國翰	黃奭	葉蕙心	其他
93.						
94.						
95.			53	50		
96.						
97.		ˇ	54	51	ˇ	
98.			55	52		
99.			56	53		
100.			57	54		
101.			58	55		
刪除			9			

參考文獻目錄

本目錄分爲二部分：第一部分爲專書（含學位論文），依賴永祥先生編訂之「中國圖書分類法」分類；同類之書，古籍按作者時代順序編排，民國以後出版品按出版先後順序編排。第二部分爲論文，先依作者姓名筆畫多寡編排，若遇同一人之著作則依發表年月依序編排。

同一書籍遇有多種版本，其一爲本書習用者，在該書書名之末加注「*」號以資區別，文中不再注明版本。

I 專　書

0 總　類

010 目錄學

1. 《中國古籍輯佚學論稿》，曹書杰撰（長春：東北師範大學出版社，1998 年）。

2. 《補晉書藝文志》，（清）丁國鈞撰，收入《二十五史補編》第三冊（北京：中華書局，1955 年）。

3. 《補晉書藝文志》，（清）文廷式撰，收入《二十五史補編》第三冊（北京：中華書局，1955 年）。

4. 《隋書經籍志考證》，（清）姚振宗撰，收入《二十五史補編》第四冊（北京：中華書局，1955 年）。

5. 《崇文總目輯釋》，（宋）歐陽修等撰，（清）錢東垣等輯釋，《書目續編》景印《粵雅堂叢書》本（臺北：廣文書局，1968 年）。

6. 《四庫全書總目》，（清）紀昀等撰（臺北：藝文印書館，1989 年，六版）。

7. 《四庫提要辨證》，余嘉錫撰（北京：中華書局，1980 年）。

8. 《郡齋讀書志》，（宋）晁公武撰，《書目續編》景印清王先謙校刊本（臺北：廣文書局，1967 年）。

9. 《直齋書錄解題》，（宋）陳振孫撰，《書目續編》景印清武英殿輯《永樂大典》本（臺北：

廣文書局，1968 年）。

040 類　書

1. 《藝文類聚》，（唐）歐陽詢撰，汪紹楹校（北京：中華書局，1965 年）。

2. 《北堂書鈔》，（唐）虞世南撰，（清）孔廣陶校註，景印清光緒戊子（1888）正月南海孔氏三十有三萬卷堂校注重刊本（日本京都：中文出版社，1979 年，再版）。

3. 《初學記》，（唐）徐堅等撰（北京：中華書局，1962 年）。

4. 《太平御覽》*，（宋）李昉等撰，景印日本帝室圖書寮、京都東福寺、東京岩崎氏靜嘉堂文庫藏宋刊本（臺北：臺灣商務印書館，1967 年，臺一版）。

5. 《太平御覽》，（宋）李昉等撰（清嘉慶十二年（1807）歙鮑氏校宋板刻本）。

6. 《續博物志》，（宋）李石撰，李之亮點校（成都：巴蜀書社，1991 年）。

7. 《潛確居類書》，（明）陳仁錫撰，《四庫禁燬書叢刊》景印清華大學圖書館藏明崇禎刻本（北京：北京出版社，1998 年）。

8. 《群書類從》，（日）塙保己一編（日本東京：續群書類從完成會，昭和 61 年（1986），訂正三版六刷）。

9. 《倭名類聚抄》，（日）正宗敦夫撰（日本東京：風間書房，昭和 52 年（1977））。

070 普通論叢

1. 《夢溪筆談》，（宋）沈括撰，《四部叢刊廣編》景印明刊本（臺北：臺灣商務印書館，1981 年）。

2. 《鍾山札記》，（清）盧文弨撰，《百部叢書集成》景印清乾隆中盧文弨輯刊《抱經堂叢書》本（臺北：藝文印書館，1968 年）。

3. 《群書拾補初編》，（清）盧文弨撰，《百部叢書集成》景印清乾隆中盧文弨輯刊《抱經堂叢書》本（臺北：藝文印書館，1968 年）。

4. 《十駕齋養新錄》，（清）錢大昕撰，孫顯軍、陳文和校點，收入《嘉定錢大昕全集》第七冊（南京：江蘇古籍出版社，1997 年）。

5. 《潛研堂文集》，（清）錢大昕撰，陳文和校點，收入《嘉定錢大昕全集》第九冊（南京：江蘇古籍出版社，1997 年）。

6. 《讀書脞錄》，（清）孫志祖撰，景印舊刻本（臺北：廣文書局，1963 年）。

7. 《讀書雜志》，（清）王念孫撰，景印舊刻本（臺北：洪氏出版社，1976 年）。

8. 《讀書叢錄》，（清）洪頤煊撰，景印清光緒丁亥（1887）夏六月吳氏醉六堂重刊本（臺北：廣文書局，1977 年）。

9. 《左盦集》，劉師培撰，收入《劉申叔遺書》（南京：江蘇古籍出版社，1997 年）。

090 群經

1. 《點校補正經義考》，（清）朱彝尊撰，許維萍等點校（臺北：中央研究院中國文哲研究所籌備處，1999 年）。

2. 《經義考補正》，（清）翁方綱撰，《書目續編》景印《粵雅堂叢書》本（臺北：廣文書局，1968 年）。

3. 《經義雜記》，（清）臧琳撰，景印《皇清經解》本（臺北：藝文印書館，出版年不詳）。

4. 《經學巵言》，（清）孔廣森撰，景印《皇清經解》本（臺北：藝文印書館，出版年不詳）。

5. 《經義述聞》*，（清）王引之撰，景印《皇清經解》本（臺北：藝文印書館，出版年不詳）。

6. 《經義述聞》，（清）王引之撰，《四部備要》據自刻本校刊本（臺北：臺灣中華書局，1965年）。

7. 《群經平議》，（清）俞樾撰，景印《皇清經解續編》本（臺北：藝文印書館，出版年不詳）。

8. 《魏晉南北朝隋唐經學史》，章權才撰（廣州：廣東人民出版社，1996年）。

9. 《周易正義》，（魏）王弼、韓康伯注，（唐）孔穎達等正義，景印清嘉慶二十年（1815）江西南昌府學刊十三經注疏本（臺北：藝文印書館，1989年，十一版）。

10. 《尚書正義》，（漢）孔安國傳，（唐）孔穎達等正義，景印清嘉慶二十年（1815）江西南昌府學刊十三經注疏本（臺北：藝文印書館，1989年，十一版）。

11. 《韓詩外傳》，（漢）韓嬰撰，景印明萬曆新安程氏刊《漢魏叢書》本（長春：吉林大學出版社，1992年）。

12. 《毛詩草木鳥獸蟲魚疏》，（吳）陸璣撰，景印清光緒戊子（1888）夏月上海蜚英館印《古經解彙函》本（日本京都：中文出版社，1998年）。

13. 《毛詩正義》，（漢）毛公傳，（漢）鄭玄箋，（唐）孔穎達等正義，景印清嘉慶二十年（1815）江西南昌府學刊十三經注疏本（臺北：藝文印書館，1989年，十一版）。

14. 《毛鄭詩考正》，（清）戴震撰，景印《皇清經解》本（臺北：藝文印書館，出版年不詳）。

15. 《毛詩補疏》，（清）焦循撰，景印《皇清經解》本（臺北：藝文印書館，出版年不詳）。

16. 《毛詩傳箋通釋》，（清）馬瑞辰撰，景印《皇清經解續編》本（臺北：藝文印書館，出版年不詳）。

17. 《周禮注疏》，（漢）鄭玄注，（唐）賈公彥疏，景印清嘉慶二十年（1815）江西南昌府學刊十三經注疏本（臺北：藝文印書館，1989年，十一版）。

18. 《周禮正義》，（清）孫詒讓撰（北京：中華書局，1987年）。

19. 《儀禮注疏》，（漢）鄭玄注，（唐）賈公彥疏，景印清嘉慶二十年（1815）江西南昌府學刊十三經注疏本（臺北：藝文印書館，1989年，十一版）。

20. 《禮記正義》，（漢）鄭玄注，（唐）孔穎達等正義，景印清嘉慶二十年（1815）江西南昌府學刊十三經注疏本（臺北：藝文印書館，1989年，十一版）。

21. 《春秋左傳正義》，（晉）杜預注，（唐）孔穎達等正義，景印清嘉慶二十年（1815）江西南昌府學刊十三經注疏本（臺北：藝文印書館，1989年，十一版）。

22. 《春秋公羊傳注疏》，（漢）何休注，（唐）徐彥疏，景印清嘉慶二十年（1815）江西南昌府學刊十三經注疏本（臺北：藝文印書館，1989年，十一版）。

23. 《公羊傳挍勘記》，（清）阮元撰，景印《皇清經解》本（臺北：藝文印書館，出版年不詳）。

24. 《春秋穀梁傳注疏》，（晉）范甯注，（唐）楊士勛疏，景印清嘉慶二十年（1815）江西南昌府學刊十三經注疏本（臺北：藝文印書館，1989年，十一版）。

25. 《論語注疏》，（魏）何晏等注，（宋）邢昺疏，景印清嘉慶二十年（1815）江西南昌府學刊十三經注疏本（臺北：藝文印書館，1989年，十一版）。

26. 《論語挍勘記》，（清）阮元撰，景印《皇清經解》本（臺北：藝文印書館，出版年不詳）。

27. 《孟子注疏》，（漢）趙岐注，（宋）孫奭疏，景印清嘉慶二十年（1815）江西南昌府學刊十三經注疏本（臺北：藝文印書館，1989年，十一版）。

28. 《古經解鉤沉》，（清）余蕭客輯，景印舊刊本（臺北：廣文書局，1972 年）。

29. 《五經文字》，（唐）張參撰，景印清光緒戊子（1888）夏月上海蜚英館印《小學彙函》本（日本京都：中文出版社，1998 年）。

30. 《十三經注疏校勘記識語》，（清）汪文臺撰，《續修四庫全書》景印上海辭書出版社圖書館藏清光緒三年（1877）江西書局刻本（上海：上海古籍出版社，1995 年）。

31. 《七經孟子考文並補遺》，（日）山井鼎輯，物觀等補遺，《叢書集成初編》據《文選樓叢書》本排印本（上海：商務印書館，1936 年）。

1 哲學類
120 中國哲學

1. 《荀子集解》，（清）王先謙撰，沈嘯寰、王星賢點校（北京：中華書局，1988 年）。

2. 《列子》，（周）列禦寇撰，（晉）張湛注，（唐）殷敬順釋文，《子書二十八種》本（臺北：廣文書局，1991 年）。

3. 《莊子集解》，（清）王先謙撰，沈嘯寰點校（北京：中華書局，1987 年）。

4. 《莊子集釋》，（清）郭慶藩撰，王孝魚點校（北京：中華書局，1961 年）。

5. 《韓非子集解》，（清）王先慎撰，鍾哲點校（北京：中華書局，1998 年）。

6. 《尸子》，（周）尸佼撰，（清）汪繼培輯，《子書二十八種》本（臺北：廣文書局，1991 年）。

7. 《呂氏春秋》，（秦）呂不韋撰，（漢）高誘注，（清）畢沅校，收入《新編諸子集成》第七冊（臺北：世界書局，1972 年）。

8. 《淮南鴻烈集解》，劉文典撰，馮逸、喬華點校（北京：中華書局，1989 年）。

9. 《潛夫論箋校正》，（清）汪繼培箋，彭鐸校正（北京：中華書局，1985 年）。

10. 《抱朴子內篇校釋》，王明撰（北京：中華書局，1985 年，第 2 版）。

2 宗教類
290 術數、迷信

1. 《唐開元占經》，（唐）瞿曇悉達撰，景印文淵閣《四庫全書》本（臺北：臺灣商務印書館，1986 年）。

3 自然科學類
370 植物

1. 《植物名實圖考長編》，（清）吳其濬撰（北京：商務印書館，1959 年）。

4 應用科學類
410 醫藥

1. 《重修政和經史證類備用本草》，（宋）唐慎微撰，《四部叢刊正編》景印金泰和晦明軒刊本（臺北：臺灣商務印書館，1979 年）。

2. 《經史證類大觀本草》，（宋）唐慎微撰，元大德六年（1302）宗文書院刊本。

3. 《證類本草》＊，（宋）唐慎微撰，景印文淵閣《四庫全書》本（臺北：臺灣商務印書館，1986 年）。

4. 《本草綱目》，（明）李時珍撰，景印文淵閣《四庫全書》本（臺北：臺灣商務印書館，1986 年）。

430 農業

1. 《齊民要術》，（後魏）賈思勰撰，《四部叢刊正編》景印江寧鄧氏群碧樓藏明鈔本（臺北：臺灣商務印書館，1979 年，臺一版）。

2. 《齊民要術校釋》＊，（後魏）賈思勰撰，繆啓愉校釋，繆桂龍參校（臺北：明文書局，1986 年）。

3. 《農書》，（元）王禎撰，景印文淵閣《四庫全書》本（臺北：臺灣商務印書館，1986 年）。

440 工程

1. 《營造法式註釋》，梁思成撰（臺北：明文書局，1984 年）。

5 社會科學類
530 禮俗

1. 《玉燭寶典》，（隋）杜臺卿撰，《古逸叢書》覆舊鈔卷子本（揚州：江蘇廣陵古籍刻印社，1994 年，再版）。

6～7 史地類
610 中國通史

1. 《史記》＊，（漢）司馬遷撰，（南朝宋）裴駰集解，（唐）司馬貞索隱，（唐）張守節正義，《百衲本二十四史》景印宋慶元黃善夫刊本（臺北：臺灣商務印書館，1981 年，臺五版）。

2. 《新校本史記三家注并附編二種》，（漢）司馬遷撰，（南朝宋）裴駰集解，（唐）司馬貞索隱，（唐）張守節正義（臺北：鼎文書局，1990 年，十版）。

620 中國斷代史

1. 《逸周書補注》，（清）陳逢衡撰，《叢書集成三編》景印臺灣大學總圖書館藏《陳氏叢書》本（臺北：新文豐出版公司，1997 年）。

2. 《周書補正》，劉師培撰，《劉申叔遺書》（南京：江蘇古籍出版社，1997 年）。

3. 《漢書》，（漢）班固撰，（唐）顏師古注，《百衲本二十四史》景印宋景祐刊本（臺北：臺灣商務印書館，1988 年，臺六版）。

4. 《後漢書》，（南朝宋）范曄撰，（唐）李賢注，續志，（晉）司馬彪撰，（梁）劉昭注，《百衲本二十四史》景印宋紹興刊本（臺北：臺灣商務印書館，1988 年，臺六版）。

5. 《三國志》，（晉）陳壽撰，（南朝宋）裴松之注，《百衲本二十四史》景印宋紹熙刊本（臺北：臺灣商務印書館，1981 年，臺五版）。

6. 《晉書》，（唐）房喬等撰，《百衲本二十四史》景印宋本（臺北：臺灣商務印書館，1988 年，臺六版）。

7. 《宋書》，（梁）沈約撰，《百衲本二十四史》景印宋蜀大字本（臺北：臺灣商務印書館，1988

年，臺六版）。

8. 《梁書》，（唐）姚思廉撰，《百衲本二十四史》景印宋蜀大字本（臺北：臺灣商務印書館，1988 年，臺六版）。

9. 《陳書》，（唐）姚思廉撰，《百衲本二十四史》景印宋蜀大字本（臺北：臺灣商務印書館，1988 年，臺六版）。

10. 《隋書》，（唐）魏徵等撰，《百衲本二十四史》景印元大德刊本（臺北：臺灣商務印書館，1988 年，臺六版）。

11. 《南史》，（唐）李延壽撰，《百衲本二十四史》景印元大德刊本（臺北：臺灣商務印書館，1988 年，臺六版）。

12. 《舊唐書》，（後晉）劉昫等撰，《百衲本二十四史》景印宋紹興刊本（臺北：臺灣商務印書館，1988 年，臺六版）。

13. 《新唐書》，（宋）歐陽修、宋祁等撰，《百衲本二十四史》景印宋嘉祐刊本（臺北：臺灣商務印書館，1988 年，臺六版）。

630 中國文化史

1. 《通志二十略》，（宋）鄭樵撰（北京：中華書局，1995 年）。

660 中國地理

1. 《中國歷史地圖集》（第三冊）（三國・西晉時期） 譚其驤編（香港：三聯書店，1991 年）。

2. 《元和郡縣志》，（唐）李吉甫撰，景印文淵閣《四庫全書》本（臺北：臺灣商務印書館，1986 年）。

3. 《太平寰宇記》，（宋）樂史撰，景印文淵閣《四庫全書》本（臺北：臺灣商務印書館，1986 年）。

680 類志

1. 《水經注疏》，（北魏）酈道元注，楊守敬、熊會貞疏（南京：江蘇古籍出版社，1989 年）。

780 傳記

1. 《列女傳》，（漢）劉向撰，（清）梁端校注，《四部備要》據汪氏振綺堂補刊本校刊本（臺北：臺灣中華書局，1967 年，臺二版）。

2. 《中國歷代語言學家評傳》，濮之珍編（上海：復旦大學出版社，1992 年）。

3. 《中國古代語言學家評傳》，吉常宏、王佩增編（濟南：山東教育出版社，1992 年）。

790 古物、考古

1. 《隸釋》，（宋）洪适撰，景印洪氏晦木齋刻本（北京：中華書局，1985 年）。

2. 《敦煌古籍敍錄》，王重民撰（日本京都：中文出版社，1979 年，再版）。

3. 《敦煌古籍敍錄新編》，王重民原編，黃永武新編（臺北：新文豐出版公司，1986 年）。

8 語文類
802 中國語言文字

1. 《小學考》，（清）謝啓昆撰，景印清光緒戊子（1888）秋九浙江書局刊本（上海：漢語大詞典出版社，1997 年）。

2. 《唐以前小學書之分類與考證》，林明波撰（臺北：東吳大學中國學術著作獎助委員會，1975 年）。

802.1 訓詁

1. 《訓詁學基礎》，陳紱撰（北京：北京師範大學出版社，1990 年）。

2. 《中國訓詁學史》，胡樸安撰（臺北：臺灣商務印書館，1988 年，臺十一版）。

3. 《漢語訓詁學史》，李建國撰（合肥：安徽教育出版社，1986 年）。

4. 《訓詁學史略》，趙振鐸撰（鄭州：中州古籍出版社，1988 年）。

5. 《爾雅》，唐石十三經木（臺北：世界書局，1968 年，再版）。

6. 《宋本爾雅》，（晉）郭璞注，景印羽澤石經山房刻本（臺北：藝文印書館，1988 年）。

7. 《爾雅注疏》，（晉）郭璞注，（宋）邢昺疏，景印清嘉慶二十年（1815）江西南昌府學刊十三經注疏本（臺北：藝文印書館，1989 年，十一版）。

8. 《爾雅音義》，（晉）郭璞撰，（清）馬國翰輯，景印清光緒甲申（1884）春日楚南湘遠堂刊《玉函山房輯佚書》本（臺北：文海出版社，1967 年）。

9. 《爾雅郭璞音義》，（晉）郭璞撰，（清）黃奭輯，景印民國十四年（1925）王鑒據懷荃室藏板修補本（日本京都：中文出版社，1986 年）。

10. 《爾雅圖贊》，（晉）郭璞撰，（清）王謨輯，《漢魏遺書鈔》本（日本京都：中文出版社，1981 年）。

11. 《爾雅圖贊》，（晉）郭璞撰，（清）嚴可均輯，《全上古三代秦漢三國六朝文》本（北京：中華書局，1958 年）。

12. 《爾雅圖贊》，（晉）郭璞撰，（清）嚴可均輯，景印清光緒壬寅（1902）八月湘潭葉德輝刊《觀古堂彙刻書》本（臺北：文海出版社，1971 年）。

13. 《爾雅圖贊》，（晉）郭璞撰，（清）錢熙祚輯，《百部叢書集成》景印清道光錢氏校刊《指海》本（臺北：藝文印書館，1967 年）。

14. 《爾雅圖讚》，（晉）郭璞撰，（清）馬國翰輯，景印清光緒甲申（1884）春日楚南湘遠堂刊《玉函山房輯佚書》本（臺北：文海出版社，1967 年）。

15. 《爾雅郭璞圖贊》，（晉）郭璞撰，（清）黃奭輯，景印民國十四年（1925）王鑒據懷荃室藏板修補本（日本京都：中文出版社，1986 年）。

16. 《爾雅音圖》，（晉）郭璞注，景印清光緒十年（1884）上海同文書局本（北京：中國書店，1985 年）。

17. 《集注爾雅》，（梁）沈旋撰，（清）馬國翰輯，景印清光緒甲申（1884）春日楚南湘遠堂刊《玉函山房輯佚書》本（臺北：文海出版社，1967 年）。

18. 《爾雅沈旋集注》，（梁）沈旋撰，（清）黃奭輯，景印民國十四年（1925）王鑒據懷荃室藏板修補本（日本京都：中文出版社，1986 年）。

19. 《爾雅施氏音》，（陳）施乾撰，（清）馬國翰輯，景印清光緒甲申（1884）春日楚南湘遠堂刊《玉函山房輯佚書》本（臺北：文海出版社，1967 年）。

20. 《爾雅施乾音》，（陳）施乾撰，（清）黃奭輯，景印民國十四年（1925）王鑒據懷荃室藏板

修補本（日本京都：中文出版社，1986年）。

21. 《爾雅謝氏音》，（陳）謝嶠撰，（清）馬國翰輯，景印清光緒甲申（1884）春日楚南湘遠堂刊《玉函山房輯佚書》本（臺北：文海出版社，1967年）。

22. 《爾雅謝嶠音》，（陳）謝嶠撰，（清）黃奭輯，景印民國十四年（1925）王鑒據懷荃室藏板修補本（日本京都：中文出版社，1986年）。

23. 《爾雅顧氏音》，（陳）顧野王撰，（清）馬國翰輯，景印清光緒甲申（1884）春日楚南湘遠堂刊《玉函山房輯佚書》本（臺北：文海出版社，1967年）。

24. 《爾雅顧野王音》，（陳）顧野王撰，（清）黃奭輯，景印民國十四年（1925）王鑒據懷荃室藏板修補本（日本京都：中文出版社，1986年）。

25. 《爾雅注》，（宋）鄭樵撰，《北京圖書館古籍珍本叢刊》景印元刻本（北京：書目文獻出版社，出版年不詳）。

26. 《爾雅翼》，（宋）羅願撰，石雲孫點校（合肥：黃山書社，1991年）。

27. 《爾雅補郭》，（清）翟灝撰，《續修四庫全書》景印復旦大學圖書館藏清刻本（上海：上海古籍出版社，1995年）。

28. 《爾雅補注》，（清）周春撰，《續修四庫全書》景印上海辭書出版社圖書館藏清光緒三十四年（1908）葉氏刻本（上海：上海古籍出版社，1995年）。

29. 《爾雅校議》，（清）劉玉麐撰，《續修四庫全書》景印上海辭書出版社圖書館藏民國十四年（1925）汪氏刻《食舊堂叢書》本（上海：上海古籍出版社，1995年）。

30. 《爾雅正義》，（清）邵晉涵撰，景印《皇清經解》本（臺北：藝文印書館，出版年不詳）。

31. 《爾雅古義》，（清）錢坫撰，景印《皇清經解續編》本（臺北：藝文印書館，出版年不詳）。

32. 《爾雅注疏本正誤》，（清）張宗泰撰，《續修四庫全書》景印上海辭書出版社圖書館藏清光緒刻《積學齋叢書》本（上海：上海古籍出版社，1995年）。

33. 《爾雅義疏》，（清）郝懿行撰，《爾雅廣雅方言釋名清疏四種合刊》本（上海：上海古籍出版社，1989年）。

34. 《爾雅郝注刊誤》，（清）王念孫撰，《續修四庫全書》景印上海辭書出版社圖書館藏民國十七年（1928）東方學會石印《殷禮在斯堂叢書》本（上海：上海古籍出版社，1995年）。

35. 《爾雅小箋》，（清）江藩撰，《續修四庫全書》景印上海圖書館藏清抄本（上海：上海古籍出版社，1995年）。

36. 《爾雅一切註音》，（清）嚴可均撰，《續修四庫全書》景印上海圖書館藏稿本（上海：上海古籍出版社，1995年）。

37. 《爾雅校勘記》，（清）阮元撰，景印《皇清經解》本（臺北：藝文印書館，出版年不詳）。

38. 《爾雅漢注》，（清）臧鏞堂撰，《叢書集成初編》景印《問經堂叢書》本（上海：商務印書館，1936年）。

39. 《爾雅匡名》，（清）嚴元照撰，景印《皇清經解續編》本（臺北：藝文印書館，出版年不詳）。

40. 《爾雅古注合存》，（清）董桂新撰，景印稿本，散見《爾雅詁林》各條經文之下（武漢：湖北教育出版社，1996年）。

41. 《爾雅古義》，（清）胡承珙撰，《續修四庫全書》景印上海辭書出版社藏清道光十七年（1837）求是堂刻本（上海：上海古籍出版社，1995年）。

42. 《尒疋舊注攷證》，（清）李曾白撰，（清）李滋然補考，《續修四庫全書》景印北京圖書館分館藏清光緒三十四年（1908）刻本（上海：上海古籍出版社，1995年）。

43. 《爾雅經注集證》，（清）龍啓瑞撰，景印《皇清經解續編》本（臺北：藝文印書館，出版年不詳）。

44. 《爾雅古注斠》，（清）葉蕙心撰，《續修四庫全書》景印北京圖書館藏清光緒二年（1876）李氏半畝園刻本（上海：上海古籍出版社，1995年）。

45. 《爾雅古注斠補》，（清）陶方琦撰，景印《漢學室遺書鈔》本，散見《爾雅詁林》各條經文之下（武漢：湖北教育出版社，1996年）。

46. 《讀爾雅日記》，（清）陸錦燧撰，清光緒十六年（1890）刊《學古堂日記》本。

47. 《讀爾雅日記》，（清）董瑞椿撰，《續修四庫全書》景印復旦大學圖書館藏清光緒十六年（1890）刻《學古堂日記》本（上海：上海古籍出版社，1995年）。

48. 《讀爾雅日記》，（清）王仁俊撰，清光緒十六年（1890）刊《學古堂日記》本。

49. 《讀尒疋日記》，（清）蔣元慶撰，清光緒十六年（1890）刊《學古堂日記》本。

50. 《爾雅正郭》，（清）潘衍桐撰，《續修四庫全書》景印上海辭書出版社圖書館藏清光緒十七年（1891）自刻本（上海：上海古籍出版社，1995年）。

51. 《黃侃手批爾雅正名》，（清）汪鑅撰，黃侃評（武昌：武漢大學出版社，1986年）。

52. 《爾雅郭注佚存補訂》，（清）王樹柟撰，《續修四庫全書》景印湖北省圖書館藏清光緒十八年（1892）資陽文莫室刻本（上海：上海古籍出版社，1995年）。

53. 《爾雅說詩》，（清）王樹柟撰，民國24年（1935）新城王氏刊本。

54. 《爾雅釋例》，（清）陳玉澍撰，《續修四庫全書》景印復旦大學圖書館藏民國十年（1921）鉛印本（上海：上海古籍出版社，1995年）。

55. 《雅學攷》，（清）胡元玉撰，收入《小學考》（上海：漢語大詞典出版社，1997年）。

56. 《爾雅義證》，尹桐陽撰，衡陽：衡南學社，1914年。

57. 《爾雅蟲名今釋》，劉師培撰，收入《劉申叔遺書》（南京：江蘇古籍出版社，1997年）。

58. 《爾雅鄭玄注稽存》，許森撰，景印民國二十一年（1932）石印本，散見《爾雅詁林》各條經文之下（武漢：湖北教育出版社，1996年）。

59. 《爾雅音訓》，黃侃箋識，黃焯編次（上海：上海古籍出版社，1983年）。

60. 《爾雅釋例箋識》，黃侃箋識，黃焯編次，收入《量守廬群書箋識》（武昌：武漢大學出版社，1985年）。

61. 《爾雅校箋》，周祖謨撰（南京：江蘇教育出版社，1984年）。

62. 《清代爾雅學》，盧國屏撰（政治大學中國文學研究所碩士論文，1987年）。

63. 《爾雅導讀》，顧廷龍、王世偉撰（成都：巴蜀書社，1990年）。

64. 《爾雅研究》，管錫華撰（合肥：安徽大學出版社，1996年）。

65. 《爾雅詁林》，朱祖延編（武漢：湖北教育出版社，1996年）。

66. 《爾雅詁林敘錄》，朱祖延編（武漢：湖北教育出版社，1998年）。

67. 《小爾雅義證》，（清）胡承珙撰，《小爾雅二種》景印清道光丁亥（1827）求是堂刊本（臺北：藝文印書館，1988年）。

68. 《小爾雅訓纂》，（清）宋翔鳳撰，《小爾雅二種》景印清光緒十六年（1890）十月廣雅書局

刻本（臺北：藝文印書館，1988 年）。

69. 《釋名疏證補》，（清）王先謙撰，景印上海圖書館藏清光緒二十二年（1896）本（上海：上海古籍出版社，1984 年）。

70. 《廣雅疏證》，（清）王念孫撰，《爾雅廣雅方言釋名清疏四種合刊》本（上海：上海古籍出版社，1989 年）。

71. 《埤雅》，（宋）陸佃撰，景印明刊本（臺北：臺灣商務印書館，1973 年）。

72. 《經典釋文》，（唐）陸德明撰，景印北京圖書館藏宋刻宋元遞修本（上海：上海古籍出版社，1985 年）。

73. 《經典釋文》，（唐）陸德明撰，景印《通志堂經解》本（揚州：江蘇廣陵古籍刻印社，1993 年）。

74. 《經典釋文攷證》，（清）盧文弨撰，《續修四庫全書》景印復旦大學圖書館藏清乾隆常州龍城書院刻本（上海：上海古籍出版社，1995 年）。

75. 《爾雅釋文校勘記》，（清）阮元撰，景印《皇清經解》本（臺北：藝文印書館，出版年不詳）。

76. 《經典釋文徐邈音之研究》，簡宗梧撰（政治大學中文研究所碩士論文，1970 年）。

77. 《經典釋文彙校》，黃焯撰（北京：中華書局，1980 年）。

78. 《經典釋文序錄疏證》，吳承仕撰（北京：中華書局，1984 年）。

79. 《經典釋文音系》，邵榮芬撰（臺北：學海出版社，1995 年）。

80. 《一切經音義》，（唐）玄應撰，（清）莊炘、錢坫、孫星衍校正，景印清同治八年（1869）武林張氏寶晉齋刊本（臺北：新文豐出版公司，1980 年，再版）。

81. 《正續一切經音義》，（唐）慧琳、（遼）希麟撰，景印日本獅谷白蓮社刊本（上海：上海古籍出版社，1986 年）。

82. 《匡謬正俗》，（唐）顏師古撰，景印清光緒戊子（1888）夏月上海蜚英館印《小學彙函》本（日本京都：中文出版社，1998 年）。

83. 《匡謬正俗平議》，劉曉東撰（濟南：山東大學出版社，1999 年）。

84. 《聲類》，（清）錢大昕撰，陳文和點校，收入《嘉定錢大昕全集》第一冊（南京：江蘇古籍出版社，1997 年）。

85. 《十三經音略》，（清）周春撰，景印國立中央圖書館藏清咸豐三年（1853）刻《粵雅堂叢書》本（臺北：華聯出版社，1965 年）。

86. 《經籍纂詁》，（清）阮元編（上海：上海古籍出版社，1989 年）。

87. 《經傳釋詞／補／再補》，（清）王引之撰，（清）孫經世補（臺北：漢京文化事業有限公司，1983 年）。

88. 《經籍舊音辨證》，吳承仕撰（北京：中華書局，1986 年）。

89. 《經籍舊音辨證箋識》，黃侃撰，收入《經籍舊音辨證》（北京：中華書局，1986 年）。

802.2 文字

1. 《說文解字》，（漢）許慎撰，（宋）徐鉉等校定，《景印四部善本叢刊》第一輯景印日本岩崎氏靜嘉堂藏本（臺北：臺灣商務印書館，出版年不詳）。

2. 《說文解字繫傳》，（南唐）徐鍇撰，景印清道光十九年（1839）重刊景宋鈔本（北京：中

華書局，1987年）。

3. 《說文解字注》，（清）段玉裁撰，景印經韵樓刊本（臺北：藝文印書館，1989年，六版）。

4. 《說文解字義證》，（清）桂馥撰，景印清同治三年（1864）湖北崇文書局刻本（北京：中華書局，1987年）。

5. 《說文解字校錄》，（清）鈕樹玉撰，《續修四庫全書》景印上海辭書出版社圖書館藏清光緒十一年（1885）江蘇書局刻本（上海：上海古籍出版社，1995年）。

6. 《說文辨字正俗》，（清）李富孫撰，清嘉慶二十一年（1816）（序）刊本。

7. 《說文解字群經正字》，（清）邵瑛撰，《續修四庫全書》景印華東師範大學圖書館藏民國六年（1917）邵啟賢影印清嘉慶二十一年（1816）桂隱書屋刻本（上海：上海古籍出版社，1995年）。

8. 《說文釋例》，（清）王筠撰，景印清道光二十年（1850）刻本（北京：中華書局，1987年）。

9. 《說文通訓定聲》，（清）朱駿聲撰，景印舊刊本（臺北：藝文印書館，1975年，三版）。

10. 《說文新附攷》，（清）鄭珍撰，《續修四庫全書》景印上海辭書出版社圖書館藏清光緒五年（1879）姚氏刻《咫進齋叢書》本（上海：上海古籍出版社，1995年）。

11. 《說文解字注箋》，（清）徐灝撰，《續修四庫全書》景印上海辭書出版社圖書館藏清光緒二十年（1894）徐氏刻民國四年（1915）補刻本（上海：上海古籍出版社，1995年）。

12. 《說文解字詁林正補合編》，丁福保編（臺北：鼎文書局，1994年，三版）。

13. 《說文解字引方言攷》，馬宗霍撰（北京：科學出版社，1959年）。

14. 《說文解字引經考》，馬宗霍撰（臺北：臺灣學生書局，1971年）。

15. 《說文解字約注》，張舜徽撰（臺北：木鐸出版社，1984年）。

16. 《說文段注改篆評議》，蔣冀騁撰（長沙：湖南教育出版社，1993年）。

17. 《原本玉篇殘卷》，（梁）顧野王撰（北京：中華書局，1985年）。

18. 《大廣益會玉篇》，（梁）顧野王撰，（宋）陳彭年等重修，景印張氏澤存堂本（北京：中華書局，1987年）。

19. 《梁顧野王玉篇聲類考》，翁文宏撰（臺灣師範大學國文研究所碩士論文，1970年，又收入《臺灣師範大學國文研究所集刊》第15號，頁1～112，1971年6月）。

20. 《佩觿》，（後周）郭忠恕撰，《百部叢書集成》景印清光緒蔣鳳藻校刊《鐵華館叢書》本（臺北：藝文印書館，1968年）。

21. 《類篇》，（宋）司馬光撰，景印上海圖書館藏汲古閣影宋鈔本（上海：上海古籍出版社，1988年）。

22. 《龍龕手鏡》，（遼）釋行均撰（北京：中華書局，1985年）。

23. 《篇海類編》，題（明）宋濂撰，（明）屠隆訂正，《續修四庫全書》景印北京圖書館藏明刻本（上海：上海古籍出版社，1995年）。

24. 《正字通》，（明）張自烈、（清）廖文英編，景印清康熙九年（1670）序弘文書院刊本（北京：中國工人出版社，1996年）。

25. 《字彙》，（明）梅膺祚撰，景印清康熙二十七年（1688）靈隱寺刻本（上海：上海辭書出版社，1991年）。

26. 《字彙補》，（清）吳任臣撰，景印清康熙五年（1666）刻本（上海：上海辭書出版社，1991年）。

802.3 字典

1. 《同源字典》，王力撰（北京：商務印書館，1982 年）。

802.4 音韻

1. 《漢語音韻學》，李新魁撰（北京：北京出版社，1986 年）。
2. 《漢語語音史》，王力撰，收入《王力文集》第十卷（濟南：山東教育出版社，1987 年）。
3. 《聲韻學》，竺家寧撰（臺北：五南圖書出版公司，1992 年，二版）。
4. 《音韻學講義》，曾運乾撰（北京：中華書局，1996 年）。
5. 《漢語歷史音韻學》，潘悟雲撰（上海：上海教育出版社，2000 年）。
6. 《上古音》，何九盈撰（北京：商務印書館，1991 年）。
7. 《清代上古聲紐研究史論》，李葆嘉撰（臺北：五南圖書出版公司，1996 年）。
8. 《古音研究》，陳新雄撰（臺北：五南圖書出版公司，1999 年）。
9. 《漢魏晉南北朝韻部演變研究》（第一分冊），羅常培、周祖謨撰（北京：科學出版社，1958 年）。
10. 《魏晉音韻研究》，丁邦新撰（臺北：中央研究院歷史語言研究所，1975 年）。
11. 《魏晉南北朝韻部之演變》，周祖謨撰（臺北：東大圖書公司，1996 年）。
12. 《徐邈音切研究》，蔣希文撰（貴陽：貴州教育出版社，1999 年）。
13. 《中古音》，李新魁撰（北京：商務印書館，1991 年）。
14. 《新校正切宋本廣韻》，（宋）陳彭年等重修，林尹校訂，景印張士俊澤存堂本（臺北：黎明文化事業公司，1989 年，十一版）。
15. 《宋刻集韻》＊，（宋）丁度等編，景印北京圖書館藏宋刻本（北京：中華書局，1989 年）。
16. 《集韻》，（宋）丁度等編，景印上海圖書館藏述古堂影宋鈔本（上海：上海古籍出版社，1985 年）。
17. 《宋本韻補》，（宋）吳棫撰，景印遼寧省圖書館藏宋刻本（北京：中華書局，1987 年）。
18. 《古今韻會舉要》，（元）黃公紹、熊忠撰，景印明嘉靖十五年（1536）秦鉞、李舜臣刻十七年（1538）劉儲秀重修本（北京：中華書局，2000 年）。
19. 《洪武正韻》，（明）樂韶鳳、宋濂等撰，《四庫全書存目叢書》景印浙江圖書館藏明崇禎四年（1631）刻本（臺南：莊嚴文化事業公司，1997 年）。
20. 《韻鏡校注》，龍宇純撰（臺北：藝文印書館，1989 年，八版）。

802.5 方言

1. 《方言箋疏》，（清）錢繹撰，《爾雅廣雅方言釋名清疏四種合刊》本（上海：上海古籍出版社，1989 年）。
2. 《方言郭璞音之研究》，宋麗瓊撰（輔仁大學中國文學研究所碩士論文，1981 年）。
3. 《新方言》，章炳麟撰，《續修四庫全書》景印上海辭書出版社圖書館藏民國浙江圖書館刻《章氏叢書》本（上海：上海古籍出版社，1995 年）。

802.8 讀本

1. 《急就篇》，（漢）史游撰，（唐）顏師古注，《四部叢刊廣編》景印海鹽張氏涉園藏明鈔本（臺北：臺灣商務印書館，1981 年）。

830 總集

1. 《文選》，（梁）蕭統撰，（唐）李善注，景印清嘉慶十四年（1809）鄱陽胡氏重刻宋淳熙本（臺北：藝文印書館，1989 年，十一版）。
2. 《文選考異》，（清）胡克家撰，景印清嘉慶十四年（1809）鄱陽胡氏刻本，收入《文選》（臺北：藝文印書館，1989 年，十一版）。
3. 《漢魏六朝一百三家集》，（明）張溥編，景印舊刊本（臺北：正光書局，1969 年）。
4. 《全上古三代秦漢三國六朝文》，（清）嚴可均輯（北京：中華書局，1958 年）。
5. 《楚辭補注》，（宋）洪興祖撰（臺北：長安出版社，1989 年，三版）。
6. 《楚辭通釋》，（明）王夫之撰，船山全書編輯委員會編校，收入《船山全書》第十四冊（長沙：嶽麓書社，1996 年）。

850 特種文藝

1. 《山海經》，（晉）郭璞傳，景印明《正統道藏》本（臺北：新文豐出版公司，1985 年，再版）。
2. 《山海經圖讚》，（晉）郭璞撰，（明）沈士龍、胡震亨同校，《百部叢書集成》景印明萬曆胡震亨等校刊《秘冊彙函》本（臺北：藝文印書館，1966 年）。
3. 《山海經圖贊》，（晉）郭璞撰，（清）嚴可均輯，《全上古三代秦漢三國六朝文》本（北京：中華書局，1958 年）。
4. 《山海經圖贊》，（晉）郭璞撰，（清）嚴可均輯，景印清光緒乙未（1895）春二月長沙葉德輝刊《觀古堂彙刻書》本（臺北：文海出版社，1971 年）。
5. 《山海經箋疏》，（清）郝懿行撰，景印清嘉慶十四年（1809）阮氏琅嬛僊館刊本（臺北：漢京文化事業公司，1983 年）。
6. 《山海經校注》，袁珂注（臺北：里仁書局，1982 年）。
7. 《世說新語箋疏》，余嘉錫撰（臺北：華正書局，1989 年）。
8. 《搜神記》，（晉）干寶撰，汪紹楹校注（臺北：里仁書局，1982 年）。

9 美術類

940 書畫

1. 《歷代名畫記》，（唐）張彥遠撰，景印明毛晉汲古閣刊《津逮秘書》本（日本京都：中文出版社，1980 年）。

II 論文

1. 〈上古音"曉匣"歸"見溪群"說〉，李新魁撰，《李新魁語言學論集》，北京：中華書局，1994 年，頁 1～19。
2. 〈審母古音考〉，周祖謨撰，《問學集》，北京：中華書局，1966 年，頁 120～138。

3. 〈萬象名義中之原本玉篇音系〉，周祖謨撰，《問學集》，北京：中華書局，1966 年，頁 270
～404。

4. 〈郭璞爾雅注與爾雅音義〉，周祖謨撰，《問學集》，北京：中華書局，1966 年，頁 683～686。

5. 〈魏晉音與齊梁音〉，周祖謨撰，《周祖謨學術論著自選集》，北京：北京師範學院出版社，
1993 年，頁 161～189。

6. 〈古樂器小記〉，唐蘭撰，《唐蘭先生金文論集》，北京：紫禁城出版社，1995 年，頁 346～
375。

7. 〈古音娘日二紐歸泥說〉，章太炎撰，《國故論衡》，臺北：廣文書局，1977 年，五版，頁
29～32。

8. 〈《爾雅音圖》音注所反映的宋初零聲母——兼論中古影、云、以母的音值〉，馮蒸撰，《漢
字文化》1991 年第 1 期，1991 年 3 月，頁 29～36。

9. 〈《爾雅音圖》音注所反映的宋代濁音清化〉，馮蒸撰，《語文研究》1991 年第 2 期，1991
年 5 月，頁 21～29。

10. 〈《爾雅音圖》音注所反映的宋代 k-／x-相混〉，馮蒸撰，《語言研究》1991 年增刊，1991
年，頁 73 轉 107。

11. 〈《爾雅音圖》音注所反映的宋初四項韵母音變〉，馮蒸撰，《宋元明漢語研究》，程湘清主
編，濟南：山東教育出版社，1992 年，頁 510～578。

12. 〈《爾雅音圖》音注所反映的宋初濁上變去〉，馮蒸撰，《大陸雜誌》第 87 卷第 2 期，1993
年 8 月，頁 21～25。

13. 〈爾雅略說〉，黃侃撰，《黃侃論學雜著》，臺北：漢京文化事業公司，1984 年，頁 361～401。

14. 〈關於《經典釋文》〉，黃焯撰，《訓詁研究》第一輯，陸宗達編，北京：北京師範大學出版
社，1981 年，頁 218～228。

15. 〈經典釋文和原本玉篇反切中的匣于兩紐〉，羅常培撰，《中央研究院歷史語言研究所集刊》
第八本第一分，1939 年，頁 85～90。

附錄一　本書所輯各家音切與《經典釋文》、《廣韻》音切對照表

本表詳列本書所輯各書音切之比較。同列表示同音。

《廣韻》一字數音，一般均予照錄。但某音切既與古注音讀差異甚大，其釋義也與該字所在的《爾雅》義訓無關者，則不收錄。

編號	篇目	訓字	經典釋文			郭璞			沈旋			施乾			謝嶠			顧野王			廣韻			
			音	聲	韻	音	聲	韻	音	聲	韻	音	聲	韻	音	聲	韻	音	聲	韻	音	聲	韻	釋義
1-3	詁	莉				陟孝	知	效													陟孝	知	效	
																		都角	端	覺	竹角	知	覺	說文云草大也
																					都導	端	号	大也
1-3	詁	阪				方滿	非	緩													博管	幫	緩	均大也
						蒲板	並	濟													扶板	奉	濟	大也
												蒲滿	並	緩										
																		板	幫	濟	布綰	幫	濟	大也
																		普姦	滂	刪				
																		普練	滂	霰				
1-3	詁	旺	之日	照	質																之日	照	質	大也
												充尸	穿	脂										
1-5	詁	虥				屈	見	怪													古拜	見	怪	爾雅云至也，亦云古屆字
																		子公	精	東	子紅	精	東	說文云船著沙不行也
																					口箇	溪	箇	船著沙不行也
1-8	詁	綝	勑金	徹	侵	勑淫	徹	侵													丑林	徹	侵	繍也

編號	篇目	訓字	經典釋文			郭璞			沈旋			施乾			謝嶠			顧野王			廣韻			
			音	聲	韻	音	聲	韻	音	聲	韻	音	聲	韻	音	聲	韻	音	聲	韻	音	聲	韻	釋義
1-13	詁	戞	居黠	見	黠																古黠	見	黠	揩也，常也，禮也，說文戞也
						苦八	溪	黠																
1-20	詁	媲	普計	滂	霽																匹詣	滂	霽	配也
						譬	滂	寘																
1-22	詁	顐	魚毀	疑	紙																魚毀	疑	紙	閑習容止
						五果	疑	果																
									五罪	疑	賄										五罪	疑	賄	頭也，一曰閑習
1-23	詁	湮				因	影	眞													於眞	影	眞	落也，沈也
						烟	影	先													烏前	影	先	爾雅云落也
						翳	影	霽																
1-24	詁	誶				碎	心	隊													蘇內	心	隊	告也
									粹	心	至										雖遂	心	至	言也
																					慈卹	從	術	讓也
1-25	詁	逷	他歷	透	錫																他歷	透	錫	遠也，古文
						湯革	透	麥																
1-26	詁	麾	祛危	溪	支	祛危	溪	支													去爲	溪	支	缺也
						許宜	曉	支																
1-28	詁	宋				七代	清	代																
																					倉宰	清	海	寮宋官也
1-31	詁	喬	驕	見	宵																			
									橋	群	宵										巨嬌	群	宵	高也，說文曰高而曲也
1-36	詁	餤				羽鹽	爲	鹽																
												大甘	定	談							徒甘	定	談	進也
																					徒濫	定	闞	
1-39	詁	劼	苦點	溪	點	苦八	溪	點													恪八	溪	點	用力，又固也，愼也，勤也
1-39	詁	掔	牽	溪	先																苦堅	溪	先	固也，厚也，持也
			卻閑	溪	山	慳	溪	山													苦閑	溪	山	爾雅云固也，莊子注牢也
1-46	詁	揫				遒	精	尤													即由	精	尤	束也，聚也
1-46	詁	蒐	所求	疏	尤																所鳩	疏	尤	茅蒐草，又春獵曰蒐

編號	篇目	訓字	經典釋文			郭璞			沈旋			施乾			謝嶠			顧野王			廣韻			
			音	聲	韻	音	聲	韻	音	聲	韻	音	聲	韻	音	聲	韻	音	聲	韻	音	聲	韻	釋義
												所救	疏	宥										
1-48	詁	壑	許各	曉	鐸																呵各	曉	鐸	溝也,谷也,坑也,虛也
						胡郭	匣	鐸																
1-49	詁	觀										古喚	見	換							古玩	見	換	樓觀,釋名曰觀者於上觀望也,說文曰諦視也,爾雅曰觀謂之闕
															官	見	桓	官	見	桓	古丸	見	桓	視也
1-54	詁	勩	與世	喻	祭																餘制	喻	祭	勞也
						謚	神	至													羊至	喻	至	勞也
1-56	詁	禔	斯	心	支																息移	心	支	福也
						常支	禪	支																
						巨移	群	支																
1-58	詁	熯	而菁	日	獮																人善	日	獮	乾兒
						罕	曉	旱													呼旱	曉	旱	火乾也
						𦵸	曉	翰													呼旰	曉	翰	火乾
1-61	詁	噊				聿	喻	術													餘律	喻	術	鳥鳴
												述	神	術							食聿	神	術	爾雅曰危也
1-61	詁	幾	祈	群	微																渠希	群	微	危也,說文曰訖事之樂也
			沂	疑	微																			
						剴	見	咍													公哀	見	咍	
1-61	詁	汽	古愛	見	代																			
												既	見	未									
1-62	詁	治										直吏	澄	志							直吏	澄	志	理也
																					直之	澄	之	水名,出東萊,亦理也
																					直利	澄	至	理也
1-64	詁	謨	亡胡	微	模																莫胡	明	模	謀也
						慕	明	暮																
1-65	詁	行	下庚	匣	庚																戶庚	匣	庚	行步也,適也,往也,去也
						下孟	匣	映													下更	匣	映	景迹,又事也,言也
																					胡郎	匣	唐	伍也,列也

編號	篇目	訓字	經典釋文			郭璞			沈旋			施乾			謝嶠			顧野王			廣韻			
			音	聲	韻	音	聲	韻	音	聲	韻	音	聲	韻	音	聲	韻	音	聲	韻	音	聲	韻	釋義
																					下浪	匣	宕	次第
1-67	詁	相							息亮	心	漾										息亮	心	漾	視也，助也，扶也
									息良	心	陽										息良	心	陽	共供也，瞻視也
1-70	詁	瘵	猗例	影	祭																於罽	影	祭	瘵理也
						翳	影	霽																
1-71	詁	妥				他回	透	灰																
						他罪	透	賄																
																					他果	透	果	安也
1-71	詁	尼							女乙	娘	質													
												羊而	喻	之									
																					女夷	娘	脂	和也
1-75	詁	梏	古沃	見	沃																古沃	見	沃	手械，紂所作也
						角	見	覺													古岳	見	覺	直也
1-79	詁	弛										尸紙	審	紙							施是	審	紙	釋也，說文云弓解也
		施													以豉	喻	寘	以豉	喻	寘	以豉	喻	寘	
																					施智	審	寘	易日雲行雨施
																					式支	審	支	施設
1-79	詁	易										亦	喻	昔							羊益	喻	昔	變易，又始也，改也，奪也，轉也
															以豉	喻	寘	以豉	喻	寘	以豉	喻	寘	難易也，簡易也
1-82	詁	樂				洛	來	鐸													盧各	來	鐸	喜樂
						力角	來	覺																
																					五教	疑	效	好也
																					五角	疑	覺	音樂
1-82	詁	覼				亡革	微	麥																
						莫經	明	青													莫經	明	青	小見也，又爾雅曰覼婁莆離也
																					莫狄	明	錫	小兒
1-83	詁	謟				綯	透	豪													土刀	透	豪	疑也
						他刀	透	豪																
		謟							勑檢	徹	琰										丑琰	徹	琰	謟諛
1-85	詁	俌	輔	奉	麌																			
						方輔	非	麌													方矩	非	麌	俌輔也

編號	篇目	訓字	經典釋文			郭璞			沈旋			施乾			謝嶠			顧野王			廣韻			
			音	聲	韻	音	聲	韻	音	聲	韻	音	聲	韻	音	聲	韻	音	聲	韻	音	聲	韻	釋　義
																					芳武	敷	麌	輔也
1-89	詁	皆	子爾	精	紙																將此	精	紙	口毀,說文苟也
			子移	精	支																			
						些	心	霽																
						些	心	箇																
1-91	詁	串				五患	疑	諫																
									古患	見	諫				古患	見	諫				古患	見	諫	穿也,習也
1-97	詁	開	古莧	見	襉																古莧	見	襉	廁也,瘳也,代也,送也,迭也,隔也
						古鴈	見	諫													澗	見	諫	
												胡瞎	匣	鎋										
															古閑	見	山				古閑	見	山	隙也,近也,又中閒
																					閑	匣	山	
1-101	詁	廞				歆	曉	侵													許金	曉	侵	爾雅曰興也,亦陳車服也,小廞巇山臉皃
						欽	溪	侵																
																					許錦	曉	寢	大喪囊也
1-104	詁	欯	苦怪	溪	怪																苦怪	溪	怪	太息
			墟季	溪	至																			
						苦槩	溪	代																
1-104	詁	齂				海拜	曉	怪				海拜	曉	怪	海拜	曉	怪				許介	曉	怪	鼻息
																		呼被	曉	紙				
																					盧器	曉	至	鼻息也
																					莫八	明	黠	氣息
1-104	詁	呬				許四	曉	至				火季	曉	至							盧器	曉	至	息也
																					丑致	徹	至	蔭知也
1-107	詁	妯				盧篤	來	沃																
						徒歷	定	錫																
																		勑留	徹	尤	丑鳩	徹	尤	妯動也,悼也
																					直六	澄	屋	妯娌
1-109	詁	契				苦計	溪	霽													苦計	溪	霽	契約
															苦結	溪	屑				苦結	溪	屑	契闊

編號	篇目	訓字	經典釋文			郭璞			沈旋			施乾			謝嶠			顧野王			廣韻			
			音	聲	韻	音	聲	韻	音	聲	韻	音	聲	韻	音	聲	韻	音	聲	韻	音	聲	韻	釋義
1-115	詁	算	素緩	心	緩																蘇管	心	緩	物之數也
						息轉	心	獮																
1-115	詁	數	色具	疏	遇																色句	疏	遇	籌數
															色主	疏	麌				所矩	疏	麌	說文計也
																					所角	疏	覺	頻數
1-118	詁	淈				古沒	見	沒													古忽	見	沒	說文濁也，一曰潯泥，又水出皃
						胡忽	匣	沒													下沒	匣	沒	淈泥
1-118	詁	治	直吏	澄	志																直吏	澄	志	理也
															如字	澄	之				直之	澄	之	水名，出東萊，亦理也
																					直利	澄	至	理也
1-120	詁	汰				姑犬	見	銑													姑泫	見	銑	爾雅云墜也
		汰							胡犬	匣	銑													
																		徒蓋	定	泰	徒蓋	定	泰	濤汰，說文曰淅灡也
																					他達	透	曷	汰過
1-129	詁	傛							息羊	心	陽													
																					汝陽	日	陽	爾雅曰因也
1-141	詁	賡	古孟	見	映																			
									庚	見	庚										古行	見	庚	續也，經也，償也
1-142	詁	祔	附	奉	遇																符遇	奉	遇	祭名，亦合葬也
						付	非	遇																
1-143	詁	尼	女乙	娘	質																			
															羊而	喻	之							
																		奴啓	泥	薺				
																					女夷	娘	脂	和也
1-144	詁	妥				他回	透	灰																
									他果	透	果										他果	透	果	安也
1-145	詁	貉	亡白	微	陌																莫白	明	陌	北方獸
												胡各	匣	鐸							下各	匣	鐸	說文曰似狐善睡獸也
1-149	詁	酋	在由	從	尤	遒	從	尤														自秋	從	尤	
			子由	精	尤																			

編號	篇目	訓字	經典釋文			郭璞			沈旋			施乾			謝嶠			顧野王			廣韻			
			音	聲	韻	音	聲	韻	音	聲	韻	音	聲	韻	音	聲	韻	音	聲	韻	音	聲	韻	釋義
2-5	言	徇				巡	邪	諄																
																		辭閏	邪	稕	自徇名行
									詢	心	諄													
									進	精	震													
2-11	言	底	之視	照	旨	恉	照	旨													職雉	照	旨	平也，致也，說文云柔石也
2-17	言	觀										館	見	換							古玩	見	換	樓觀，釋名曰觀者於上觀望也，說文曰諦視也，爾雅曰觀謂之闕
																		官	見	桓	古丸	見	桓	視也
2-19	言	憮				火孤	曉	模													荒烏	曉	模	大也
		憮							亡甫	微	麌										文甫	微	麌	憮然失意兒，說文愛也，一曰不動也
																					武夫	微	虞	空也
2-30	言	荐	徂薦	從	霰																在甸	從	霰	重也，仍也，再也
			但遜	從	慁																			
						徂很	從	很																
2-31	言	敉	亡婢	微	紙																綿婢	明	紙	撫也，愛也，安也
						敷靡	敷	紙																
2-32	言	臞	求俱	群	虞	衢	群	虞													其俱	群	虞	瘠也
																					其遇	群	遇	瘦
		脙	求	群	尤	求	群	尤													巨鳩	群	尤	瘠也
																					許尤	曉	尤	瘠也
2-46	言	佻	他堯	透	蕭																吐彫	透	蕭	輕佻，爾雅曰佻偷也
						唐了	定	篠																
																					徒聊	定	蕭	獨行兒
2-49	言	啜	常悅	禪	薛																姝雪	禪	薛	說文曰嘗也，爾雅曰茹也
																					嘗芮	禪	祭	嘗也
						銳	喻	祭																
												丑衛	徹	祭									
												尺銳	穿	祭									
																		豬芮	知	祭	陟衛	知	祭	嘗也

編號	篇目	訓字	經典釋文			郭璞			沈旋			施乾			謝嶠			顧野王			廣韻			
			音	聲	韻	音	聲	韻	音	聲	韻	音	聲	韻	音	聲	韻	音	聲	韻	音	聲	韻	釋義
																					昌悅	穿	薛	茹也
																					陟劣	知	薛	言多不正
2-54	言	圉	魚呂	疑	語	語	疑	語													魚巨	疑	語	養馬
2-63	言	諈				置睡	知	寘													竹恚	知	寘	諈諉累也
															之睡	照	寘							
2-63	言	諉				女睡	娘	寘													女恚	娘	寘	諈諉累也
															殘	影	寘							
																		汝恚	日	寘				
2-65	言	庥	虛求	曉	尤	許州	曉	尤													許尤	曉	尤	爾雅曰庇庥廕也，郭璞曰今俗呼樹蔭爲庥
2-76	言	浹	子協	精	怗																子協	精	怗	洽也，通也，徹也
						接	精	葉																
2-79	言	琛	勑金	徹	侵																丑林	徹	侵	琛寶也
						舒金	審	侵																
2-82	言	俾	必爾	幫	紙																并弭	幫	紙	使也，從也，職也
									方寐	非	至													
2-83	言	紕	婢寐	並	至																			
						方寐	非	至																
															房彌	奉	支				符支	奉	支	飾緣邊也
																					匹夷	滂	脂	繒欲壞也
																					昌里	穿	止	績苧一紕
2-100	言	氂	力知	來	支																			
			力才	來	咍																			
						貍	來	之													里之	來	之	十豪
2-101	言	烘				巨凶	群	鍾																
									火公	曉	東							火公	曉	東	呼東	曉	東	火皃
																					戶公	匣	東	字林云燎也
																					胡貢	匣	送	火皃
																					呼貢	曉	送	火乾也
2-101	言	烓				恚	影	寘																
																		口井	溪	靜				
																					口迥	溪	迥	行竈

編號	篇目	訓字	經典釋文			郭璞			沈旋			施乾			謝嶠			顧野王			廣韻			釋　義
			音	聲	韻	音	聲	韻	音	聲	韻	音	聲	韻	音	聲	韻	音	聲	韻	音	聲	韻	
																		烏攜	影	齊	烏攜	影	齊	說文曰行竈也，爾雅曰煁烓，郭璞云今之三隅竈
2-109	言	瞀							在魯	從	姥													
									子朗	精	蕩													
2-111	言	舫										甫訪	非	漾							甫妄	非	漾	並兩船
															方	非	陽							
																					補曠	幫	宕	舫人習水者也
2-111	言	泭				孚	敷	虞														芳無	敷	虞	小木栰也，說文云編木以渡也
									附	奉	遇													
																					防無	奉	虞	水上泭漚，說文曰編木以渡也，本音孚
2-112	言	洵				巡	邪	諄														詳遵	邪	諄	均也，龜也
															荀	心	諄				相倫	心	諄	水名，在晉陽
2-113	言	遝				徒荅	定	合														徒合	定	合	洽遝
2-119	言	傃	屑	心	屑																	先結	心	屑	動草聲，又云鷙鳥之聲，又傃傃呻吟也
						契	溪	屑																
												私秩	心	質							息七	心	質	傃偋動也
2-140	言	稹				眞	莊	眞														側鄰	莊	眞	說文云穜穊也
						振	照	震																
															之忍	照	軫				章忍	照	軫	緻也，又聚物
2-150	言	餐										七丹	清	寒							七安	清	寒	說文吞也
		飧													素昆	心	魂				思渾	心	魂	說文餔也
2-160	言	跋	蒲末	並	末																蒲撥	並	末	跋躠行皃，又躐也
						貝	幫	泰																
						補葛	幫	曷																
2-160	言	跲				其業	群	業														巨業	群	業	躓也
						居業	見	業														居怯	見	業	躓也
						甲	見	狎																
																					古洽	見	洽	躓礙
2-162	言	抍										如升	日	蒸										

編號	篇目	訓字	經典釋文			郭璞			沈旋			施乾			謝嶠			顧野王			廣韻			
			音	聲	韻	音	聲	韻	音	聲	韻	音	聲	韻	音	聲	韻	音	聲	韻	音	聲	韻	釋義
																		如勇	日	腫	而隴	日	腫	拒也
																					穠用	娘	用	推也
2-167	言	柢													帝	端	霽				都計	端	霽	木根柢也
																					都奚	端	齊	木根也
																					都禮	端	薺	本也，根也
2-168	言	窱				徒了	定	篠													徒了	定	篠	美色曰窱，詩注云窈窱幽閑也
2-171	言	檢				居儉	見	琰													居奄	見	琰	書檢印窠封題也，又檢校
2-174	言	獙	婢世	並	祭																毗祭	並	祭	困也，惡也，說文曰頓仆也
			婢設	並	薛																			
						步計	並	霽																
2-177	言	谼	洪	匣	東													洪	匣	東	戶公	匣	東	潰也
2-179	言	䫻	女乙	娘	質																尼質	娘	質	膠黏
						馹	日	質																
2-183	言	闍	丁胡	端	模	都	端	模													當孤	端	模	闍闈，城上重門
																					視遮	禪	麻	闍闈，城上重門也
2-210	言	恫	通	透	東	通	透	東													他紅	透	東	痛也
						嗊	定	東																
																					徒弄	定	送	惚恫不得志
2-216	言	燬	毀	曉	紙																許委	曉	紙	火盛
						貨	曉	過																
2-230	言	迭	待結	定	屑	徒結	定	屑													徒結	定	屑	遞也，更也，道也
			絰	定	屑																			
2-244	言	饘	之然	照	仙	之然	照	仙													諸延	照	仙	厚粥也
																					旨善	照	獮	饘粥
2-245	言	跪	求委	群	紙																渠委	群	紙	跟跪
						巨几	群	旨																
																					去委	溪	紙	拜也
2-250	言	姡	戶刮	匣	鎋	戶刮	匣	鎋													下刮	匣	鎋	面醜
			戶括	匣	末																戶括	匣	末	姡靦也
																					刮	見	鎋	

編號	篇目	訓字	經典釋文			郭璞			沈旋			施乾			謝嶠			顧野王			廣韻			
			音	聲	韻	音	聲	韻	音	聲	韻	音	聲	韻	音	聲	韻	音	聲	韻	音	聲	韻	釋義
2-255	言	搴	九輦	見	獮	九輦	見	獮													九輦	見	獮	取也
						騫	溪	仙																
2-262	言	般				班	幫	刪													布還	幫	刪	還師，亦作班師
						蒲安	並	寒																
																				薄官	並	桓	樂也
																				北潘	幫	桓	般運
																				博干	幫	寒	
2-267	言	㳞	仕其	牀	之																俟甾	牀	之	涎沫也，又順流也
			呂其	來	之																			
						飴	審	之																
						丑之	徹	之																
3-2	訓	收							條	定	蕭													
																				以周	喻	尤	所也
3-10	訓	業	魚法	疑	乏																			
						五苔	疑	合																
																				魚怯	疑	業	事也，大也，敘也，次也，始也，敬也，嚴也
3-20	訓	佗	徒河	定	歌																徒河	定	歌	委委佗佗，美也
												羊兒	喻	支									
																				託何	透	歌	非我也
3-21	訓	恈				徒啓	定	薺										渠支	群	支	巨支	群	支	爾雅云恈恈惕惕愛也
																				是支	禪	支	愛也
3-23	訓	蓁				側巾	莊	眞																
						子人	精	眞																
																				側詵	莊	臻	草盛皃
3-27	訓	萌				武耕	微	耕													莫耕	明	耕	萌牙
									亡朋	微	登												
3-29	訓	慅				騷	心	豪													蘇遭	心	豪	恐懼
						草	從	皓																
																				采老	清	皓	憂心

編號	篇目	訓字	經典釋文音	聲	韻	郭璞音	聲	韻	沈旋音	聲	韻	施乾音	聲	韻	謝嶠音	聲	韻	顧野王音	聲	韻	廣韻音	聲	韻	釋義
						蕭	心	蕭																
3-30	訓	赫				釋	審	昔																
															許格	曉	陌				呼格	曉	陌	赤也，發也，明也，亦盛兒
3-34	訓	旭				呼老	曉	皓																
															許玉	曉	燭				許玉	曉	燭	說文曰日且出兒，一曰明也
3-34	訓	蹻	巨虐	群	藥																其虐	群	藥	舉足高
						居夭	見	小													居夭	見	小	驕也
																					巨嬌	群	宵	驕也，慢也
																					去遙	溪	宵	舉足高
																					居勺	見	藥	走蹻蹻兒
3-35	訓	夢	亡工	微	東																莫中	明	東	說文曰不明也
			亡棟	微	送																莫鳳	明	送	寐中神游
									亡增	微	登	亡增	微	登										
									亡增	微	嶝	亡增	微	嶝										
3-35	訓	訰	之閏	照	稕																之閏	照	稕	訰訰亂也
			之屯	照	諄																章倫	照	諄	亂言之兒
						紃	神	諄																
						紃	邪	諄																
3-37	訓	洄							回	匣	灰										戶恢	匣	灰	逆流
		襪				韋	為	微													雨非	為	微	重衣
3-39	訓	燂				徒多	定	多													徒多	定	多	旱熱
						直忠	澄	東													直弓	澄	東	爾雅云燂燂炎炎熏也
3-42	訓	佌				徒	心	紙																
															紫	精	紙							
																		此	清	紙	雌氏	清	紙	小舞兒
3-44	訓	痯				古卵	見	緩													古滿	見	緩	病也
						古玩	見	換													古玩	見	換	病也
3-45	訓	慱	徒端	定	桓																度官	定	桓	詩云勞心慱慱
						祖兗	從	獮																
						祖公	從	仙																

編號	篇目	訓字	經典釋文 音	聲	韻	郭璞 音	聲	韻	沈旋 音	聲	韻	施乾 音	聲	韻	謝嶠 音	聲	韻	顧野王 音	聲	韻	廣韻 音	聲	韻	釋義
		博										逋	莫	幫	鐸									
3-46	訓	昀	羊倫	喻	諄																羊倫	喻	諄	詩曰昀昀原隰
						巡	邪	諄													詳遵	邪	諄	墾田
									居賓	見	眞													
															蘇旬	心	諄				相倫	心	諄	爾雅曰昀昀田也，謂墾辟也
3-50	訓	穟				遂	邪	至													徐醉	邪	至	禾秀
3-52	訓	挃				丁秩	端	質													陟栗	知	質	撞挃
3-54	訓	潃				蘇刀	心	豪													蘇遭	心	豪	淅米
															所留	疏	尤							
															所留	疏	宥							
3-55	訓	烰				浮	奉	尤													縛謀	奉	尤	火氣，爾雅曰烰烰烝也
						符彪	奉	幽																
3-61	訓	卬	五剛	疑	唐																五剛	疑	唐	高也，我也
						魚殃	疑	陽													魚兩	疑	養	望也，欲有所度
3-65	訓	尼	女乙	娘	質																			
															羊而	喻	之							
															奴啓	泥	薺							
																					女夷	娘	脂	和也
3-66	訓	思	息嗣	心	志																相吏	心	志	念也
						如字	心	之													息茲	心	之	思念也
3-67	訓	儵				徒的	定	錫																
															舒育	審	屋				式竹	審	屋	青黑繒
3-69	訓	玹	胡犬	匣	銑																胡畎	匣	銑	玉兒
			古犬	見	銑																			
						戶茗	匣	迥																
3-72	訓	謞	火角	曉	覺																許角	曉	覺	譙謞
						虛各	曉	鐸													呵各	曉	鐸	譙謞
3-72	訓	慝													切得	清	德							
																					他德	透	德	惡也
		匿				女陟	娘	職	女陟	娘	職	女陟	娘	職				女陟	娘	職	女力	娘	職	藏也，微也，亡也，隱也，陰姦也

編號	篇目	訓字	經典釋文音	聲	韻	郭璞音	聲	韻	沈旋音	聲	韻	施乾音	聲	韻	謝嶠音	聲	韻	顧野王音	聲	韻	廣韻音	聲	韻	釋義
3-80	訓	薆										袁	爲	元										
															許袁	曉	元							
3-86	訓	僩	下板	匣	潸																下赧	匣	潸	武猛皃，一日寬大
									簡	見	產										古限	見	產	武猛皃
3-86	訓	恂	荀	心	諄																相倫	心	諄	信也
									峻	心	稕													
															私尹	心	準							
3-87	訓	扞				古案	見	翰																
																					侯旰	匣	翰	以手扞，又衛也
3-99	訓	搏	逋莫	幫	鐸																補各	幫	鐸	手擊
																					匹各	滂	鐸	擊也
									付	非	遇										方遇	非	遇	擊也
3-108	訓	殿	丁練	端	霰																都甸	端	霰	軍在前曰啓後曰殿
																					堂練	定	霰	宮殿
									丁念	端	㮇													
3-108	訓	屎	虛伊	曉	脂	香惟	曉	脂													喜夷	曉	脂	呻吟聲
									許利	曉	至													
5-2	宮	辰	於宜	影	支																			
						依	影	微																
									意尾	影	尾										於豈	影	尾	戶牖間也
5-3	宮	窔	烏叫	影	嘯	烏叫	影	嘯													烏叫	影	嘯	隱暗處，亦作窔，東南隅謂之窔，俗作突
									杳	影	篠													
5-4	宮	柣				千結	清	屑													千結	清	屑	爾雅曰柣謂之閾
																		丈乙	澄	質	直一	澄	質	門限
5-4	宮	桹	烏回	影	灰	烏回	影	灰													烏恢	影	灰	戶樞
						吾回	疑	灰																
									一罪	影	賄													
5-6	宮	柧	烏	影	模	烏	影	模													哀都	影	模	泥鏝
						胡	匣	模																
5-6	宮	黝	於糾	影	黝																於糾	影	黝	黑也
						殃柳	影	有													於九	影	有	

編號	篇目	訓字	經典釋文			郭璞			沈旋			施乾			謝嶠			顧野王			廣韻			
			音	聲	韻	音	聲	韻	音	聲	韻	音	聲	韻	音	聲	韻	音	聲	韻	音	聲	韻	釋義
																					於脂	影	脂	縣名屬歙州
5-7	宮	檥	特	定	德	徒得	定	德													徒得	定	德	杙也
			之力	照	職																之翼	照	職	檥杙
5-7	宮	杙	羊式	喻	職																與職	喻	職	果名，如梨，亦櫟也
			羊特	喻	德	羊北	喻	德																
5-7	宮	栱	九勇	見	腫	九勇	見	腫													居悚	見	腫	爾雅云杙大者謂之栱
						邛	群	鍾																
5-11	宮	桴				浮	奉	尤													縛謀	奉	尤	齊人云屋棟曰桴也
						孚	敷	虞													芳無	敷	虞	屋棟
5-11	宮	橑				力道	來	皓													盧皓	來	皓	屋橑，籫前木
																					落蕭	來	蕭	蓋骨，亦橑也
5-11	宮	樀	丁狄	端	錫	丁狄	端	錫													都歷	端	錫	屋梠
						他亦	透	昔																
																					徒歷	定	錫	屋梠
5-23	宮	壼	苦本	溪	混																苦本	溪	混	居也，廣也，又宮中道
						丘屯	溪	魂																
5-25	宮	歧				如字	群	支													巨支	群	支	歧路
5-27	宮	杠	江	見	江	江	見	江													古雙	見	江	旂旗飾，一曰牀前橫
5-27	宮	碕				居義	見	寘													居義	見	寘	石杠，聚石以爲步渡
																		丘奇	溪	支				
																					渠綺	群	紙	立也
5-27	宮	彴	斫	照	藥																之若	照	藥	橫木渡水
									徒的	定	錫													
6-2	器	康				如字	溪	唐													苦岡	溪	唐	和也，樂也
6-3	器	斸				巨俱	群	虞													其俱	群	虞	鉏屬
															古侯	見	侯							
															鳩于	見	虞							
6-3	器	斛				七遙	清	宵																
																					吐彫	透	蕭	斗旁耳，又爾雅云斛謂之疀，古田器也，郭音鍬

編號	篇目	訓字	經典釋文			郭璞			沈旋			施乾			謝嶠			顧野王			廣韻			
			音	聲	韻	音	聲	韻	音	聲	韻	音	聲	韻	音	聲	韻	音	聲	韻	音	聲	韻	釋義
6-3	器	鑘				楚洽	初	洽													楚洽	初	洽	爾雅曰斛謂之鑘，郭璞云皆古鍬錀字
									千結	清	屑													
6-4	器	撩				力堯	來	蕭													落蕭	來	蕭	取物，又理也
						力弔	來	嘯																
																					盧鳥	來	篠	抉也
									力到	來	号													
6-4	器	籗				士角	牀	覺													士角	牀	覺	魚罩
						捉	莊	覺													側角	莊	覺	魚罩
						廓	溪	鐸																
6-4	器	椮				霜甚	疏	寑													疎錦	疏	寑	木實名也
						疏廕	疏	沁																
						心廩	心	寑							胥寑	心	寑							
									桑感	心	感										桑感	心	感	郭璞云叢木於水中魚寒入其裏因以箔取之
																					所今	疏	侵	樹長皃
																					楚簪	初	侵	木長皃
6-4	器	涔	時占	禪	鹽																			
						岑	牀	侵													鋤針	牀	侵	涔陽地名，又管涔山名，又蹄涔不容尺鯉
						潛	從	鹽																
						潛	從	豔																
6-5	器	罬				壁	幫	錫													北激	幫	錫	爾雅罬謂之罦，今覆車鳥網也
						卑覓	幫	錫																
																					蒲革	並	麥	罦也
6-5	器	罬				姜悅	見	薛													紀劣	見	薛	罦也
						姜穴	見	屑																
															丁劣	端	薛							
																					陟劣	知	薛	捕鳥覆車冈，一名罦
6-6	器	絇										苦侯	溪	侯										
															其俱	群	虞				其俱	群	虞	履頭飾也

編號	篇目	訓字	經典釋文 音	聲	韻	郭璞 音	聲	韻	沈旋 音	聲	韻	施乾 音	聲	韻	謝嶠 音	聲	韻	顧野王 音	聲	韻	廣韻 音	聲	韻	釋義
																					九遇	見	遇	絲絇
6-10	器	衱	居怯	見	業	劫	見	業													居怯	見	業	衣領
																					其輒	群	葉	禮記注云衱交領
6-10	器	裾				居	見	魚													九魚	見	魚	衣裾
						渠	群	魚																
6-10	器	紟				今	見	侵													今	見	侵	
						鉗	群	鹽																
																		渠鴆	群	沁	巨禁	群	沁	紟帶，或作襟
																		渠金	群	侵				
6-10	器	裱				辭見	邪	霰																
															徂悶	從	慁							
																					徂尊	從	魂	爾雅云衿謂之裱，裱小帶也
																					在旬	從	霰	小帶
6-10	器	袺	結	見	屑																古屑	見	屑	詩傳云執衽曰袺
						居黠	見	黠													古黠	見	黠	執衽
6-10	器	袡				昌占	穿	鹽																
						昌占	穿	鹽																
																					汝鹽	日	鹽	衣襢
6-11	器	捐				與專	喻	仙													與專	喻	仙	弃也
									囚絹	邪	線													
																		辭玄	邪	先				
6-11	器	鑯				魚謁	疑	月														語訐	疑	月	馬勒旁鐵
												魚桀	疑	薛							魚列	疑	薛	馬勒傍鐵
6-11	器	轙				儀	疑	支														魚羈	疑	支	車上環轡所貫也
												蟻	疑	紙							魚倚	疑	紙	說文曰車衡載轡者
6-12	器	餀	呼蓋	曉	泰	呼帶	曉	泰													呼艾	曉	泰	食臭
			苦蓋	溪	泰																			
6-12	器	糷				聾	來	獮																
									力旦	來	翰										郎旰	來	翰	飯相著，爾雅曰搏者謂之糷
															力丹	來	寒							
6-12	器	糪				普厄	滂	麥														普麥	滂	麥	飯半生熟，爾雅云米者謂之糪

編號	篇目字	經典釋文			郭璞			沈旋			施乾			謝嶠			顧野王			廣韻			
		音	聲	韻	音	聲	韻	音	聲	韻	音	聲	韻	音	聲	韻	音	聲	韻	音	聲	韻	釋義
																				博厄	幫	麥	飯半生兒
											孚八	敷	點										
6-13	器醢	虎改	曉	海	海	曉	海													呼改	曉	海	肉醬
6-15	器迮	魚斬	疑	㺗	魚斬	疑	㺗													吾斬	疑	㺗	爾雅曰澱謂之迮
																				魚覲	疑	震	滓也
6-16	器鼐				乃	泥	海													奴亥	泥	海	鼎大者曰鼐
								奴戴	泥	代										奴代	泥	代	大鼎
6-16	器鼒	咨	精	脂																			
					才	從	咍													昨哉	從	咍	爾雅注鼎斂上而小口
											災	精	咍										
																				子之	精	之	小鼎
6-17	器鬵	徐林	邪	侵																徐林	邪	侵	鼎大上小下
		嗣廉	邪	鹽																			
					財金	從	侵													昨淫	從	侵	說文曰大釜也，一曰鼎大上小下若甑曰鬵
																				昨鹽	從	鹽	甑也
6-17	器鉹	昌紙	穿	紙	佟	穿	紙													尺氏	穿	紙	甑也
																				弋支	喻	支	方言云涼州呼甑
6-22	器蓋	盍	匣	盍	胡臘	匣	盍													胡臘	匣	盍	苫蓋
																				古太	見	泰	覆也，掩也，說文曰苫也
6-23	器鐐	力彫	來	蕭	遼	來	蕭													落蕭	來	蕭	有孔鑪，又紫磨金也，爾雅曰白金曰銀，其美謂之鐐
																				力弔	來	嘯	美金
6-24	器觷	五角	疑	覺																五角	疑	覺	爾雅云角謂之觷
								學	匣	覺										胡覺	匣	覺	治角之工
																				烏酷	影	沃	治角也
6-29	器骲	火交	曉	肴																			
					雹	並	覺													蒲角	並	覺	骲箭
								五爪	疑	巧													
																	蒲交	並	肴				
																				薄巧	並	巧	骨鏃

編號	篇目	訓字	經典釋文			郭璞			沈旋			施乾			謝嶠			顧野王			廣韻			
			音	聲	韻	音	聲	韻	音	聲	韻	音	聲	韻	音	聲	韻	音	聲	韻	音	聲	韻	釋義
																					防教	奉	效	手擊
																					普木	滂	屋	骨鏃名也
6-36	器	箷	羊支	喻	支	移	喻	支													弋支	喻	支	衣架
6-37	器	辨				普遍	滂	線																
																					符蹇	奉	獮	別也，說文判也
																					蒲莧	並	襉	具也，周禮曰以辨民器
7-5	樂	䃂	盧嬌	曉	宵	囂	曉	宵													許嬌	曉	宵	人磬也，爾雅注云形如犁錧，以玉石為之
			喬	群	宵																巨嬌	群	宵	大磬
7-5	樂	錧	古緩	見	緩																古滿	見	緩	車具
									古亂	見	換										古玩	見	換	車軸頭鐵，一曰江南人呼犁刃
7-6	樂	巢																仕交	牀	肴	鉬交	牀	肴	爾雅曰大笙謂之巢
																		莊交	莊	肴				
																					士稍	牀	效	樓閣也
7-7	樂	沂				魚斤	疑	欣																
						魚靳	疑	焮																
																					魚衣	疑	微	水名出泰山
7-9	樂	剽				瓢	奉	宵													符霄	奉	宵	爾雅云中鏽謂之剽
																					匹妙	滂	笑	強取，又輕也
7-9	樂	棧	助板	牀	濟																			
						側簡	莊	產																
																					士限	牀	產	閣也
																					士免	牀	獮	棚也
																					士諫	牀	諫	木棧道
7-11	樂	篎				妙	明	笑													彌笑	明	笑	爾雅云小管也
						亡小	微	小													亡沼	微	小	笙管
7-14	樂	簨				之仁	照	眞																
						戰	照	線																
																		居延	見	仙	居延	見	仙	竹器
																					側鄰	莊	眞	爾雅云所以鼓敔

編號	篇目	訓字	經典釋文			郭璞			沈旋			施乾			謝嶠			顧野王			廣韻			
			音	聲	韻	音	聲	韻	音	聲	韻	音	聲	韻	音	聲	韻	音	聲	韻	音	聲	韻	釋義
8-3	天	長										直良	澄	陽							直良	澄	陽	久也，遠也，常也，永也
															丁兩	端	養				丁丈	端	養	
																					知丈	知	養	大也
																					直亮	澄	漾	多也
8-6	天	著	章六	照	屋																			
												直魚	澄	魚							直魚	澄	魚	爾雅云太歲在戊曰著雍
																					丁呂	端	語	著任
																					陟慮	知	御	明也，處也，立也，補也，成也，定也
																					張略	知	藥	服衣於身
																					直略	澄	藥	附也
8-6	天	黓	余職	喻	職	翼	喻	職													與職	喻	職	早也，爾雅曰太歲在丑曰玄黓
8-7	天	牂	子郎	精	唐	子郎	精	唐																
8-7	天	涒	湯昆	透	魂	湯昆	透	魂													他昆	透	魂	涒灘，歲在申也
8-7	天	灘				勅丹	徹	寒																
						勅旦	徹	翰																
						湯干	透	寒													他干	透	寒	水灘，爾雅云太歲在申曰涒灘
																					呼旱	曉	旱	水濡而乾
																					奴案	泥	翰	水奔
8-10	天	痳				孚柄	敷	映																
						況病	曉	映																
						匹詠	溪	映																
																					陂病	幫	映	驚病
8-15	天	虹	胡公	匣	東																戶公	匣	東	螮蝀也
						講	見	講																
																					古送	見	送	縣名在泗州
																					古巷	見	絳	
8-15	天	霓	五兮	疑	齊																五稽	疑	齊	雌虹
						五擊	疑	錫																
																					五計	疑	霽	虹

編號	篇目	訓字	經典釋文			郭璞			沈旋			施乾			謝嶠			顧野王			廣韻			
			音	聲	韻	音	聲	韻	音	聲	韻	音	聲	韻	音	聲	韻	音	聲	韻	音	聲	韻	釋義
																					五結	疑	屑	虹
8-19	天霽					祖禮	精	薺																
																					子計	精	霽	雨止也
8-20	天氐		都黎	端	齊																都奚	端	齊	氐羌，說文至也
						舐	端	薺																
						丁禮	端	薺																
																					丁尼	端	脂	氐池，縣名
8-29	天咮		猪究	知	宥	張救	知	宥														陟救	知	宥	鳥口
																					章俱	照	虞	聲咮，多言兒
																					張流	知	尤	曲喙
																					中句	知	遇	鳥聲
8-31	天何					胡可	匣	哿														胡可	匣	哿	負荷也
						胡多	匣	歌														胡歌	匣	歌	辝也，說文儋也
8-35	天祠		如字	邪	之																	似茲	邪	之	祭名
			杞	邪	止																				
						飤	邪	志																
9-12	地㭬					烏花	影	麻																
																					憶俱	影	虞	陽㭬，澤名
9-19	地穫		胡故	匣	暮	護	匣	暮																
																					胡郭	匣	鐸	刈也
9-20	地阺		信	心	震																息晉	心	震	八陵名，爾雅曰東陵阺
			尸慎	審	震																	試刃	審	震	東方陵名
																					所臻	疏	臻	八陵，東名阺
9-35	地噬														逝	禪	祭				時制	禪	祭	齧噬
9-37	地枳					巨宜	群	支																
												指	照	旨									
																		居是	見	紙	居帋	見	紙	木名，似橘
																		諸是	照	紙	諸氏	照	紙	木名
9-41	地陂		彼宜	幫	支																	彼為	幫	支	書傳云澤障曰陂
																					彼義	幫	寘	傾也
		坡				普何	滂	歌																
																					滂禾	滂	戈	坡陁

編號	篇目	訓字	經典釋文			郭璞			沈旋			施乾			謝嶠			顧野王			廣韻			
			音	聲	韻	音	聲	韻	音	聲	韻	音	聲	韻	音	聲	韻	音	聲	韻	音	聲	韻	釋義
10-1	丘	敦				頓	端	慁													都困	端	慁	豎也
															如字	端	魂				都昆	端	魂	迫也,亦厚也
																					都回	端	灰	詩曰敦彼獨宿
																					度官	定	桓	詩云有敦瓜苦
10-6	丘	還	戶關	匣	刪																戶關	匣	刪	反也,退也,顧也,復也
			患	匣	諫																			
									旋	邪	仙										似宣	邪	仙	還返
10-10	丘	畫				獲	匣	麥													胡麥	匣	麥	計策也,分也
															胡卦	匣	卦				胡卦	匣	卦	釋名曰畫挂也,以五色挂物象也
10-11	丘	沮				辭與	邪	魚																
						辭與	邪	語																
						辭與	邪	御																
						慈呂	從	語													慈呂	從	語	止也
												子余	精	魚							子魚	精	魚	虜複姓
															子預	精	御				將預	精	御	沮洳漸濕
																					七余	清	魚	止也,非也
																					側魚	莊	魚	人姓
10-12	丘	敦	丁回	端	灰	都回	端	灰													都回	端	灰	詩曰敦彼獨宿
																					都昆	端	魂	迫也,亦厚也
																					度官	定	桓	詩云有敦瓜苦
																					都困	端	慁	豎也
10-14	丘	旄													毛	明	豪				莫袍	明	豪	旄鉞
															毛	明	号				莫報	明	号	狗足旄尾
10-15	丘	宛				於粉	影	吻																
									於阮	影	元										於袁	影	元	屈草自覆
									於阮	影	阮										於阮	影	阮	宛然,說文曰屈艸自覆也
10-24	丘	隩				於六	影	屋													於六	影	屋	隈也
																					烏到	影	号	說文曰水隈崖也
11-2	山	伓				撫梅	敷	灰																
																					敷悲	敷	脂	有力

編號	篇目	訓字	經典釋文			郭璞			沈旋			施乾			謝嶠			顧野王			廣　韻			
			音	聲	韻	音	聲	韻	音	聲	韻	音	聲	韻	音	聲	韻	音	聲	韻	音	聲	韻	釋　義
		坯	備悲	並	脂																			
			備美	並	旨																			
									五窟	疑	沒													
																					芳杯	敷	灰	未燒瓦也
11-4	山	嶠	渠驕	群	宵	渠驕	群	宵													巨嬌	群	宵	山銳而高
						驕	見	宵																
																					渠廟	群	笑	山道，又山銳而高
11-9	山	厜	姊規	精	支																姊規	精	支	厜㕒，山巔狀
						才規	從	支																
																		視規	禪	支				
11-9	山	㕒				語規	疑	支													魚爲	疑	支	厜㕒
																		魚奇	疑	支				
11-12	山	巘	魚蹇	疑	獮																魚蹇	疑	獮	器也
						言	疑	元													語軒	疑	元	無底甑也
						彥	疑	線													魚變	疑	線	甑也
11-12	山	嵰				魚檢	疑	琰													魚檢	疑	琰	山形似重甑
																		力儉	來	琰				
																		力儼	來	儼				
11-15	山	陘				胡經	匣	青													戶經	匣	青	連山中絕
						古定	見	徑																
11-16	山	磽				五交	疑	肴													五交	疑	肴	硗磽
						五角	疑	覺																
11-16	山	礐				苦角	溪	覺													苦角	溪	覺	爾雅云山多大石礐
						戶角	匣	屋													胡谷	匣	屋	說文云石聲也
																					胡沃	匣	沃	石礐
																					力摘	來	麥	礐硞，水石聲也
11-19	山	漦				火篤	曉	沃																
						徂學	從	覺																
																					下巧	匣	巧	動水聲
																					士角	牀	覺	山夏有水冬無水
																					胡覺	匣	覺	洞泉
11-23	山	岫	徐究	邪	宥																似祐	邪	宥	山有穴曰岫

編號	篇目	訓字	經典釋文			郭璞			沈旋			施乾			謝嶠			顧野王			廣韻			
			音	聲	韻	音	聲	韻	音	聲	韻	音	聲	韻	音	聲	韻	音	聲	韻	音	聲	韻	釋義
						冑	澄	宥																	
						由	喻	尤																	
12-4	水	濚				巨癸	群	旨														求癸	群	旨	泉出也
																					苦圭	溪	齊	泉水通川
																					居誄	見	旨	通流
																					苦穴	溪	屑	爾雅云溪闋流川
12-11	水	渦													古禾	見	戈							
															烏禾	影	戈				烏禾	影	戈	水回
12-13	水	瀾				力旦	來	翰																
						力安	來	寒																
12-25	水	潏				述	神	術													食聿	神	術	爾雅曰小沚曰坻,人所爲爲潏,謂人力所作
						決	見	屑													古穴	見	屑	泉出兒
																					餘律	喻	術	水流兒
12-27	水	大													泰	透	泰							
																					徒蓋	定	泰	小大也
																					唐佐	定	箇	
12-27	水	鬲	革	見	麥																古核	見	麥	鬲津,九河名
									力的	來	錫										郎擊	來	錫	爾雅曰鼎款足者謂之鬲
13-2	草	薜	方奭	非	昔																			
						布革	幫	麥													博厄	幫	麥	爾雅云山芹當歸也,又曰山麻也
																					蒲計	並	霽	薜荔
13-4	草	枹							孚	敷	虞													
																					防無	奉	虞	枹罕縣名
									浮	奉	尤										縛謀	奉	尤	鼓槌
									包	幫	肴										布交	幫	肴	爾雅注曰樹木叢生枝節盤結
13-9	草	蔗							平兆	並	小										平表	並	小	草名,可爲席
																					甫嬌	非	宵	萑葦秀,爾雅云茭蔗芀
																					普袍	滂	豪	醋莓可食

編號	篇目	訓字	經典釋文 音	聲	韻	郭璞 音	聲	韻	沈旋 音	聲	韻	施乾 音	聲	韻	謝嶠 音	聲	韻	顧野王 音	聲	韻	廣韻 音	聲	韻	釋義
13-10	草	莞										丸	匣	桓							胡官	匣	桓	似藺而圓，可為席
															官	見	桓				古丸	見	桓	草名，可以為席
																					戶板	匣	潸	莞爾而笑
13-15	草	瓣	苻莧	奉	襉																蒲莧	並	襉	瓜瓠瓣也
			苻閑	奉	山																			
															力見	來	霰							
13-20	草	虉	五歷	疑	錫																五歷	疑	錫	虉綬草
						五革	疑	麥													五革	疑	麥	爾雅云虉綬，虉小草雜色似綬
13-31	草	菣				胡卯	匣	巧																
						交	見	肴													古肴	見	肴	說文曰乾蒿也，又爾雅茭牛蘄，郭璞云今馬蘄葉細銳似芹，亦可食
13-32	草	葖				他忽	透	沒																
												徒骨	定	沒							陀骨	定	沒	爾雅曰葖蘆萉，郭璞云萉宜為服。蘆服，蕪菁屬，紫華，大根，俗呼雹葖
13-32	草	蘆				力何	來	歌																
															力吳	來	模				洛胡	來	模	蘆葦之未秀者，又蘆菔荣名
																					力居	來	魚	漏蘆草
13-32	草	萉				蒶	並	德																
						蒲北	並	德																
																					扶涕	奉	未	枲屬
13-33	草	茵							祥由	邪	尤				祥由	邪	尤				似由	邪	尤	茵芝瑞草，一歲三華
															由	喻	尤				由	喻	尤	
13-43	草	葰				女委	娘	紙																
																					息遺	心	脂	胡荽香菜
		委													於蘂	影	紙				於詭	影	紙	委曲也，亦委積，又屬也，棄也，隨也，任也
																					於為	影	支	委佗佗美也
13-43	草	萎				瘦	影	支							於危	影	支				於為	影	支	蔫也

編號	篇目	訓字	經典釋文			郭璞			沈旋			施乾			謝嶠			顧野王			廣韻			
			音	聲	韻	音	聲	韻	音	聲	韻	音	聲	韻	音	聲	韻	音	聲	韻	音	聲	韻	釋義
																					於僞	影	寘	萎牛
13-45	草	蕭	匹善	滂	獮																			
						匹殄	滂	銑																
																		補殄	幫	銑	方典	非	銑	蕭蓃草
																		匹緜	滂	仙	芳連	敷	仙	蕭蓃可食
																					布玄	幫	先	蕭竹草
13-50	草	茈							徂斯	從	支							徂斯	從	支	疾移	從	支	蒫茈草
															徂咨	從	脂							
																					士佳	牀	佳	茈葫藥
																					將此	精	紙	茈薑，又茈草也
13-51	草	蕫	丁動	端	董																多動	端	董	蕭蕫蒲薑草，似蒲而細，又藕根
												童	定	東							徒紅	定	東	草名
13-58	草	虋				亡津	微	眞																	
																					莫奔	明	魂	赤粱粟也，俗作虋
13-58	草	秠	孚鄙	敷	旨																匹鄙	滂	旨	一稃二米
			孚丕	敷	脂																敷悲	敷	脂	黑黍一稃二米
						芳婦	敷	有														芳婦	敷	有	爾雅曰一稃二米，此亦黑黍
																					匹尤	滂	尤	一稃二米
13-63	草	茴	亡庚	微	庚	武行	微	庚														武庚	微	庚	貝母草
13-64	草	蚍	婢夷	並	脂																房脂	奉	脂	蚍蜉大螘
						疕	幫	旨																	
						疕	滂	旨																	
13-64	草	衃	房尤	奉	尤																			
						芳九	敷	有																	
																					芳杯	敷	灰	說文曰凝血也
																					匹尤	滂	尤	凝血
13-68	草	庚													羊主	喻	麌				以主	喻	麌	倉庚
13-69	草	蓲							所留	疏	尤	所留	疏	尤							所鳩	疏	尤	雞腸草也
															先老	心	皓				蘇老	心	皓	薂蓲草
13-71	草	蘢				聾	來	東													盧紅	來	東	蘢古草名
												龍	來	鍾							力鍾	來	鍾	蘢古草

編號	篇目	訓字	經典釋文			郭璞			沈旋			施乾			謝嶠			顧野王			廣韻			
			音	聲	韻	音	聲	韻	音	聲	韻	音	聲	韻	音	聲	韻	音	聲	韻	音	聲	韻	釋義
13-72	草	蒡				彭	並	庚													薄庚	並	庚	榮，一名隱荵，似蘇，可爲菹
						旁	並	唐																
																					北朗	幫	蕩	牛蒡茱
13-73	草	莤				由	喻	尤																
						酉	喻	有																
																					所六	疏	屋	說文曰禮祭束茅加于祼圭而灌鬯酒是爲莤，象神歆之也，一曰榼上塞也
13-74	草	蘆				才河	從	歌													昨何	從	歌	爾雅曰蘆虇，郭璞曰作履苴草
						采苦	清	姥													采古	清	姥	草死，爾雅曰蘆虇，郭璞云作履苴草
									才古	從	姥	才古	從	姥									
13-76	草	虇				甈	群	虞													其俱	群	虞	虇蕍
						巨俱	群	虞																
															渠	群	魚				強魚	群	魚	虇蕍
13-76	草	蔬				㲻																		
						山俱	疏	虞																
															疎	疏	魚				所菹	疏	魚	菜蔬
13-77	草	茝	昌改	穿	海	昌改	穿	海													昌紿	穿	海	香草也
			昌敗	穿	夬																			
																					諸市	照	止	香草，字林云蘪蕪別名
13-79	草	蘄	居例	見	祭																居例	見	祭	蘄𦼬似芹
			巨例	群	祭																			
13-81	草	雚				灌	見	換													古玩	見	換	萑雀鳥
									丸	匣	桓	丸	匣	桓										
															官	見	桓							
13-84	草	藘				巨阮	群	阮																
									巨轉	群	獮										渠篆	群	獮	爾雅曰藘鹿藿
												其免	群	獮										
															其隕	群	軫				渠殞	群	軫	爾雅曰藘鹿藿，郭璞云今鹿豆也，葉似大豆，根黃而香，蔓延生

編號	篇目	字	經典釋文			郭璞			沈旋			施乾			謝嶠			顧野王			廣韻			
			音	聲	韻	音	聲	韻	音	聲	韻	音	聲	韻	音	聲	韻	音	聲	韻	音	聲	韻	釋義
13-86	草	莞				桓	匣	桓													胡官	匣	桓	似蘭而圓，可爲席
															官	見	桓				古丸	見	桓	草名，可以爲席
																					戶板	匣	潸	莞爾而笑
13-86	草	藚				翩	匣	麥													下革	匣	麥	蒲臺頭名
						歷	來	錫													郎擊	來	錫	山蒜
13-87	草	蔤	亡筆	微	質	密	明	質													美畢	明	質	荷本下白
13-88	草	蘬				匡龜	溪	脂													丘追	溪	脂	蘆古大者曰蘬
												丘軌	溪	旨							丘軌	溪	旨	蘆古大者曰蘬
																					丘韋	溪	微	馬蓼似蓼而大也
13-95	草	藫				舒若	審	藥																
																					郎擊	來	錫	一名貫眾，葉圓銳，莖毛黑，布地生，多不死，一名貫渠
13-97	草	蕩				他羊	透	陽																
															他唐	透	唐				吐郎	透	唐	蓬蕩馬尾
13-98	草	藻				瓢	奉	宵													符霄	奉	宵	方言云江東謂浮萍爲藻
						婢遙	並	宵																
13-116	草	苗				他六	透	屋													他六	透	屋	
																					丑六	徹	屋	蓚也
						徒的	定	錫													徒歷	定	錫	苗蓚草
13-116	草	蓧				湯彫	透	蕭																
						他周	透	尤																
																		他迪	透	錫	他歷	透	錫	苗蓚草
13-118	草	菫	謹	見	隱																居隱	見	隱	菜也
						靳	見	焮																
						居覲	見	震																
																					巨巾	群	眞	黏土
																					芹	群	欣	
13-121	草	藑				古系	見	霽													古詣	見	霽	狗毒草也
						苦系	溪	霽																
13-123	草	蕧				服	奉	屋													房六	奉	屋	旋蕧藥名
												孚服	敷	屋							芳福	敷	屋	蕧葐草

編號	篇目	訓字	經典釋文音	聲	韻	郭璞音	聲	韻	沈旋音	聲	韻	施乾音	聲	韻	謝嶠音	聲	韻	顧野王音	聲	韻	廣韻音	聲	韻	釋義
13-127	草	倚	其綺	群	紙																			
															於綺	影	紙				於綺	影	紙	依倚也
																					於義	影	寘	侍也，因也，加也
13-129	草	藒	去竭	溪	月	去謁	溪	月																
			去竭	溪	薛																丘竭	溪	薛	藒車香草
															起例	溪	祭							
13-129	草	芞							去訖	溪	迄				去訖	溪	迄				去訖	溪	迄	
									虛訖	曉	迄										許訖	曉	迄	爾雅曰藒車艺輿，郭璞云藒車香草
13-136	草	蒵													圭	見	齊	圭	見	齊				
																					苦圭	溪	齊	瓡瓝
13-137	草	乘										繩	神	蒸							食陵	神	蒸	駕也，勝也，登也，守也
															市證	禪	證							
																					實證	神	證	車乘也
13-138	草	裼										絡	見	絳										
13-139	草	攫							居縛	見	藥										居縛	見	藥	搏也
13-144	草	涷										都弄	端	送							多貢	端	送	暴雨
															柬	端	束				德紅	端	束	瀧涷沾漬
13-145	草	馗	求龜	群	脂																渠追	群	脂	說文曰九達道也
			求龜	群	尤	仇	群	尤													巨鳩	群	尤	爾雅曰中馗菌，今土菌可食
13-145	草	藆				巨限	群	軫																
13-145	草	蕈	亂荏	來	寑																			
						審	審	寑																
									徒感	定	感													
																					慈荏	從	寑	菌生木上
13-147	草	茇				沛	幫	泰																
						補蓋	幫	泰																
						撥	幫	末													北末	幫	末	蕐茇
																					蒲撥	並	末	草木根也
13-151	草	筡				徒	定	模													同都	定	模	爾雅曰簢筡中，言其中空竹類
						攄	徹	魚													丑居	徹	魚	竹篾名也

編號	篇目	訓字	經典釋文			郭璞			沈旋			施乾			謝嶠			顧野王			廣韻			
			音	聲	韻	音	聲	韻	音	聲	韻	音	聲	韻	音	聲	韻	音	聲	韻	音	聲	韻	釋義
												儲	澄	魚										
13-152	草	鬵	子工	精	東																子紅	精	東	釜屬
						摠	精	董													作孔	精	董	爾雅云軌鬵一名素華
13-153	草	芏	杜	定	姥																			
						他古	透	姥													他魯	透	姥	草名，似莞，生海邊，可爲席
13-153	草	夫													方于	非	虞				甫無	非	虞	丈夫
																					防無	奉	虞	語助
13-154	草	虈				其	群	之				其	群	之	其	群	之				渠之	群	之	紫虈似蕨荣
						其	見	之																
13-155	草	葴	之林	照	侵	針	照	侵													職深	照	侵	酸蔣草也
			咸	匣	咸																			
13-156	草	莖				於耕	影	耕				於耕	影	耕							烏莖	影	耕	爾雅釋草云姚莖涂薺
															戶耕	匣	耕				戶耕	匣	耕	草木榦也
13-161	草	卷													九轉	見	獮				居轉	見	獮	卷舒，說文曰膝曲也
															九轉	見	線				居倦	見	線	曲也
																					巨員	群	仙	曲也
13-167	草	藨													蒲苗	並	宵							
																		平表	並	小	平表	並	小	草名，可爲席
																		白交	並	肴				
																		普苗	滂	宵				
																					甫嬌	非	宵	萑葦秀，爾雅云焱藨芀
																					普袍	滂	豪	豪醋莓可食
13-167	草	麃				蒲表	並	小							蒲表	並	小							
						苻嚻	奉	宵																
																					薄交	並	肴	獸名，似鹿
																					滂表	滂	小	蒼頡篇云鳥毛變色
13-169	草	蔞				力侯	來	侯													落侯	來	侯	爾雅曰購蔏蔞，蔞蒿也，生下田，初出可啖
																					力朱	來	虞	蔞蒿

編號	篇目	訓字	經典釋文			郭璞			沈旋			施乾			謝嶠			顧野王			廣韻			
			音	聲	韻	音	聲	韻	音	聲	韻	音	聲	韻	音	聲	韻	音	聲	韻	音	聲	韻	釋義
																					力主	來	麌	草可亨魚
13-170	草	苪							例	來	祭													
		苪							列	來	薛	列	來	薛	列	來	薛				良薛	來	薛	禮注云桃苪可以爲帶,除不祥,說文芀也
13-182	草	搴										居展	見	獮							九輦	見	獮	取也
															去虔	溪	仙							
13-184	草	芺				烏老	影	皓							烏老	影	皓				烏皓	影	皓	苦芺
															烏兆	影	小				於兆	影	小	爾雅曰鉤芺,郭璞云大如拇指,中空,莖頭有臺似薊,初生可食
13-185	草	荼				徒	定	模													同都	定	模	苦菜
						蛇	神	麻													食遮	神	麻	爾雅云藬莐荼,即芀也
																					宅加	澄	麻	苦菜
13 185	草	薦	皮兆	並	小																平表	並	小	草也,可爲席
						力驕	非	宵													甫嬌	非	宵	萑葦秀,爾雅云荍蔍芀
															付岀	奉	宵							
																					普袍	滂	豪	䕠莓可食
13-186	草	葦	于鬼	爲	尾																于鬼	爲	尾	蘆葦
															十歸	爲	微							
13-187	草	薍				綣	溪	阮													去阮	溪	阮	蘆筍
						丘阮	溪	阮																
						綣	溪	願													去願	溪	願	萌筍,又蘆牙
13-188	草	茅				獮	喻	紙													羊捶	喻	紙	爾雅云蕍茅葟華榮
						羊捶	喻	紙																
															私尹	心	準							
																		羊述	喻	術	餘律	喻	術	草木初生
13-191	草	荄				皆	見	皆													古諧	見	皆	草根
															該	見	咍	該	見	咍	古哀	見	咍	草根
14-1	木	梼	地刀	定	豪	地刀	定	豪																
																					土刀	透	豪	木名,爾雅云梼山榎,今山楸也

編號	篇目	訓字	經典釋文			郭璞			沈旋			施乾			謝嶠			顧野王			廣韻			
			音	聲	韻	音	聲	韻	音	聲	韻	音	聲	韻	音	聲	韻	音	聲	韻	音	聲	韻	釋義
			他皓	透	皓																他浩	透	皓	山楸
14-2	木	栲	考	溪	皓																苦浩	溪	皓	木名，山樗也
			姑老	見	皓																			
14-7	木	枮	所咸	疏	咸																			
						芟	疏	銜																
						纖	心	鹽																
																					胡甘	匣	談	火上行皃
																					舒贍	審	豔	火行皃
																					他念	透	㮇	火光
14-9	木	杻	女九	娘	有																女久	娘	有	木名
						汝九	日	有																
																					敕久	徹	有	杻械
14-13	木	檴	戶郭	匣	鐸	檴	匣	鐸													胡郭	匣	鐸	檴落木名
																					胡化	匣	禡	亦木名
14-16	木	柜				舉	見	語													居許	見	語	柜柳
															巨	群	語							
14-16	木	椐				邛	群	鍾													渠容	群	鍾	柜柳
		柳				良久	來	有													力久	來	有	木名
14-17	木	栩	香羽	曉	麌	香羽	曉	麌													況羽	曉	麌	柞木名，說文云杼也，其實皁
						羽	為	麌													王矩	為	麌	栩陽地名
14-17	木	杼				嘗汝	禪	語							嘗汝	禪	語							
									佇	澄	語										直呂	澄	語	說文曰機之持緯者
									序	邪	語													
																					神與	神	語	橡也
14-19	木	莍				直基	澄	之													治	澄	之	
												大結	定	屑							徒結	定	屑	剌榆
																					直尼	澄	脂	爾雅云莍莍，今之剌榆也
14-23	木	朻				糾	見	黝													居黝	見	黝	爾雅曰朻者聊
						居幽	見	幽													居虯	見	幽	說文云高大也
						皎	見	篠																
																					居求	見	尤	高木

編號	篇目	訓字	經典釋文			郭璞			沈旋			施乾			謝嶠			顧野王			廣韻			
			音	聲	韻	音	聲	韻	音	聲	韻	音	聲	韻	音	聲	韻	音	聲	韻	音	聲	韻	釋義
14-25	木	梫	初林	初	侵																楚簪	初	侵	梫桂木，花白也
			侵	清	侵	浸	清	侵																
						浸	精	沁																
																					子心	精	侵	木名
																					七稔	清	寑	木名，桂也
14-31	木	櫖										力據	來	御							良倨	來	御	思也
14-35	木	楰				庾	喻	麌													以主	喻	麌	鼠梓，似山楸而黑也
						瑜	喻	虞													羊朱	喻	虞	木名
14-41	木	楔	古黠	見	黠	戛	見	黠													古黠	見	黠	櫻桃
												結	見	屑										
																					先結	心	屑	木楔
14-42	木	榹				斯	心	支													息移	心	支	榹桃，山桃
						雌	清	支																
14-43	木	櫖	如字	來	御																良倨	來	御	思也
												驢	來	魚										
14-50	木	櫰				古回	見	灰													公回	見	灰	山海經云中曲山有木，如棠而圓，葉赤，實如木瓜，食之多力
																					戶乖	匣	皆	爾雅云槐大葉而黑曰櫰
14-50	木	炕				呼郎	曉	唐													呼郎	曉	唐	煮肷
						口浪	溪	宕													苦浪	溪	宕	火炕
																					苦朗	溪	蕩	
14-51	木	楸				秋	清	尤													七由	清	尤	木名
14-53	木	棟	山厄	疏	麥																山責	疏	麥	木名
			霜狄	疏	錫																			
																					桑谷	心	屋	赤棟，木名
																					千木	清	屋	短椽
																					丑玉	徹	燭	棟楃，木名
14-56	木	婁										力俱	來	虞							力朱	來	虞	詩曰弗曳弗婁，傳曰婁亦曳也
															力侯	來	侯				落侯	來	侯	空也，又星名
14-56	木	瘣	回	匣	灰																			

編號	篇目	訓字	經典釋文			郭璞			沈旋			施乾			謝嶠			顧野王			廣韻			
			音	聲	韻	音	聲	韻	音	聲	韻	音	聲	韻	音	聲	韻	音	聲	韻	音	聲	韻	釋義
						胡罪	匣	賄														胡罪	匣	賄	木病無枝
14-58	木	魁							苦回	溪	灰											苦回	溪	灰	魁師，一曰北斗星
												苦罪	溪	賄										
14-58	木	瘣				盧罪	來	賄																	
									胡罪	匣	賄										胡罪	匣	賄	木病無枝
14-70	木	櫔	魚逝	疑	祭	魚例	疑	祭														魚祭	疑	祭	樹枝相摩
						云逝	為	祭																	
14-70	木	槸	七各	清	鐸																				
															思積	心	昔				思積	心	昔	皮甲錯也
14-70	木	皵				夕	邪	昔																	
															舄	清	藥				七雀	清	藥	皮皺，爾雅云楷皵，謂木皮甲錯
																					七迹	清	昔	皮細起
14-70	木	梢				朔	疏	覺														所交	疏	肴	船舵尾也，又枝梢也
14-72	木	喬				驕	見	宵														舉喬	見	宵	爾雅云句如羽喬，郭璞曰樹枝曲卷似鳥毛羽
																					巨嬌	群	宵	高也，說文曰高而曲也
14-75	木	鑽	子官	精	桓																	借官	精	桓	刺也
						徂端	從	桓																	
																					子筭	精	換	錐鑽
15-4	蟲	蜋				黃	定	齊														杜奚	定	齊	螗蜋小蟬
						徒低	定	齊																	
15-4	蟲	蜻				情	從	清																	
						精	精	清														子盈	精	清	蜻型，蟋蟀也
																					倉經	清	青	蜻蛉蟲，方言曰蜻蛉，謂聖蛉也，六足四翼
15-4	蟲	蜺	五兮	疑	齊																	五稽	疑	齊	似蟬而小
						牛結	疑	屑														五結	疑	屑	寒蜩
15-4	蟲	蜓							殄	定	銑											徒典	定	銑	蝘蜓，一名守宮
												亭	定	青							特丁	定	青	蜻蜓，亦蝘蜓別名

編號	篇目	訓字	經典釋文			郭璞			沈旋			施乾			謝嶠			顧野王			廣韻			
			音	聲	韻	音	聲	韻	音	聲	韻	音	聲	韻	音	聲	韻	音	聲	韻	音	聲	韻	釋義
															徒頂	定	迥				徒鼎	定	迥	蟲名
15-7	蟲	蠰				餉	審	漾													式亮	審	漾	食桑蟲，似天牛
						霜	疏	陽													色莊	疏	陽	爾雅云蟅桑蝎也
																					奴當	泥	唐	螳蠰，即蟷蜋也
																					如兩	日	養	蟲名，似雞而小
																					式羊	審	陽	
15-8	蟲	慮	力據	來	御																良倨	來	御	思也
									驢	來	魚													
15-8	蟲	相										葙	心	陽							息良	心	陽	共供也，瞻視也
															息亮	心	漾				息亮	心	漾	視也，助也，扶也
15-9	蟲	蜉				由	喻	尤														以周	喻	尤	蜉蝣，朝生夕死
		蚰													流	來	尤				力求	來	尤	蜉蚰蟲，本作蜉蝣
15-10	蟲	蚍				苻結	奉	屑													蒲結	並	屑	蚍蟒蚸，甲蟲也
															弗	非	物							
15-10	蟲	蟒	黃	匣	唐																胡光	匣	唐	蚍蟒蚸，甲蟲也
						王	為	陽																
15-14	蟲	蜹				羋	明	紙													綿婢	明	紙	爾雅注云今米穀中蠹，小黑蟲是也
						亡婢	微	紙																
																					餘兩	喻	養	蟻名
15-15	蟲	過													古臥	見	過				古臥	見	過	誤也，越也，責也，度也
																					古禾	見	戈	經也，又過所也
15-16	蟲	蝍										即	精	職							子力	精	職	蝍蛆，蟲名
																					資悉	精	質	蝍飛蟲
																					子結	精	屑	蝍蛆，蝍蚣
15-17	蟲	蝮	孚福	敷	屋																芳福	敷	屋	蝮蛇
						蒲篤	並	沃																
15-17	蟲	蜪				陶	定	豪													徒刀	定	豪	蝗子
																					土刀	透	豪	爾雅曰蝝蝮蜪，郭璞曰蝗子未有翅者
15-19	蟲	螜				驚	見	庚													舉卿	見	庚	螜蛙
						景	見	梗													居影	見	梗	蛙屬

編號	篇目	訓字	經典釋文			郭璞			沈旋			施乾			謝嶠			顧野王			廣韻			
			音	聲	韻	音	聲	韻	音	聲	韻	音	聲	韻	音	聲	韻	音	聲	韻	音	聲	韻	釋義
																					古牙	見	麻	爾雅云鼁蟆，蛙類也
15-20	蟲	蜭	閑	匣	山	閑	匣	山													戶閒	匣	山	蟲名
15-20	蟲	蝂				棧	牀	諫													士諫	牀	諫	馬蝂，蟲名
						仕板	牀	濟													士板	牀	濟	蟲名
												仕娩	牀	獮										
15-21	蟲	蚣				先工	心	東																
																					息恭	心	鍾	蚣蝑，蟲名
15-21	蟲	蝑	相魚	心	魚																相居	心	魚	蚣蝑蟲
						才與	從	魚																
						才與	從	語																
						才與	從	御																
																					司夜	心	禡	鹽藏蟹
15-21	蟲	蚚				歷	來	錫													郎擊	來	錫	爾雅日蟼蟆蠑蚚，亦作蚚
15-22	蟲	蚓	引	喻	軫	餘忍	喻	軫													余忍	喻	軫	蚯蚓
																					余刃	喻	震	
		蚓				許謹	曉	隱																
15-23	蟲	蝥				牟	明	尤													莫浮	明	尤	蝤蝥，似蟹而大
15-28	蟲	蟫				淫	喻	侵													餘針	喻	侵	白魚蟲
						徒南	定	覃													徒含	定	覃	白魚蟲
15-32	蟲	蚚				胡輩	匣	隊													胡輩	匣	隊	爾雅日強蚚
																					渠希	群	微	微蟲也，爾雅云強蚚
15-33	蟲	蛚				劣	來	薛													力糵	來	薛	爾雅日蛪蝒何
						力活	來	末													郎括	來	末	蚵蛚蟲
15-34	蟲	蜠				龜	見	脂													居追	見	脂	爾雅云蠶蛹
												愧	見	至										
																					胡對	匣	隊	蟲蛹
15-36	蟲	蠪				龍	來	鍾																
															聾	來	東				盧紅	來	東	爾雅日蠪朾螘，郭璞云赤駁蚍蜉
15-36	蟲	朾				唐耕	定	耕																
																					宅耕	澄	耕	爾雅日蠪朾螘，郭璞云赤駁蚍蜉

編號	篇目	訓字	經典釋文			郭璞			沈旋			施乾			謝嶠			顧野王			廣韻			
			音	聲	韻	音	聲	韻	音	聲	韻	音	聲	韻	音	聲	韻	音	聲	韻	音	聲	韻	釋義
																					中莖	知	耕	伐木聲也
15-37	蟲	畫				秋	清	尤														七由	清	尤	爾雅曰次畫蠿蟊
15-38	蟲	蟺	埋	禪	獮																常演	禪	獮	蜑蟺，蚯蚓
			示延	神	仙																			
						憚	定	翰																
						徒旦	定	翰																
15-41	蟲	蛸	所交	疏	肴																所交	疏	肴	蟏蛸，喜子
						蕭	心	蕭																
																					相邀	心	宵	蟏蛸蟲也
15-41	蟲	踦				崎	溪	支														去奇	溪	支	腳跂
						柣宜	澄	支																
																					居綺	見	紙	公羊傳曰相與踦閭而語閉一扇一人在內一人在外
15-42	蟲	蛭				豬秩	知	質																
												徒結	定	屑									
																					之日	照	質	水蛭
																					丁悉	端	質	蛭蝚
																					丁結	端	屑	水蛭
15-53	蟲	螽										終	照	東							職戎	照	東	螽斯蟲也
		蠜													孚逢	敷	鍾				敷容	敷	鍾	說文曰螫人飛蟲也
16-4	魚	鮎				奴謙	泥	添														奴兼	泥	添	魚名
16-6	魚	鯇	華板	匣	濟																	戶板	匣	濟	魚名
						胡本	匣	混														胡本	匣	混	
16-12	魚	鰝				鄗	匣	皓														胡老	匣	皓	大鰕
						戶老	匣	皓																
						鄗	曉	鐸														呵各	曉	鐸	爾雅云大鰕也，出海中，似蝗，長二三尺，青州有之
16-15	魚	鱦																孕	喻	證	以證	喻	證	小魚
																					食陵	神	蒸	小魚
																					莫幸	明	梗	蛙屬
																					實證	神	證	魚子
16-16	魚	鱏				淫	喻	侵														餘針	喻	侵	魚名

編號	篇目字	經典釋文			郭璞			沈旋			施乾			謝嶠			顧野王			廣韻			
		音	聲	韻	音	聲	韻	音	聲	韻	音	聲	韻	音	聲	韻	音	聲	韻	音	聲	韻	釋義
																				徐林	邪	侵	魚名，口在腹下
	鮥				格	見	鐸																
																				盧各	來	鐸	魚名
																				五格	疑	鐸	
16-17	魚鰌	具救	群	宥																			
		徐秋	邪	尤																			
																格	見	鐸				
16-18	魚鮤	列	來	薛																良薛	來	薛	刀魚也，一名鱴刀，今鮆魚也
																閭結	來	屑				
																			力制	來	祭	魚名
16-19	魚鰝				古滑	見	黠													古滑	見	黠	魚名
								述	神	術										食聿	神	術	小魚名，爾雅曰鰝鮥鱦鰞
								聿	喻	術										餘律	喻	術	小魚名
16-19	魚鯆				步	並	暮													薄故	並	暮	魚名
								蒲悲	並	脂													
																			苦胡	溪	模	婢妾，魚名
16-21	魚鳻	符云	奉	文																符分	奉	文	魚名
		符粉	奉	吻																房吻	奉	吻	鰕
																孚粉	敷	吻	敷粉	敷	吻	鰕別名
																			匹問	滂	問	小魚
16-24	魚鯠				來	來	咍													落哀	來	咍	魚名
16-25	魚蜎				狂袞	群	獮													狂袞	群	獮	爾雅曰蜎蠉，郭璞云井中小蛣蟩赤蟲，一名孑孓
																			烏玄	影	先	蜎蠉
																			於緣	影	仙	蠋兒
16-25	魚蠉				香袞	曉	獮													香袞	曉	獮	
																			許緣	曉	仙	蟲行兒
16-26	魚蛭	之逸	照	質																之日	照	質	水蛭
								豬秩	知	質													
																			丁悉	端	質	蛭蝚
														豬悌	知	薺						

編號	篇目	訓字	經典釋文			郭璞			沈旋			施乾			謝嶠			顧野王			廣韻			
			音	聲	韻	音	聲	韻	音	聲	韻	音	聲	韻	音	聲	韻	音	聲	韻	音	聲	韻	釋義
															豬悌	知	霽							
																					丁結	端	屑	水蛭
16-26	魚	蟣				祈	群	微														渠希	群	微	爾雅云蛭蟣
																					居狶	見	尾	蟣蝨
16-27	魚	活	如字	匣	末																戶括	匣	末	不死也，又水流聲
												括	見	末	括	見	末				古活	見	末	水流聲
16-30	魚	蚥	甫	非	麌																方矩	非	麌	蜈蚥，螳蜋別名
			扶甫	奉	麌																扶雨	奉	麌	蟾蜍別名
						方句	非	遇																
16-30	魚	鱃				食餘	神	魚																
																					章魚	照	魚	鱃鱃，一頭數尾，長二三尺，左右有腳，狀如蠶，可食也
16-31	魚	蠯				毗文	並	文														符文	奉	文	爾雅曰蜌蠯，即蚌屬也
									父辛	奉	耿										蒲辛	並	耿	蛤鮄
												蒲鯁	並	梗							薄猛	並	梗	
															步佳	並	佳				薄佳	並	佳	江東呼蚌長而狹者為蠯
16-33	魚	蟦													奔	幫	魂				博昆	幫	魂	勇也
															墳	奉	文				符分	奉	文	三足龜
																		彼義	幫	寘	彼義	幫	寘	卦名，賁飾也
16-34	魚	蛦	余支	喻	支	移	喻	支													弋支	喻	支	爾雅曰蚹蠃蜠蝓，注謂即蝸牛也
			斯	心	支																息移	心	支	守宮別名
16-34	魚	蝓	羊朱	喻	虞	俞	喻	虞													羊朱	喻	虞	蜠蝓，蝸牛
16-34	魚	蝸	工花	見	麻	瓜	見	麻													古華	見	麻	蝸牛，小螺
			工禾	見	戈																			
																					古蛙	見	佳	蝸牛，小螺
16-34	魚	蛹													含	匣	覃				胡男	匣	覃	爾雅云蠃小者曰蛹
																		古含	見	覃	古南	見	覃	蠃小者，又貝居水者，肉如科斗，但有頭尾
																		呼含	曉	覃				

編號	篇目	訓字	經典釋文			郭璞			沈旋			施乾			謝嶠			顧野王			廣韻			
			音	聲	韻	音	聲	韻	音	聲	韻	音	聲	韻	音	聲	韻	音	聲	韻	音	聲	韻	釋義
16-38	魚	魧	口葬	溪	宕																			
						胡黨	匣	蕩													沆	匣	蕩	
															戶郎	匣	唐				胡郎	匣	唐	魚名，又大貝
																					古郎	見	唐	魚名，爾雅云大貝
16-38	魚	鱥				蹟	牀	麥											士革	牀	麥	士革	牀	麥	爾雅曰貝小者鱥，郭璞云今細貝，亦有紫色者，出日南
																					資昔	精	昔	爾雅曰貝小者鱥，郭璞云今細貝，亦有紫色者，出日南
16-38	魚	貽																	餘之	喻	之	與之	喻	之	貽也，遺也
16-38	魚	蚆	普巴	滂	麻																	普巴	滂	麻	貝也，爾雅曰蚆博而頯，郭璞云頯者中央廣，兩頭銳
						巴	幫	麻														伯加	幫	麻	義見上文
16-38	魚	頯				匡軌	溪	旨											匡軌	溪	旨				
																		巨追	群	脂	渠追	群	脂	小頭
																					居洧	見	旨	小頭
16-38	魚	蜠				求隕	群	軫														渠殞	群	軫	爾雅曰貝大而險者曰蜠
						丘筠	溪	真														去倫	溪	真	大貝
16-38	魚	蟦				責	莊	麥														側革	莊	麥	小貝也
									積	精	昔										資昔	精	昔	爾雅曰貝小者鱥，郭璞云今細貝，亦有紫色者，出日南
									蹟	牀	麥													
16-39	魚	蚖	原	疑	元	原	疑	元																	
16-39	魚	蝘	烏典	影	銑	焉典	影	銑														於殄	影	銑	蝘蜓
																					於幰	影	阮	蜠蜴別名，又爾雅云蝘蜓，守宮也
16-39	魚	蜓	徒典	定	銑	殄	定	銑														徒典	定	銑	蝘蜓，一名守宮
																					特丁	定	青	蜻蜓，亦蟪蛄別名
																					徒鼎	定	迥	蟲名
16-43	魚	攝				袪浹	溪	怗																	
									之協	照	怗													
												之涉	照	葉										

編號	篇目	訓字	經典釋文			郭璞			沈旋			施乾			謝嶠			顧野王			廣韻			
			音	聲	韻	音	聲	韻	音	聲	韻	音	聲	韻	音	聲	韻	音	聲	韻	音	聲	韻	釋義
																					書涉	審	葉	兼也，錄也
																					奴協	泥	怗	懾然天下安
17-2	鳥	鶌	居勿	見	物	九物	見	物													九勿	見	物	爾雅曰鶌鳩鶌鳩，郭璞云似山鵲而小，短尾青黑色，多聲
17-2	鳥	鶌	竹交	知	肴	嘲	知	肴													陟交	知	肴	鶌鳩，似山鵲而小，短尾，至春多聲
			竹牛	知	尤																			
																					止遙	照	宵	鶌鳩鳥也
17-3	鳥	鶻				古八	見	黠													古黠	見	黠	鶻鵃鳴鳩
17-4	鳥	鵖				巨立	群	緝		及	群	緝												
17-4	鳥	鴔				方買	非	蟹																
						符尸	奉	脂													房脂	奉	脂	鳥名
															符悲	奉	脂							
17-9	鳥	鶹				繆	明	尤													莫浮	明	尤	鶹鷅鳥也
						繆	微	幽													武彪	微	幽	天鶹鳥也
						亡侯	微	侯																
																					渠幽	群	幽	爾雅云鷚天鶹，郭璞云人如鶹雀，色似鶹，好高飛作聲
																					力救	來	宥	雞子，一曰鳥子
17-10	鳥	鷜				力于	來	虞													力朱	來	虞	鷜鶹野鵝
												力侯	來	侯	力侯	來	侯				落侯	來	侯	爾雅曰鷜鷜鵝，即今之野鵝
17-13	鳥	鶩	木	明	屋	木	明	屋													莫卜	明	屋	鳧屬
																					亡遇	微	遇	鳥名
17-14	鳥	鶃				五革	疑	麥													五革	疑	麥	鷄鶃
																					古賢	見	先	鷄鶃，鳥名
																					口莖	溪	耕	鵬渠，鳥名
17-16	鳥	鴮	烏	影	模																哀都	影	模	鵜鴮，鵜鶘別名，俗謂之掏河也
						火布	曉	暮																
17-18	鳥	鷽				握	影	覺													於角	影	覺	山鵲
						學	匣	覺													胡覺	匣	覺	山鵲，赤喙長尾，知來而不知往

編號	篇目字	訓字	經典釋文			郭璞			沈旋			施乾			謝嶠			顧野王			廣韻			
			音	聲	韻	音	聲	韻	音	聲	韻	音	聲	韻	音	聲	韻	音	聲	韻	音	聲	韻	釋義
						才五	從	姥																	
17-21	鳥	鶑				丑絹	徹	線														丑戀	徹	線	鳥名
																					徒困	定	慁	癡鳥
17-25	鳥	鴱				乂	疑	廢																	
															五蓋	疑	泰				五蓋	疑	泰	巧婦別名
17-33	鳥	鳦	乙	影	質																於筆	影	質	燕也
			軋	影	黠							烏拔	影	黠										
17-34	鳥	鸋	寧	泥	青																奴丁	泥	青	爾雅曰鴟鴞鸋鴂，又曰鴟子鸋
			甯	泥	徑	甯	泥	徑													乃定	泥	徑	爾雅鸋鴂，鴟屬也，楚詞云鸋鴂之鳴
17-37	鳥	鷇				工豆	見	候																	
						古互	見	暮																	
															苦候	溪	候				苦候	溪	候	鳥子，生而須哺曰鷇，自食曰雛
17-39	鳥	嘖	莊百	莊	陌																				
																		子夜	精	禡	子夜	精	禡	歎聲
																		子亦	精	昔				
17-40	鳥	鵖	彼及	幫	緝																彼及	幫	緝	
						房汲	奉	緝																	
																					居輒	見	葉	鳥名
17-40	鳥	鴔	皮及	並	緝																			
						北及	幫	緝																	
17-40	鳥	鵀	女金	娘	侵																女心	娘	侵	戴勝
									汝沁	日	沁										汝鴆	日	沁	戴鵀鳥
																					如林	日	侵	戴勝鳥也，頭上毛似勝
17-42	鳥	鷖				懿	影	至														乙冀	影	至	鶴鸍鷖鳥
						翳	影	齊																	
17-43	鳥	庳	婢支	並	支																				
						卑	非	支														卑	非	支	
												婢	並	紙							便俾	並	紙	下也
17-44	鳥	鸊				施	審	支														式支	審	支	似鴨而小

編號	篇目	訓字	經典釋文			郭璞			沈旋			施乾			謝嶠			顧野王			廣韻			
			音	聲	韻	音	聲	韻	音	聲	韻	音	聲	韻	音	聲	韻	音	聲	韻	音	聲	韻	釋義
						尸支	審	支																	
																					武移	微	支	鵏鳥名，又名沈鳧，似鴨而小也
17-45	鳥	鴢				杳	影	篠														烏皎	影	篠	爾雅曰鴢頭鵁，郭璞云似鳧，腳近尾，略不能行
												烏卯	影	巧							於絞	影	巧	鴢頭鵁，似鳧而腳近尾
17-45	鳥	鵁				髐	曉	肴																	
						虛交	曉	肴																	
						交	見	肴														古肴	見	肴	鵁鶄鳥
17-46	鳥	憨	呼濫	曉	闞	呼濫	曉	闞																	
																					下瞰	匣	闞	害也，果決也
																					呼談	曉	談	癡也
17-57	鳥	蟁				文	微	文														無分	微	文	爾雅曰鷏蟁母，郭璞云似烏鶍而大，黃白雜文，鳴如鴿，今江東呼為蚊母，俗說此鳥常吐蚊，因名云。說文曰䁵人飛蟲也
17-62	鳥	爽				所丈	疏	養														疎兩	疏	養	明也，茎也，烈也，猛也，貴也
17-64	鳥	鶬										黎	來	齊										
																					呂支	來	支	鸝黃
		離													力知	來	支				呂支	來	支	近日離，遠日別，說文曰離黃倉庚，鳴則蠶生
17-66	鳥	鷊				古狄	見	錫														古歷	見	錫	鳥名，似烏
																					古弔	見	嘯	爾雅云鷊鶪鶃，似烏而蒼白色
																					胡狄	匣	錫	鳥似烏，蒼白色
17-67	鳥	鸕										力魚	來	魚										
															力吳	來	模				落胡	來	模	鸕鷀
17-69	鳥	鷂				遙	喻	宵														餘昭	喻	宵	大雉名，爾雅云青質五彩皆備成章曰鷂
																					弋照	喻	笑	鷙鳥也

編號	篇目	訓字	經典釋文			郭璞			沈旋			施乾			謝嶠			顧野王			廣韻			
			音	聲	韻	音	聲	韻	音	聲	韻	音	聲	韻	音	聲	韻	音	聲	韻	音	聲	韻	釋義
17-69	鳥	鳻	卜	幫	屋	方木	非	屋													博木	幫	屋	鳻雉
						方角	非	覺																
17-69	鳥	鷩				方世	非	祭													必袂	幫	祭	爾雅曰鷩雉，郭璞云似山雞而小冠
															必滅	幫	薛				并列	幫	薛	雉屬，似山雞而小
17-69	鳥	秩										逸	喻	質										
															持乙	澄	質				直一	澄	質	積也，次也，常也，序也
17-69	鳥	鷯				罩	端	效													都教	端	效	鷯雉，今白雉也
						陟孝	知	效																
						卓	知	覺																
																					直角	澄	覺	白鵠鳥
17-69	鳥	鵃	直留	澄	尤																直由	澄	尤	咨也，說文誰也
						徒留	定	尤																
17-69	鳥	鷷				遵	精	諄													將倫	精	諄	西方雉名
															徂尊	從	魂							
																					昨旬	從	諄	西方雉名
17-72	鳥	蹼	補木	幫	屋	卜	幫	屋													博木	幫	屋	足指間相著，爾雅云鳧鴈醜，其足蹼
18-1	獸	麎				辰	禪	眞													植鄰	禪	眞	牝麋
						腎	禪	軫																
18-1	獸	躔				直連	澄	仙													直連	澄	仙	日月行也，說文曰踐也
						持展	澄	獮																
18-2	獸	麉				堅	見	先													古賢	見	先	鹿有力
						牽	溪	先													苦堅	溪	先	鹿之絕有力者
						磬	溪	徑													苦定	溪	徑	爾雅云鹿絕有力
18-3	獸	解	蟹	匣	蟹																胡買	匣	蟹	曉也，又解廌仁獸
									佳買	見	蟹										佳買	見	蟹	講也，說也，脫也，散也
																					古隘	見	卦	除也
																					胡懈	匣	卦	曲解
18-3	獸	豣				堅	見	先													古賢	見	先	大豕也，一曰豕三歲
						牽	溪	先																

編號	篇目	訓字	經典釋文			郭璞			沈旋			施乾			謝嶠			顧野王			廣韻			
			音	聲	韻	音	聲	韻	音	聲	韻	音	聲	韻	音	聲	韻	音	聲	韻	音	聲	韻	釋義
						磬	溪	徑																	
																		五見	疑	霰	吾甸	疑	霰	爾雅云麤絕有力 犴
																		古典	見	銑				
18-6	獸	幺	烏堯	影	蕭																於堯	影	蕭	幺麼小也
												於遙	影	宵										
18-7	獸	虦				昨閑	從	山													昨閑	從	山	虎淺毛皃
									才班	從	刪													
												士嬾	牀	旱										
															士版	牀	潸							
																					士山	牀	山	虎淺毛皃
																					士限	牀	產	虎竊毛謂之虦
																					士諫	牀	諫	虎淺毛
18-8	獸	貘	亡白	微	陌	陌	明	陌													莫白	明	陌	食鐵獸，似熊，黃黑色，一曰白豹
10-12	獸	狗	古口	見	厚																古厚	見	厚	狗犬
									火候	曉	候	火候	曉	候										
18-13	獸	貄	以世	喻	祭																			
									四	心	至										息利	心	至	爾雅云狸子貄
												餘棄	喻	至										
																					渠記	群	志	狸子也
18-14	獸	貀	乃老	泥	皓																			
						乃刀	泥	豪																
18-14	獸	貆	桓	匣	桓																胡官	匣	桓	說文曰貉之類
			懽	曉	桓																呼官	曉	桓	貉屬
						暄	曉	元													況袁	曉	元	獸名
18-15	獸	貗				其禹	群	麌													其矩	群	麌	爾雅云貒子貗
18-30	獸	猶	羊周	喻	尤																以周	喻	尤	尤謀也，已也，圖也，若也，道也
			羊救	喻	宥																余救	喻	宥	獸似麂，善登
						育	喻	屋																
																					居祐	見	宥	爾雅云猶如麂，善登木
18-36	獸	狒	扶味	奉	未																扶沸	奉	未	獸名

編號	篇目	訓字	經典釋文			郭璞			沈旋			施乾			謝嶠			顧野王			廣韻			
			音	聲	韻	音	聲	韻	音	聲	韻	音	聲	韻	音	聲	韻	音	聲	韻	音	聲	韻	釋義
						簿昧	並	隊																
						備	並	至																
									沸	非	未													
18-38	獸	猱	奴刀	泥	豪																奴刀	泥	豪	猴也
						女救	娘	宥													女救	娘	宥	爾雅曰猱蝯善援
18-44	獸	蜼	誄	來	旨																力軌	來	旨	似猴，仰鼻而尾長，尾端有歧
						餘	喻	魚																
						遺	喻	至													以醉	喻	至	爾雅曰蜼仰鼻而長尾，雄似獼猴，鼻露向上，尾長數尺，末有歧，雨即自縣於樹，以尾塞鼻
						余救	喻	宥													余救	喻	宥	似獼猴，鼻露向上，尾長四五尺，有歧，雨則自縣於樹，以尾塞鼻
18-49	獸	鼶	下簟	匣	忝	胡簟	匣	忝													胡忝	匣	忝	鼠名
18-52	獸	鼶	性	心	勁																			
						生	疏	庚													所庚	疏	庚	鼶鼬鼠也
						生	疏	映													所敬	疏	映	鼶鼠
18-56	獸	鼩				雀	精	藥													即略	精	藥	鼠似兔而小也
						將略	精	藥																
																					北教	幫	效	鼠屬，能飛，食虎豹，出胡地
																					之若	照	藥	鼠屬
																					都歷	端	錫	鼠名
		鼨							求于	群	虞										其俱	群	虞	鼨鼩小鼠
18-59	獸	鼳	古闃	見	錫																古闃	見	錫	爾雅曰鼳鼠身長須，秦人謂之小驢，郭璞云似鼠而馬蹄，一歲千斤，為物殘賊
						覡	匣	錫																
						戶狄	匣	錫																
18-60	獸	齝				筥	徹	之													丑之	徹	之	牛吐食而復嚼也
															初其	初	之							

編號	篇目	訓字	經典釋文			郭璞			沈旋			施乾			謝嶠			顧野王			廣韻			
			音	聲	韻	音	聲	韻	音	聲	韻	音	聲	韻	音	聲	韻	音	聲	韻	音	聲	韻	釋義
																					書之	審	之	說文曰吐而噍也
18-60	獸	齝	曳	喻	祭																			
						泄	心	薛													私列	心	薛	亦作齛，爾雅云羊曰齝
						息列	心	薛																
19-1	畜	駒	大刀	定	豪	淘	定	豪													徒刀	定	豪	說文曰駒駄，北野之良馬
19-1	畜	駄	大胡	定	模	塗	定	模													同都	定	模	駒駄馬
19-4	畜	甗				言	疑	元													語軒	疑	元	無底甑也
						魚蹇	疑	獮													魚蹇	疑	獮	器也
																				魚變	疑	線	甑也
19-8	畜	舝				式喻	審	遇																
																				之戍	照	遇	馬後左足白
19-8	畜	騱	奚	匣	齊	奚	匣	齊													胡雞	匣	齊	馬前足白，又驒騱，野馬名
						雞	見	齊																
19-8	畜	鴝				劬	群	虞													其俱	群	虞	鳥羽
						矩	見	麌													俱雨	見	麌	曲羽
19-8	畜	踦				去宜	溪	支													去奇	溪	支	腳跂
																		居綺	見	紙	居綺	見	紙	公羊傳曰相與踦閭而語閉一扇一人在內　人在外
19-9	畜	驈				術	神	術													食聿	神	術	黑馬白髀
																		餘橘	喻	術	餘律	喻	術	黑馬白髀
19-10	畜	椉										市升	禪	蒸										
															市證	禪	證							
																					食陵	神	蒸	駕也，勝也，登也，守也
																					實證	神	證	車乘也
19-11	畜	駥				兖	喻	獮													以轉	喻	獮	馬逆毛
						允	喻	準													余準	喻	準	馬毛逆
19-14	畜	騝	去虔	溪	仙																			
						虔	群	仙													渠焉	群	仙	騚馬黃脊
																					居言	見	元	騚馬黃脊曰騝

編號	篇目	訓字	經典釋文			郭璞			沈旋			施乾			謝嶠			顧野王			廣韻			
			音	聲	韻	音	聲	韻	音	聲	韻	音	聲	韻	音	聲	韻	音	聲	韻	音	聲	韻	釋義
19-14	畜	駽				火玄	曉	先														火玄	曉	先	爾雅曰青驪駽，郭璞云今之鐵驄
												犬縣	溪	霰										
															胡眴	匣	霰							
																					許縣	曉	霰	青驪馬也
19-14	畜	鄰	鄰	來	眞																力珍	來	眞	水在石閒
						良忍	來	軫																
																					力刃	來	震	
19-14	畜	駰				央珍	影	眞														於眞	影	眞	白馬黑陰
																					於巾	影	眞	馬陰淺黑色
19-19	畜	犚				魚威	疑	微														語韋	疑	微	爾雅云犚牛，郭璞曰即犤牛也，如牛而大，肉數千斤
																					魚貴	疑	未	犤牛，肉數千斤
19-19	畜	犤	巨龜	群	脂																渠追	群	脂	犤牛，出岷山，肉重數千斤，出山海經
		犪													如小	日	小	而沼	日	小				小牛馴，說文作犪，牛柔謹也
															如照	日	笑							
																		如招	日	宵				牛馴伏
19-23	畜	觭				去宜	溪	支														去奇	溪	支	角一俯一仰也
																					墟彼	溪	紙	牛角
19-23	畜	觢				常世	禪	祭														時制	禪	祭	牛角豎也
19-25	畜	犼	火口	曉	厚	火口	曉	厚														呼后	曉	厚	㸬牛子也
19-29	畜	羭				羊朱	喻	虞														羊朱	喻	虞	黑羝
19-30	畜	羷				權	群	仙														巨員	群	仙	曲角
															居轉	見	線				居倦	見	線	爾雅云羊屬，角三羷羷，郭璞云羷角三币
19-30	畜	羷	力驗	來	鹽																			
															許簡	曉	產							
																					良冉	來	琰	羊角三羷羷也
19-36	畜	獫	力驗	來	鹽	力占	來	鹽														力驗	來	鹽	長喙犬名
						力占	來	鹽														力鹽	來	鹽	犬長喙

編號	篇目	訓字	經典釋文			郭璞			沈旋			施乾			謝嶠			顧野王			廣韻			
			音	聲	韻	音	聲	韻	音	聲	韻	音	聲	韻	音	聲	韻	音	聲	韻	音	聲	韻	釋義
						況檢	曉	談														虛檢	曉	談	獫犾
																					良冉	來	談	犬長喙也
19-37	畜	狣				兆	澄	小														治小	澄	小	犬有力也
19-40	畜	㹕				練	來	霰														郎甸	來	霰	雞未成也
						力見	來	霰																	
						力健	來	願																	
						力展	來	獮														力展	來	獮	畜雙生子
19-47	畜	鶤	昆	見	魂	昆	見	魂														古渾	見	魂	鶤雞
			運	為	問																	王問	為	問	雞三尺曰鶤
			輝	曉	微																				

附錄二　本書所輯群書輯本序跋匯編

一、郭璞《爾雅音義》、《爾雅注》佚文

馬國翰（見《玉函山房輯佚書》）

　　《爾雅音義》一卷，晉郭璞撰。璞有《毛詩拾遺》，已著錄。《晉書》本傳云：「汪釋《爾雅》，別爲《音義》、《圖譜》。」《隋志》：「梁有《爾雅音》二卷，孫炎、郭璞撰。」《唐志》無孫音，有郭《音義》一卷。蓋二卷之音，孫、郭各一卷，唐時孫音已佚，郭注盛行，故《音義》得著於目。今佚。陸德明《釋文》引述獨多。又邢《疏》、《詩正義》、《公羊疏》等引郭音爲《釋文》所不載者，並據合輯。其音有兩讀、三讀者，並收兼採，以備參攷；陸氏《釋文》循其例。自毋昭裔刪存一音，古法浸失，茲編雖殘缺，猶存先儒之舊範焉。義每詳於地理，可補注之所略。音及自注，亦郭氏創爲之。然則白香山注己之詩，不爲無所本也。歷城馬國翰竹吾甫。

黃奭〈爾雅郭璞音義序〉（見《黃氏逸書考》）

　　景純自序別爲音圖，邢《疏》謂注解之外別爲音，然則今所行之郭注與音爲二，判然矣。《晉書》本傳亦云：「注釋《爾雅》，別爲《音義》、《圖譜》。」陸德明《釋文》於注三卷外，又云《音》一卷、《圖贊》二卷，尤爲注自注、音自音之明證。《釋文》所載撰音家，孫炎《音》一卷，施乾、謝嶠、顧野王並音無卷數，止此而已。《經義考》則有失名《爾雅音義》一卷、見《唐志》，本《七錄》。江灌《爾雅音》八卷、陸德明《爾雅音義》二卷、即《釋文》，竹翁偶然重出耳。曹憲《爾雅音義》二卷、裴瑜《爾雅音》一卷、釋智騫《爾雅音義》二卷、毋昭裔《爾雅音略》三卷。唐以前之爲《爾雅》音，其不及見于《釋文》者，亦止此而已。奭既輯《圖贊》，必得音而後郭氏一家之言乃爲完璧。嘗疑《御覽》載《爾雅》音極多，孰從而知彼非郭此爲郭哉。久乃覺其音於注上及各字下者，爲各家舊音；其在郭注下者爲郭音。其舊

音有名氏可指者歸各家，無名氏者以眾家統之，而郭之本音遂昭然若揭矣。外此，如本《注》、邢《疏》、《釋文》、《詩釋文》，《詩》、《書》、《儀禮》、《禮記》、《公羊》各《疏》，《說文繫傳》、《匡謬正俗》、《埤雅》、《集韻》、《史記索隱》、《後漢書注》、《水經注》、《寰宇記》、《齊民要術》、《續博物志》、《初學記》、《藝文類聚》、《一切經音義》、《華嚴音義》、《文選注》皆曾引及郭音，并《山海經注》即出景純之手，亦自引其音，更堪互證。惟自序與《釋文》止于別為音，本傳則兼音義。夫義與注何以別之，則凡見他書與注複者非義，為注所略者是宜以音義當之。《爾雅·釋山》：「霍山為南嶽」，注：「霍山今在廬江灊縣西南，潛水出焉，別名天柱山。漢武帝以衡山遼曠，因讖緯皆以霍山為南嶽，故移其神於此。今彼土俗人皆呼之為南嶽。南嶽本自以西山為名，非從近來也。而學者多以霍山不得為南嶽，又云漢武帝以來始乃名之。即如此言，謂武帝在《爾雅》前乎？斯不然矣。」凡一百七字，《詩》、《書》、《周官正義》並引之，而今本注止有「即天柱山，潛水所出也」九字。且細繹注意，原為辨衡山亦名霍山，而廬江之霍山不得為南嶽；信如今注，則郭之本意轉晦。不知為後人刊削耶？抑他經疏引本非注文而為音義耶？安得起景純而問之。然似此頗難更僕數，檮昧如奭，中年健忘，勉出所業，聞過為幸。他日有偕《圖讚》依注而行，未始非企望塵躅有以先之也。道光昭陽單閼歲涂月，甘泉黃奭右原。

王樹枏《爾雅郭注佚存補訂·弁言》

《釋文·敘錄》：「《爾雅》郭璞注三卷」，與《舊唐志》合。《隋志》作五卷，《新唐志》作一卷，當為字誤。唐石經本、明吳元恭仿宋刻本、元槧雪牕書院本皆分上中下三卷，蓋郭注分篇之舊也。

郭景純集晉以前諸家之注，沿同別異，最為詳洽，故郭注出而諸家之注俱廢不行。然傳鈔既繁，脫訛滋甚。陸氏《釋文》依郭本為正，此為近古之本，今所訂經注，悉從陸氏。陸所偶誤者，閒亦以他本正之。

陸氏《釋文》多為俗書所淆，苦無善本。盧氏文弨所校之本，閒有訂正，未能一律精審。如郭注狹本作陝而又出狹字，蔭本作廕而又出蔭字，啗本作噉而又出啗字，呼本作評而又出呼字。他如涂途、箭箭、暴暴、菹菹等字，雅俗並著，前後不一，盧氏皆未及一一訂正。余別有《爾雅釋文校正》，今悉據前後文悉心改訂，以復陸氏之舊。

今世所行郭《注》，證以他書，所引多從刪節，非足本也。據《禮記·禮器·疏》及《周禮·春官·疏》所引〈釋魚〉「神龜」「靈龜」諸條，知唐時已有二本行世，故孔、賈所據各有不同。《太平御覽》兩引〈釋魚〉「蜃，小者珧」之注，一與

今本同，一與今本異。《本草》唐本注引〈釋草〉「苕，陵苕」，注云：「一名陵時，又名陵霄。」蘇頌《圖經》謂今《爾雅注》無「又名陵霄」句。蓋當時讀者刪繁就簡，以便省覽，如今時《五經》刪節之本，其後學者喜便畏難，節本盛行於世，人遂無復知郭《注》復有足本者。今就諸書所引參互補訂，猶可得其一二焉。惜乎行篋之書不備，不足盡其採掇耳。

　　《爾雅注》中有音，與《方言》體例略同。自注疏本別坿音切，遂將注中之音概從刪削，明吳元恭仿宋刻本尚有一二存者。今諸書中凡引音切，悉為補入。其不明言郭璞者，雖明知為郭音，亦從闕如之例，蓋言慎也。

　　郭氏別有《爾雅音義》　書，諸書所引與今注不同者，亦或為《音義》之義，然無從辨別，則概為補入注中。緣係一人之言，故採掇不嫌於濫耳。

　　唐以後，郭注盛行於世，諸書所引《爾雅注》，凡不明言者，皆謂郭注。今所採掇，以有郭璞字為據。其不明引者，存於說中，蓋亦慎之之意也。

　　王懷祖先生著《廣雅疏證》，凡有採補，皆以小字旁記於正文之內。今為是書，亦略倣其例，蓋不敢以散見之文驟亂古注。記於旁者，亦疑而未定之意也。

　　是書成於署任資陽之二年。邑孝廉伍西垣鏊助余蒐拾者頗勤。鎮南劉越夫樾一任校刊之事。書凡分為二十卷，見聞寡陋，攟摭不周，特以此為博學方聞之士導其先路云爾。

　　光緒十八年歲次壬辰七月望後，新城王樹枬白識於資陽署內流芬峙秀之軒。

二、郭璞《爾雅圖讚》

王謨〈序錄〉（見《漢魏遺書鈔》）

　　《隋志》：「《爾雅圖》十卷，郭璞撰。梁有《爾雅圖讚》二卷，亡。」

　　《晉書》本傳曰：「璞注釋《爾雅》，別為《音義》、《圖譜》。」

　　《文心雕龍》曰：「景純注《雅》，動植必讚。」

　　邢昺《疏》曰：「序云『別為《音》、《圖》，用祛未寤』者，謂注解之外，別為《音》一卷、《圖讚》二卷。字形難識者，則審音以知之；物狀難辯者，則披圖以別之。用此音圖以祛除未曉寤者，故云『用祛未寤』也。」

　　《通志‧藝文略》曰：「《爾雅圖》蓋本郭注而為。圖今雖亡，有郭璞注，則其圖可圖也。」

嚴可均（見《全晉文》卷一百二十一）

　　謹案：《隋志》注梁有《爾雅圖贊》二卷，郭璞撰，亡；《舊唐志》復有之；宋

已後不著錄。近惟余蕭客《古經解鉤沈》、邵晉涵《爾雅正義》略采數事，漏落者十八九；張溥本則與《山海經圖贊》閒雜，絕不區分。今從《藝文類聚》、《初學記》、《御覽》寫出四十八篇，依《爾雅》經文先後編次之。

嚴可均〈**爾雅圖贊敘**〉（見葉德輝輯《觀古堂彙刻書》）

郭璞《爾雅注》五卷、《音》二卷、《圖》十卷、《圖贊》二卷。今本《注》三卷；又有宋板《圖》六卷，不箸名氏，疑即郭璞譔；而《音》見《經典釋文》略備，或引作《音義》，只是一書；唯《圖贊》久亡。余蕭客《古經解鉤沈》、邵晉涵《爾雅正義》僅徵數事；張溥《百三家集》蒐獲頗多，與《山海經》雜廁，絕不區分。今從《藝文類聚》、《初學記》、《太平御覽》鈔出四十八首，皆注明出處，依《爾雅》正文先後編次之，凡〈釋器〉四首、〈釋天〉二首、〈釋地〉四首、〈釋山〉一首、〈釋水〉一首、〈釋艸〉八首、〈釋木〉四首、〈釋蟲〉六首、〈釋魚〉五首、〈釋鳥〉三首、〈釋獸〉八首、〈釋畜〉二首，定箸一卷。郭璞博洽工文，覃精術數，以不坿王敦謀逆，殺身成仁。其爲《贊》也，窮物之形，盡物之性，羽儀經業，粹然儒者之言。原本雖亡，搜羅殘膡，十得二三，續學之徒，當有取焉。嘉慶丙子歲秋八月，烏程嚴可均謹敘。

錢熙祚〈**爾雅贊跋**〉（見《指海》第十八集）

郭景純《爾雅注》外，有《音》一卷、《圖贊》二卷。今其《音》間見於陸氏《釋文》，而《圖贊》則亡佚已久。明刻《郭宏農集》僅存三十餘首，與《山海經贊》雜廁。今爲博考諸書，拾遺正誤，其先後則以經文次序序之，凡若干首，都爲一卷。中惟〈比翼鳥〉、〈水泉〉二贊與《山海經贊》大同，然《初學記》、《藝文類聚》引〈水泉贊〉並云「釋水」，而〈比翼鳥贊〉云：「鳥有鶼鶼，似鳧青赤。」《山海經》無「鶼鶼」二字，則當屬《爾雅》無疑。古人著書，不嫌重複，或郭氏作《爾雅贊》後，又略加點竄，以爲《山海經》之贊，未可知也。金山錢熙祚錫之甫識。

馬國翰〈**爾雅圖讚序**〉（見《玉函山房輯佚書》）

《爾雅圖讚》一卷，晉郭璞撰。璞有《爾雅音義》，已著錄。《隋志》有《爾雅圖》十卷，又云梁有《爾雅圖讚》二卷，郭璞撰，亡；《唐志》《圖》一卷，今佚。裒輯諸書，得讚五十有三，外有稱圖者二，則鄭樵《通志略》曰：「《爾雅圖》蓋本郭注而爲，圖今雖亡，有郭璞注，則其圖可圖也。」家藏有《圖》三卷，未識何人所補；《讚》則散失。此編雖非完具，而存景純之手澤，與注可以參考。其讚皆韻語古奧，詞寓箴規，雒誦一通，猶想見江魚吞黑，二九載鑽極之功力也。歷城馬國翰竹吾甫。

黃奭〈爾雅郭璞圖贊序〉（見《黃氏逸書考》）

　　郭景純注《爾雅》三卷，即邢氏所疏以立學官者。郭〈序〉自云：「別爲《音》、《圖》，用祛未寤。」邢《疏》云：「謂注解之外，別爲《音》一卷、《圖贊》二卷。字形難識者，則審音以知之；物狀難辯者，則披圖以別之。用此音圖以祛除未曉寤者。」《晉書》本傳云：「注釋《爾雅》，別爲《音義》、《圖譜》」，不言《贊》，亦無卷數。《隋志》：「《爾雅圖》十卷，梁有《爾雅圖贊》二卷，亡。」此據《七錄》卷數，《七錄》雖亡，然《隋志》稱梁有，知爲《七錄》所載。陸德明《釋文》：「作《音》一卷、《圖贊》二卷」，與《疏》合。《唐志》《音》與《圖贊》皆作一卷。《文心雕龍》曰：「景純注《雅》，動植必讚。」《通志‧藝文略》曰：「《爾雅圖》蓋本郭注而爲。圖今雖亡，有郭璞注，則其圖可圖也。」國朝王氏謨、嚴氏可均各有返魂本，大都據《正義》、《釋文》、《初學記》、《類聚》、《御覽》所引，雖由補苴而成，猶賢乎已。曾賓谷先生任兩淮都轉時，得影宋鈔《爾雅圖》刻之，甚行於世，謂非郭圖，亦必晉江灌《圖讚》，此則沿《經義考》之誤矣。蓋有兩江灌。一即江逌從弟，《晉書》本傳云：「字道群，陳留圉人，吳郡太守」，無所謂《爾雅圖讚》。惟《唐志》有江灌《爾雅音》六卷、《隋志》作八卷。《圖贊》一卷，與張彥遠《名畫記》《爾雅圖》二卷、《音》六卷、《贊》二卷不合，且《記》云：「灌，字德源，陳尚書令，至武德中爲隰州司馬。」武德是唐高祖年號，徐《初學記》、歐陽《類聚》皆武德人所收，明言郭《贊》，尤無江《贊》屬入。然則爲《圖贊》之江灌，乃唐司馬非晉太守明矣。《經義考》既列《晉書》，亦引《名畫記》，似非不知有兩江灌者，何以躋於梁沈旋《集注》上，或者過由鈔胥，而非竹翁之本意。特竹翁可諉爲不知，而後於竹翁者不可諉。況《圖贊》自《圖贊》，《音》自《音》，固不得以唐江灌之《圖贊》爲晉江灌，尤不得以晉郭璞之《圖贊》爲唐江灌也。郭贊存，音亦存，《音義》已有專書。無圖而有圖，又何必以無名氏之音強屬之毋昭裔哉！夫毋昭裔《音略》三卷，雖見於《通考》及《玉海》、晁、陳兩《志》，然爲《爾雅音》者，於郭景純、江德源兩家外，尚有孫炎、施乾、謝嶠、顧野王、曹憲、釋智騫、陸元朗，或爲《音》，或爲《音義》，不一而足。賓谷先生所圖，雖元人舊軸，無如重摹付諸時手，其所據依，以意爲之，註不盡然，贊於何有。奭不揆樗昧，爲讀郭《贊》者擁篲清道，以企將來君子有涉乎此。不然，曾氏斯圖即不爲謝中丞《小學考》所收，何不可左圖右注，使贊不虛設，則郭氏一家之言竟成完璧之爲快也。道光癸卯長至月，甘泉黃奭右原。

葉德輝（見葉輯《觀古堂彙刻書》）

　　右《爾雅圖贊》一卷，亦嚴君景文所輯錄者。原本坿《山海經圖贊》後，余鈔

時析出。其與《山海經圖贊》異同別白語，悉詳《山海經圖贊》及〈跋〉中。近以馬國翰玉函山房輯本與此對校，馬本於此本外，浮出《藝文類聚》七〈崑崙丘贊〉一首，《藝文類聚》八十九〈桂贊〉一首，又〈椒贊〉一首，《藝文類聚》九十九〈鳳皇贊〉一首，邢《疏》〈狒狒贊〉一首，即《太平御覽》九百八之〈寓寓贊〉。《藝文類聚》九十三〈駒驗贊〉一首，大抵誤以《山海經圖贊》屓入，不足據也。惟錄釋元應《大智度論》卷四十二《音義》所引〈虺蛇贊〉云：「蛇之殊狀，其名爲虺。其尾似頭，其頭似尾。虎豹可踐，此難忌履。」邢昺《疏》所引〈鸛鷒贊〉云：「鸛鷒之鳥，一名寫羿。應弦銜鏑，矢不箸地。逢蒙縮手，養由不睞。」足補此本之闕。又江都李祖望妻葉蕙心《爾雅古注斠》本，輯郭《贊》五十餘事，亦《爾雅》與《山海經》溷淆，難以徵信也。至嚴君此本之精，如〈犀贊〉據郭注與《山海經》互易，〈太室〉、〈騰蛇〉二贊據《中山經》迻入，皆足見抉擇之精，校讎之密，羽儀經傳，揖讓姬孔，詎惟有功郭氏也哉。光緒十五年己丑冬十一月，長沙葉德輝識于都門長沙郡館。

葉德輝（見葉輯《觀古堂彙刻書》）

嚴氏輯《全晉文》中有此二種，今粵東已刊出矣。取校此本，頗有異同，而以此本爲勝。粵本〈犀贊〉一首，各從其舊，此獨《山海經》與《爾雅》互易，按語亦詳略不同，援引各書又多不合，則此爲定本無疑，讀此幸分別觀之。乙未中春花朝日，郋園主人再跋。

三、沈旋《集注爾雅》

馬國翰（見《玉函山房輯佚書》）

《集注爾雅》一卷，梁沈旋撰。旋，字士規，武康人，梁尙書僕射沈約子，官至給事黃門侍郎、撫軍長史，出爲招遠將軍、南康內史，《梁書》有傳。陸德明《經典釋文‧序錄》云：「梁有沈旋（約之子）集眾家之注」，《隋》、《唐志》並十卷，今佚。從《釋文》及邢《疏》、《集韻》、《一切經音義》所引輯錄。注不多見，惟略存字音。其本字如「鮮」作「𧲬」、「駔」作「𧱻」，與邢《疏》本異，未審據用何家，要非無所自也。歷城馬國翰竹吾甫。

黃奭〈爾雅沈旋集注序〉（見《黃氏逸書考》）

《梁書‧沈約傳》：「子旋，及約時已歷中書侍郎、永嘉太守、司徒從事中郎、司徒右長史。免約喪，爲太子僕，復以母憂去官，而蔬食辟穀。服除，猶絕粳粱。爲給事黃門侍郎、中撫軍長史，出爲招遠將軍、南康內史，在部以清治稱。卒官，諡曰恭侯。子實嗣。」不言有所著述。《南史》：「旋字士規，……集注《邇言》行

于世。」所著書止此一部，又不言有《集注爾雅》。謝蘊山中丞〈小學考〉誤以《南史》爲《梁書》，並誤以《邇言》爲《爾雅》，《經義考》作《邇言》不誤。自必謂「雅」、「言」兩字傳訛，當由「爾」與「邇」筆畫相近，似《邇言》無可集之注。殊不思其父隱侯著《邇言》十卷，《梁書》、《南史》兩傳皆載之，子注父書，情理之常。然雖《南史》不言注《雅》，而陸德明《釋文·敘錄》則云「右《爾雅》，梁有沈旋約之子。集眾家之注」，惟不言卷數，《隋志》乃作十卷。既云「集注」，所集眾家，無非二郭與夫劉、李、樊、孫，何以今爲邢《疏》、《釋文》、《詩釋文》、《類篇》所引者，其說往往與二郭、劉、李、樊、孫不類？當是所集眾家，有出六家外者，使其間參以己意，用其父《四聲譜》所謂「天子聖哲」即平上去入四聲，以之求《爾雅》形聲假借之原，而略于草木鳥獸之迹，不誠小學之大觀歟！士規能讀父書，計必出此，惜乎鱗爪徒存，無從得珠。紀文達公雖有沈氏《四聲》之輯，然不過存什一于千百，以意爲之耳。奭不揆檮昧，尚思集文學、樊、李、孫、顧、謝、施、眾家之注，爲士規推廣注列，而以紀輯沈氏《四聲》消息之，於是專家之學不墜。以視高璉《義疏》、俗〔案：疑誤。〕孫炎《正義》，邢《疏》譏其淺近者，得此則邢《疏》亦有淺近之譏，徒以企望塵躅，有志未逮。若夫「旋」、「琁」、「璇」三字皆似宣切，《漢書·律曆志》：「佐助旋機」，《後漢·安帝紀》：「據璇璣玉衡」，並與「璇」通。高似孫《緯略》作「沈璇《爾雅集注》」，高氏有〔案：應作「云」。〕：「《爾雅注》今所傳者，郭璞、孫炎耳。所謂樊光《爾雅注》、李巡《爾雅注》、沈璇《爾雅集注》，已不可復見；郭璞有《爾雅圖》，江瓘有《爾雅圖讚》，皆奇書。」以非宏旨所關，亦不復置辨云。道光癸卯年八月，甘泉黃奭右原。

四、施乾《爾雅音》

馬國翰（見《玉函山房輯佚書》）

《爾雅施氏音》一卷，陳施乾撰。乾，字里無考，爲陳博士。所撰《爾雅音》，《隋》、《唐志》皆不著目，唯見陸德明《經典·敘錄》，卷亦未詳，今佚。從《釋文》參《集韻》、《類篇》所引，輯爲一帙。音多非今所用。如〈釋訓〉「愽愽，憂也」，「愽」音「逋莫反」，是字從專從心作「愽」矣。案《爾雅》釋《詩》爲多，「愽愽」釋〈檜風〉「勞心愽愽」，與上「冠」、「欒」叶韻，施音「逋莫」，大失經義。〈釋草〉「菟葵，顆涷」，「涷」音「都弄反」，云「讀者以爲多」。案《本草》作「欵冬」，郭注同，司馬相如〈凡將篇〉作「欵東」，則「涷」與「冬」、「東」字異音同，〈釋天〉「暴雨謂之涷」，眾家亦並音東，施音「都弄」，似又誤「涷」爲「凍」。凡此之屬，未可爲訓也。歷城馬國翰竹吾甫。

黃奭〈爾雅施乾音序〉（見《黃氏逸書考》）

陸德明《釋文》：「陳博士施乾、國子祭酒謝嶠、舍人顧野王並撰《音》，既是名家，今亦采之，附于先儒之末。」邢《疏》：「今郭氏言十餘者，典籍散亡，未知誰氏。或云沈旋、施乾、謝嶠、顧野王者，非也，此四家在郭氏之後。」王伯厚撰羅端良〈爾雅翼後序〉：「諸儒箋釋，歆、炎、樊、李、文學犍爲；景純之後，顧、謝、沈、施。」陸音、邢《疏》諸書所述施氏《音》如是。在施氏前撰音者，有江氏灉八卷，見《隋志》。在施氏後撰音者，有曹氏憲二卷，見《唐志》；釋智騫二卷，見《玉海》；毋昭裔三卷，見《通考》。智騫、毋昭裔之音雖亦在唐，然非陸德明唐初人所能敘錄；若江氏、曹氏，固皆德明應見之書，而《釋文》竟未之及，蓋《釋文》于他經既引眾家之讀並及其異義，于《爾雅》惟存音切，眾家之說不與焉，非略也。夫《易》有田何《易》，施、孟、梁邱《易》，京、費《易》，高氏《易》，楊氏《易》；《書》有今文、古文，歐陽、大、小夏侯；《詩》有魯、齊、韓三家；《禮》有高堂生，大、小戴，慶氏學；《春秋》有鄒氏、夾氏；《公羊》有嚴、顏之學；《孝經》有今、古文；《論語》有《齊論語》、張侯《論》。漢儒家法具在。惟《爾雅》後出，絕無師承。然雖敘錄不過十家，其散見于《釋文》中者，則有董仲舒、服虔、韋昭、殷仲堪、阮孝緒、劉昌宗、呂伯雍、諸詮之眾家音義，其說未必不如施乾，而施儼然在〈敘錄〉內，此施之幸也。〈敘錄〉內如顧、謝之音，未必遠勝於施，而《陳書》則顧、謝有傳，施亦陳博士，無傳，見《冊府元龜》六百六。此施之不幸也。然則當時如施之撰《爾雅音》者不知凡幾，今且不能舉其姓氏，此施又不幸之幸也。彼《釋文·序》：「校之《蒼》《雅》，……及……《爾雅》等音。」其〈條例〉：「《爾雅》之作，本釋《五經》，既解者不同，故亦略存其異。」又：「《爾雅》本釋墳典，字讀須逐《五經》，……豈必飛禽即須安鳥，水族便應著魚，蟲屬要作虫旁，草類皆從兩屮。」其〈次第〉：「眾家皆以《爾雅》居經典之後，諸子之前，今微爲異。」據此，知陸氏之撰《爾雅釋文》，以無師法，難于他經。今《釋文》所引施乾音，視邢叔明所引多至十數倍，《疏》之劣於《釋文》，此亦一端矣。施乾音尚有見《類篇》、《集韻》者，少而彌珍，不得不思洪筆麗藻之客，將來亦有涉乎此。道光甲辰年人日，甘泉黃奭右原。

五、謝嶠《爾雅音》

馬國翰（見《玉函山房輯佚書》）

《爾雅謝氏音》一卷，陳謝嶠撰。嶠字佚，會稽山陰人。附見《陳書·謝岐傳》云：「弟嶠篤學，爲世通儒。」陸德明《經典釋文·敘錄》云「陳國子祭酒」。其音

《爾雅》，《隋》、《唐志》皆不載，亦見《釋文・敘錄》，卷數未詳，今佚。從《釋文》、邢《疏》、《集韻》、《類篇》、《御覽》諸書輯錄。其本有異字，如「弛」作「施」，與顧本同；「芺薁」作「薁」，與舍人本同；「蔜」作「蘬」，「蟄」音孚逢反作「螽」，並與施本同。知其博採不主一家。而「邕支載也」，謂「邕字又作擁，擁者護之」；「鳲鳩鴶鵴」，謂「布穀類」，邢《疏》引之以補正郭《注》。則其書在陳代亦卓然足自名家矣。攷郭璞於〈釋草〉「莪蚳芞」引謝氏：「小草多華少葉，葉又翹起」，此謝氏景純以前人，非嶠也。攷《七錄》有《毛詩釋義》十卷，謝沈撰。郭所引者，或〈陳風〉「視爾如荍」注乎？又嶠名與兄岐皆從山，《集韻》引或作「橋」，亦筆誤也。歷城馬國翰竹吾甫。

黃奭〈爾雅謝嶠音序〉（見《黃氏逸書考》）

《陳書》：「謝岐，會稽山陰人也。卒贈通直散騎常侍。岐弟嶠篤學，為世通儒。」《南史》作「弟嶠篤學，為通儒。」陸德明《釋文》：「陳國子祭酒謝嶠撰《音》。」王伯厚序羅鄂州《爾雅翼》後：「景純之後，顧、謝、沈、施。」謝氏之《音》，見于著錄者如是而已，然皆無卷數。史附見其兄傳，惟以五六字了之。其不暇繕陳書目，史例慕嚴，固無足怪。《爾雅翼・序》既以顧、謝、沈、施並稱，宜乎所采必多。今羅氏全書具在，落落晨星。王伯厚以顧、謝、沈、施在景純之後，而現行郭注即如「收蚳芞」一條引謝氏云：「小草多華少葉，葉又翹起。」當日景純自序云：「為之義訓，注者十餘，會萃舊說，錯綜樊、孫，博關群言。」謝氏固非舊說，然亦群言，不稱其名，惟舉謝氏，何所見為嶠，何所見為非嶠？據邢《疏》云：「《五經正義》援引有某氏、謝氏、顧氏。……或云沈旋、施乾、謝嶠、顧野王者，非也。此四家在郭氏之後，故知非也。」誠哉是言。郭為晉之太守，謝為陳之祭酒，中隔宋、齊、梁三朝，郭所引謝氏或更有　謝在郭前，而非陳之通儒謝嶠也，此邢《疏》密處。惟「嶠」字忽作水旁，此又邢《疏》疏處。無論《字典》水部不收此字，即有此水旁之「潐」，而謝嶠自是山旁。《爾雅・釋山》：「山銳而高，嶠。」《類篇》引作謝嶠，《集韻》亦作謝嶠。「嶠」或作「嶠」，然其兄名岐，非山頭字，仍從山旁為是。《釋文》有時專稱謝，并不稱氏，知其為謝，即知其為嶠矣。《詩正義》、《太平御覽》、《韻會》閒有一二條，隨手附入。鼠目寸光，不能遍及，下示將來，尚慚疏略，邢《疏》云然，吾亦恥之。道光癸卯年七月，甘泉黃奭右原。

六、顧野王《爾雅音》

馬國翰（見《玉函山房輯佚書》）

　　《爾雅顧氏音》一卷，陳顧野王撰。野王，字希馮，吳郡吳人。官至黃門侍郎、光祿卿，贈祕書監。事跡具《陳書》本傳。其音《爾雅》，《隋》、《唐志》均不載。陸德明《釋文·敘錄》與施乾、謝嶠並稱，又云：「陳舍人顧野王既是名家，今亦采之，附於先儒之末。」攷德明與顧同郡，又嘗仕陳左常侍，與顧同時，親見其書，以未著錄於史，故分別申說，蓋亦景企之至矣。今其《音》佚，即從《釋文》參邢《疏》所引，輯為一帙。顧嘗著《玉篇》三十一卷，於許氏《說文》外自樹一幟，《玉篇》幸存而此《音》散失，得沾膌馥。史所稱「徧觀經史，精記嘿識」者，猶穆然想見其人焉。歷城馬國翰竹吾甫。

黃奭〈**爾雅顧野王音序**〉（見《黃氏逸書考》）

　　《南史》本傳：「字希馮，吳郡吳人也。幼好學，七歲讀《五經》，略知大指；九歲能屬文，嘗制〈日賦〉；十二隨父之建安，撰〈建安地記〉二篇。長而徧觀經史，精記嘿識，天文地理、蓍龜占候、蟲篆奇字，無所不通。為臨賀王府記室。又善丹青。及侯景之亂，乃召募鄉黨，隨義軍援都，城陷，逃歸會稽。陳太建中，為太子率更令，尋領大著作，掌國史，知梁史事。後為黃門侍郎、光祿卿，知五禮事。卒贈祕書監、右衛將軍。所撰《玉篇》三十卷、《輿地志》三十卷、《符瑞圖》十卷、《顧氏譜傳》十卷、《分野樞要》一卷、《續洞冥記》一卷、《元象表》一卷，又撰《通史要略》一百卷、《國史紀傳》二百卷，顧野王《陳書》三卷，與同時傅縡《陳書》三卷、陸瓊《陳書》四十二卷並見《隋·經籍志》。未就。有《文集》二十卷。」《陳書》雖較詳，然亦不言有《爾雅音》。惟《釋文·敘錄·爾雅》：「陳舍人顧野王撰音」，無卷數；邢《疏》：「顧野王者，在郭氏之後」；王伯厚序《爾雅翼》：「顧、謝、沈、施，並馳經義。」考顧氏注〈釋言〉「虹，潰也」，「虹」作「訌」。邢《疏》引〈大雅·抑〉篇「實虹小子」、〈召旻〉「蟊賊內訌」，蓋本之顧。以上竹垞翁謂見邢《疏》，其實《釋文》、《詩釋文》所引亦夥。且《玉篇》尚在人間，朱竹垞所序上元本並非孫強原增，仍是大廣益本，為陳彭年等重修者。彼中所引《爾雅》，無論若干條，即非全用己音，既入顧手，便是顧義，毆登之成一家眷屬。蓋《玉篇》原與《爾雅》相表裏。蟲篆奇字，幼即知名。《爾雅》音于前，《玉篇》撰于後，或出其《玉篇》之餘以音《爾雅》，是皆不可知矣。嘗欲推廣此例，並輯曹憲《爾雅音義》，因思《廣雅音義》盧文弨《廣雅注釋》、錢大昭《廣雅疏義》、王念孫《廣雅疏證》皆發明曹音。巋然獨存，李善《文選》之學又受之曹氏，今惟就自注《廣雅》，及其高足《文選注》，苟耐旁搜，必邀冥悟。況曹為揚州江都人，鄉曲後進，文獻攸資，假我數年，終酬奢願，而姑發其凡于此。道光癸卯年重九月，甘泉黃奭右原。